rowohlt
rotfuchs

CARMEN KORN

DUNKLE IDYLLE

Rowohlt
Taschenbuch Verlag

Überarbeitete Neuausgabe
Veröffentlicht im Rowohlt Taschenbuch Verlag,
Hamburg, Februar 2022

«Dunkle Idylle» ist im Jahre 2013
zuerst im Deutschen Taschenbuch Verlag, München, erschienen
Covergestaltung Cordula Schmidt Design, Hamburg
Coverabbildung Ruth Botzenhardt
Satz aus der Adobe Garamond Pro
bei Pinkuin Satz und Datentechnik, Berlin
Druck und Bindung CPI books GmbH, Leck, Germany
ISBN 978-3-499-00658-6

Die Rowohlt Verlage haben sich zu einer nachhaltigen Buchproduktion verpflichtet. Gemeinsam mit unseren Partnern und Lieferanten setzen wir uns für eine klimaneutrale Buchproduktion ein, die den Erwerb von Klimazertifikaten zur Kompensation des CO_2-Ausstoßes einschließt.
www.klimaneutralerverlag.de

FSC
www.fsc.org
MIX
Papier aus verantwortungsvollen Quellen
FSC® C083411

Für meinen Bruder

NOVEMBER

Sie warf einen Blick auf den kleinen Jungen, der am Küchentisch saß. Nichts schien ihr dagegenzusprechen, für eine halbe Stunde das Haus zu verlassen, um ein paar Einkäufe zu erledigen.

Johannes war vertieft in die Bastelei. Er hatte das Kinn auf die Brust gedrückt und die Lippen aufeinandergepresst, voll konzentriert und bemüht, mit der plumpen Schere durch die dicke Pappe zu schneiden. Sie hätte ihm das Glanzpapier kaufen sollen, um das er gebettelt hatte, da glitt die Bastelschere leicht hindurch. Doch dann ließe sich der Stall von Bethlehem umpusten. Zuallererst brauchte er Standfestigkeit.

«Ich geh dann mal, Johannes», sagte Gerda Dau.

Der Junge brummelte sein Einverständnis und schnitt ein großes Tor in den Stall von Bethlehem. Maria und Josef, Ochs und Esel könnten bequem Schulter an Schulter durch das Tor gehen. Die Fenster des Stalls waren ihm auch zu groß geraten. Mit dieser Schere gelangen keine Feinheiten. Doch für eine schärfere war er noch zu klein.

Johannes würde nicht allein im Haus sein. Im oberen Stock war seine Schwester und hatte Nachhilfeunterricht. Gerda Dau lächelte, als sie die Blockflöte hörte. Wohl kaum die zehnjährige Charlotte, die da spielte. Die war vorhin ganz ungeübt durch das alte Lied gestolpert. Es musste die ältere Schülerin sein, die ihr heute wieder Nachhilfe gab.

In Mathematik, nicht im Flötenspiel.

Macht hoch die Tür, spielte die Flöte.

Auf dem Küchentresen stand die schiefe Laterne, die Johannes im Kindergarten geklebt hatte. Der Junge war ein großer Bastler, wenn auch noch nicht sehr geschickt. Auf seine Bitte hatte sie eine neue Kerze in die Laterne gestellt. Gerda Dau nahm die Streichhölzer, die neben der Laterne lagen. Nicht, dass der Junge die Kerze anzündete. Die Schachtel, die sie in die Tasche ihrer Strickjacke steckte, war die einzige im Haus. Dessen war sie sicher. *Streichhölzer* hatte sie eben auf den Einkaufszettel geschrieben.

Sie zögerte, ob die beiden da oben wissen sollten, dass der Kleine allein in der Küche war. Doch gleich müsste ja auch die Große aus der Schule kommen. Sie sah auf die Küchenuhr, die über dem Tresen hing. Elisabeth hätte schon vor einer Viertelstunde hier sein sollen.

«Wir lassen die Laterne leuchten, wenn ich wieder da bin. Und dann helfe ich dir auch mit dem Stall», sagte sie.

Der Junge hob den Kopf. «Da soll noch ein Stern obendrauf», sagte er, «den kann ich nicht alleine. Bringst du diesmal Glanzpapier mit? Gold und silbern?» Johannes' Stimme klang vorwurfsvoll.

«Ich guck mal», sagte Gerda Dau. Vielleicht ließen sich doch noch echte Strohhalme für das Stalldach finden. In ihrer Vorstellung war Bethlehems Stall deutlich schlichter als in der von Johannes. Sie ging in den Flur und zog den Mantel an. Eigentlich hatte sie keine Lust auf die kalte Nässe da draußen. Stockdunkel. Dabei war es noch Nachmittag.

«Morgen kaufe ich dir ein Glanzpapierheft. Da sind dann ganz viele Farben drin», sagte sie in die Küche hinein. Nicht auch noch bis zum Schreibwarengeschäft laufen bei dem Wetter.

Macht hoch die Tür, die Tor macht weit, wiederholte die Flöte, als Gerda Dau das Haus verließ und noch mal zu den Fenstern sah, aus denen ein warmes gelbes Licht fiel. Sie glaubte alle geborgen.

Juni, anderthalb Jahre später

Als Teresa das Haus zum ersten Mal sah, stand es schon viele Monate leer, doch im Garten hing noch Wäsche an der Leine. Der Garten war eine Wiese und ringsum, dort, wo in anderen Gärten Rosen gepflanzt waren oder Rhododendren, standen Johannisbeersträucher, an denen Beeren hingen.

Auf der Wiese die eisernen Stangen für die Wäscheleine. Hinter der Wiese das dunkle Wasser des Kanals, auf dem Enten schwammen.

«Weiße Johannisbeeren», sagte Teresas Mutter, die mit ihr auf der Terrasse des zweistöckigen Hauses stand. «Über der Garage lebt Frau Dau. Wahrscheinlich ist das ihre Wäsche.»

«Wer ist Frau Dau?», fragte Teresa. Seit einer halben Stunde strengte sie sich an, schroff zu klingen. Seit sie in diesem Haus waren. Ein Tiefschlag, der ihr da am ersten Ferientag verpasst worden war.

«Wir ziehen mit Thomas und Leo zusammen», hatte ihre Mutter gesagt, kaum dass sie am Frühstückstisch saßen. «Tut mir leid, Tereschen, da falle ich dir mit der Tür ins Haus. Doch alles ging auf einmal derart schnell. Ich kann es selbst noch kaum glauben.»

Sie waren durch die halbe Stadt gefahren, um das Haus zu besichtigen, das Mama und ihr Freund Thomas gemietet hatten, ohne vorher nur ein einziges Wort darüber zu verlieren. Hatten sie Leo gefragt, Thomas' Sohn? Der Arme durfte von Köln nach Hamburg ziehen, und das kurz vor dem Abitur.

Für Teresa war die Wochenendbeziehung ihrer Mutter immer ganz praktisch gewesen. Von ihr aus hätte das gern weitergehen können. Eine sturmfreie Bude alle vierzehn Tage. Stattdessen nun auch noch eine fremde Frau, die hier lebte und ihre Wäsche im Garten trocknen ließ.

«Wer ist Frau Dau?», wiederholte Teresa die Frage. Ihr Blick wanderte zu den Fenstern über der Garage, an denen weiße kurze Vorhänge hingen.

«Eine freundliche ältere Dame, die eine Art Bleiberecht hat. Sie war die Kinderfrau der Familie, der dieses Haus gehört.»

«Warum sind die ausgezogen?», fragte Teresa. Ohne ihre freundliche ältere Kinderfrau mitzunehmen?

«Thomas und ich könnten euch ein Kanu kaufen», sagte ihre Mutter. «Ihr hättet euren eigenen Anlegeplatz unten am Kanal.» Sie wandte sich um und ging ins Haus hinein. Irgendetwas blieb hier ungesagt.

Teresas Widerstand begann zu bröckeln, als sie das ihr zugedachte Zimmer besichtigte. Ein großes Zimmer mit Stuck an der Decke. Zwei hohe Fenster, die zu Garten und Kanal hinausgingen. Kein Kinderzimmer mit Dachschräge, wie ihr bisheriges gewesen war. Das hier kündete Erwachsensein.

Dachte sie wirklich schon in der Vergangenheitsform an

die Wohnung, in der ihre Mutter und sie seit der Trennung der Eltern lebten? Nachdem ihr Vater in neuer Gesellschaft zu neuen Ufern aufgebrochen war?

Teresa stand an einem der Fenster und sah auf den Kanal. Ein Kanu. Gut. Vielleicht war Mama auch damit einverstanden, ihr den Kleiderschrank aus Kirschbaumholz zu überlassen. Da kämen all ihre Klamotten unter. Und als Bedingung: keinen Schulwechsel. Egal, wie weit der Weg war. Nach den Ferien wollte sie mit ihrer besten Freundin Beckie und den Zwillingen Sebastian und Robert in die Oberstufe kommen und nicht in einer fremden Schule die Neue sein.

Sie hörte die Schritte ihrer Mutter, doch sie drehte sich nicht um.

«Gefällt es dir wenigstens ein bisschen?»

Teresa atmete hörbar ein. «Muffelt hier», sagte sie, «wie lang ist es denn her, dass die ausgezogen sind?»

«Ich finde nicht, dass es muffelt», sagte Mama. «Frau Dau hat oft gelüftet und überhaupt alles in guter Ordnung gehalten.»

Frau Dau. Nicht, dass Mama noch auf die Idee kam, sie einzustellen. Als Kinderfrau für eine Sechzehnjährige und einen fast Achtzehnjährigen.

«Wie lang steht das Haus also schon leer?»

Mama legte die Hände auf Teresas Schultern und blickte mit ihr in den Garten. «Anfang Juni war es ein Jahr», sagte sie.

«Wollte den Kasten keiner mieten?», fragte Teresa.

«Die Besitzer wussten wohl lange nicht, ob sie ihn vermieten wollten.»

«Komische Leute. Hast du sie kennengelernt?»

«Nein. Das ging alles über einen Makler. Die Miete ist sehr günstig.»

«Weiß Leo schon, dass wir zusammenziehen?»

«Er hat es auch heute Morgen erfahren.»

«Versucht es doch mal mit Synchronturnen, Thomas und du, ihr scheint Talent dafür zu haben.»

«Leo hat begeisterter reagiert als du. Er freut sich auf Hamburg und vor allem auf dich.»

Teresa zog eine Schnute, um nicht zu grinsen.

«Ihr habt euch doch immer gut verstanden», sagte Mama und betrachtete die Schnute, die es nicht länger in ihrer schnutigen Form hielt.

«Dann steht unserem Glück ja nichts im Wege», sagte sie, als Teresas Mund immer breiter wurde.

«Weißt du, was komisch ist?», sagte Teresa. «Ich denke die ganze Zeit schon, dieses Haus kenne ich.»

Juli

Erst Tage später kam es ihr in den Sinn. Teresa lehnte an dem alten Eisengeländer, das die Böschung des Kanals von der Straße abgrenzte, und sah zur Gartenseite des Hauses hinüber. Genau hier mussten sie gestanden haben, die Fotografen und die Kameraleute, als sie ihre Bilder vom Haus schossen. Der verloren gegangene Junge. Er war nie gefunden worden. Auch nicht im Kanal. Teresa erinnerte sich an die Bilder von Tauchern, die an einem trüben Novembertag in das Wasser stiegen.

Vielleicht sollte sie nachlesen, was damals genau geschehen war. Oder brachte das Unglück? Brachte es Unglück, in einem Haus zu leben, in dem Schreckliches geschehen war? Teresa ahnte, wie ihre Mutter auf diese Frage reagieren würde. Voller Unwillen und kaum gesprächsbereit. Also warten, bis Leo eintraf, und hören, ob es ihm Sorgen bereitete.

Die Fenster zu ihrem Zimmer standen weit offen. Eine Malerleiter war zu sehen. Gleich wollte sie ins Haus gehen und gucken, wie sich «Pflaume» auf den Wänden machte. Mama nannte die Farbe einen Lichtfresser und hatte darauf bestanden, die hohe Decke weiß zu lassen. Weiß wie alle anderen Wände im Haus.

Teresa ging über die Brücke und ein Stück die Straße

entlang, von der ihre Stichstraße abging. Sechs Häuser nur. Drei auf jeder Seite. Die zum Kanal hin waren alte zweistöckige Villen auf großen Grundstücken, gegenüber standen höhere Klinkerhäuser aus der Nachkriegszeit.

Auf den Stufen zu ihrem Haus saßen die beiden Maler, hatten Becher in der Hand und eine Thermoskanne zwischen sich stehen.

«Eine Pflaumenwand ist fertig», sagte der jüngere, «sieht gut aus.»

Teresa lächelte und stieg an ihnen vorbei, um durch die geöffnete Tür zu gehen. Mama kroch irgendwo im Haus mit dem Zollstock herum. Am Wochenende war Thomas angesagt, und am Montag sollten ihre Möbel kommen und zwei Tage später der Möbelwagen aus Köln und mit ihm Leo.

Sie ging in die Küche und drehte den Hahn über der Spüle auf, um mit der Hand Wasser zu schöpfen und zu trinken. Der große Tresen, der über Eck ging, war noch von den vorherigen Bewohnern des Hauses. Auch der Geschirrschrank mit den Sprossentüren. Einen Küchentisch hatte Mama gestern gekauft. Morgen würde er geliefert werden.

Teresa schrak zusammen, als sie das Geräusch hinter sich hörte.

«Entschuldige», sagte die Frau, «ich habe dich erschreckt. Muss mich noch daran gewöhnen, dass es nun nicht mehr meine Küche ist.»

«Frau Dau?», fragte Teresa.

Die Frau streckte ihre Hand aus. «Gerda Dau», sagte sie, «ich wohne in den zwei Zimmern über der Remise.»

«Ich bin Teresa.»

Die Frau nickte. «Unsere Kinder heißen Elisabeth und Charlotte. Und Johannes. Das ist der Kleine.»

Der verloren gegangene Junge. Teresa fing an zu frösteln auf den schwarz-weißen Steinfliesen der Küche.

«In der Küche ist es immer kühl. Nur im Winter nicht», sagte Gerda Dau und wandte sich zur Tür. «Dann wird ordentlich eingeheizt. Ich kenne mich aus im Haus. Vom Keller bis zu den Dachkammern. Falls ihr Fragen habt.»

«Danke», sagte Teresa und sah der Frau nach, die freundlich gewirkt hatte. Sie stieg die Treppe hoch und traf die Maler in ihrem Zimmer. Eine zweite Wand war zur Hälfte gestrichen.

«Findest du das Lila nicht doch zu dunkel?»

Teresa guckte ihre Mutter an. «Warum schleicht ihr alle hinter meinem Rücken herum?», fragte sie.

«Wer tut das denn?»

«Du und Frau Dau.»

«Das wird schwer werden, ihr klarzumachen, dass sie hier im Haus nichts mehr zu suchen hat. Doch die Tür wird ja nicht immer offen sein.»

«Ich finde das Lila nicht zu dunkel», sagte Teresa. «Aber ich würde gern mal mit dir darüber sprechen, was in diesem Haus geschehen ist.»

«Nicht jetzt», sagte Mama. «Das tun wir, wenn wir alles hinter uns haben und friedlich an unserem neuen Küchentisch sitzen. Bis dahin habe ich nicht den geringsten Nerv dafür.»

Warum hatte sie nur davon angefangen? Wider besseres Wissen.

Teresa seufzte tief.

Die Tür zum Keller war verschlossen. Thomas stand neben den Kartons, die erst einmal unten in den Keller gestellt werden sollten, und schwitzte. Teresa suchte Frau Dau.

O ja. Gerda Dau war verlegen, dass sie den Kellerschlüssel nicht schon abgeben hatte und er noch immer an ihrem dicken Schlüsselbund hing.

Ein Schlüsselbund voller Geheimnisse, dachte Teresa, als sie zusah, wie Frau Dau die Kellertür aufschloss und erst nach Aufforderung den großen alten Schlüssel von den anderen löste.

Unten im Keller ein schöner alter Terrazzoboden. «Eine Verschwendung», sagte Thomas, «den hätte ich lieber oben im Flur.»

Oben im Flur lag Teppichboden. Gestern Abend hatte Teresa gedacht, dass auf dem Teppich Blutflecken seien. Vielleicht war sie überreizt. Ganz sicher war sie überreizt durch diese jähe Veränderung. Seit Tagen träumte sie schlecht. Dabei schlief sie noch immer in ihrem Kinderzimmerchen mit Dachschräge. Wie sollte das erst werden, wenn sie hier eingezogen waren? «Was du in der ersten Nacht in einem neuen Heim träumst, wird wahr», hatte Mamas Tante gesagt.

Teresa bezweifelte, dass sie die Vorgeschichte des Hauses kannte. Mama hatte bestimmt nichts erzählt. Schon gar nicht ihrer alten Tante. Ihre Mutter neigte dazu, heikle Themen unter den Teppich zu kehren.

Thomas klopfte die staubigen Hände an den Hosen ab und setzte sich auf eine der Kisten, die nun in den Keller gefunden hatten.

«Frau Dau scheint ein wenig wunderlich zu sein», sagte er.

«Sie war die Kinderfrau eines kleinen Jungen, der verschwunden ist.»

«Ich weiß. Der Makler hat es Herlinde und mir erzählt.»

«Hast du schon mehr darüber herausgefunden?», fragte Teresa.

Thomas war Journalist, und Journalisten recherchierten und ruhten nicht, bis sie einer Sache auf den Grund gegangen waren. Oder?

«Nein. Das ist eine Tragödie, und es steht mir nicht zu, darin zu fleddern», sagte er zu Teresas Enttäuschung.

«Du sollst ja nicht fleddern, sondern aufklären.»

«In diesem Haus gibt es keinen Winkel, den die Kripo nicht abgesucht hat.»

«Da», sagte Teresa und hob die Hand. «Am Fenster. Hinter dir.»

Thomas drehte sich um. «Was ist da?», fragte er.

«Da war ein Gesicht. Das Gesicht eines Jungen.»

«Das haben deine Mutter und ich befürchtet, dass ihr anfangen werdet, Gespenster zu sehen.»

«Lass uns gleich mal klären, dass ich kein Kleinkind bin», sagte Teresa, «da war jemand.» Dieses Zusammenleben barg größeren Konfliktstoff als das eine und andere gemeinsame Wochenende in Hamburg oder Köln.

Doch Thomas schien mit seinen Gedanken schon anderswo zu sein. «Ich frage mich, was das für Schlüssel sind, die Frau Dau an ihrem Bund hat», sagte er. «Für zwei Zimmer über der Garage entschieden zu viele.»

Der Junge zu dem Gesicht im Kellerfenster stand vor dem Haus, als Teresa aus der Tür kam. Die Finger hatte er in die leeren Gürtelschlaufen seiner Jeans gehängt, er wippte auf den dreckigen Turnschuhen und grinste. Ein Abklatsch von Lässigkeit.

«Dass ihr euch hierhertraut», sagte er.

«Und wer bist du?», fragte Teresa.

«Geht dich das was an?»

«Jeder geht mich an, der um unser Haus herumschleicht.»

«Euer Haus», zischte der Junge. «Du hast doch keine Ahnung, was hier passiert ist. Sonst würdest du dich wegbeamen.»

Teresa deutete ein Gähnen an. Wie alt war dieser Typ eigentlich? Eher jünger als sie. «Ist bekannt», sagte sie, «das ganze Drama.»

«Der Kleine war eine Kröte», sagte der Junge.

«Nicht nett, dass du das sagst.»

«Stimmt aber. Und trotzdem hat er dauernd geheult.»

«Vielleicht hast du ihn ja erst zum Heulen gebracht.»

Der Junge öffnete den Mund. Doch er schwieg. «Gus», sagte er schließlich, «von gegenüber. Eigentlich Gustav. Und wie heißt du?»

«Geht dich das was an?», fragte Teresa. Ihr verspäteter Abgang war elegant. Die Königin von Saba nichts dagegen. Hätte sie gleich tun sollen. Doch schon Sekunden später kam sie sich kindisch vor.

«Und Ratten gibt es hier auch», rief Gus ihr nach. «Die sitzen in den Klos.»

Mitte Juli hatte sich alles vollzogen. Leos Ankunft. Der Einzug ins Haus. In der ersten Nacht hatte Teresa tief und traumlos geschlafen. Doch ein paar Nächte später wachte sie aus einem Albtraum auf.

Von einer Leiche im Kanal hatte sie geträumt. Kein Kind. Eine Frau, die im seichten dunklen Wasser lag, von Schlingpflanzen festgehalten. Lange rötliche Haare, die sich um den Kopf legten wie ein Heiligenschein. Die Augen der Frau waren weit geöffnet. Ihre Haut sehr weiß. Am ganzen Körper weiß. Doch sie war nicht nackt. Die Leiche im Wasser hatte ein Kleid an, dessen nasser Stoff transparent geworden war.

Teresa saß aufrecht im Bett. Ihr war eiskalt. Das Entsetzen in den Augen der Frau. Kein sanfter Tod, den sie gestorben war.

Erst nachdem sie heiß geduscht hatte, fiel ihr ein, dass Leo und sie am Abend von Teresas Hausaufgabe in Deutsch gesprochen hatten. Hamlet. Hamlets Ophelia. Die wahnsinnige Ophelia, die ins Wasser gegangen war. Shakespeare hatte sich in ihren Traum geschlichen. Teresa lachte erleichtert auf und kämmte ihre langen nassen Haare.

Thomas hatte gar nicht so falschgelegen mit seiner Vermutung, dass sie anfingen, Gespenster zu sehen. Das heißt, sie sah Gespenster. Leo schien gelassen zu sein, als die Geschichte vom verlorenen Jungen am zweiten Abend auf den Küchentisch kam. Wenn auch ziemlich verkürzt von Mama, die nie den Nerv haben würde, ausführlich darüber zu sprechen.

Sie kehrte in ihr Zimmer zurück und trat an eines der Fenster. Draußen fand gerade der schönste Sommer statt. Ihre Mutter und Thomas saßen auf der Terrasse in den alten Korbstühlen, die sie im Keller gefunden hatten. Weißer Korb, von dem die Farbe schon stark abblätterte. «Sperrmüll», hatte Thomas befunden. «Möbel mit Seele», hatte Mama gesagt und Kissen für die Stühle gekauft. Helles Grau mit großen weißen Punkten.

Unten am Kanal ließ Leo das Kanu zu Wasser. Ein knallblauer Zweier-Kanadier. Die beiden Stechpaddel lagen noch in ihrer Folie im Gras. Leo guckte auf und rief ihr etwas zu. Teresa beugte sich vor. Sie war sicher, dass die Tote in ihrem Traum genau an der Stelle im Wasser gelegen hatte. Warum bloß träumte sie so was? War das eine Warnung? Gab es Häuser, auf denen ein Fluch lag, und auch sie waren in Gefahr?

«Komm, du Langschläferin. Wir machen eine Tour.»

Leo sollte lieber mal die Umzugskartons auspacken, die sich in seinem Zimmer stapelten. Bisher hatte er nur geschafft, zwei Poster an die Wände zu pinnen. Eines davon war ein Filmplakat von «Pulp Fiction», auf dem sich eine schwarzhaarige Frau räkelte. Im Vordergrund eine Pistole. Das andere zeigte eine Landschaft in Patagonien. Sagte Leo.

«Kommst du?», rief Leo. Mama und Thomas guckten zu ihr hoch.

Dunkles Kanalwasser lockte sie gerade wenig. Ganz war der Schrecken des Traumes noch nicht weggelacht. Doch wenn sie ihm jetzt was von Kartons auspacken erzählte, hielte Leo sie für eine komplette Idiotin.

Sie betrachtete ihn, der dabei war, die Jeans aufzukrempeln. Seine Haut war von der Sonne gebräunt. Das dunkle lockige Haar fiel ihm in die Stirn. Er sah gut aus. Beunruhigend gut.

Ein Kumpel war er für sie gewesen, wie die Zwillinge Kumpel waren, ihre Freunde seit Kindertagen. Doch nun gab es ihr einen Stich, wenn sie Leo ansah. Stich in der Herzgegend. Bei ihm stach sicher nichts.

Vielleicht sollte sie die Chance nutzen und ins Kanu steigen.

«Ich komme», rief sie und wandte sich dem Kleiderschrank zu. Sandfarbene Shorts. Ein schwarzes ärmelloses Shirt. Die nackten Füße in Sneakers.

Sie lief die Treppe hinunter und trat in die Küche. Noch letzte Spuren des Frühstücks auf dem Tisch. Sie griff nach einem Apfel. Eine unbeschriftete Kiste stand auf dem Tresen, deren Inhalt Mama wohl gerade begutachtete, Kram aus Teresas früher Kindheit. Basteleien. Eine schiefe Laterne stand neben der Kiste. Schwarzer Karton. Die vier Fenster aus buntem Transparentpapier. Kerze. Engel. Stern. Ein Tannenzweig. Was Mama alles aufbewahrt hatte.

Teresa trat auf die Terrasse und in den strahlenden Tag. Welch ein Kontrast zur dämmrigen Küche und den kindlichen Kunstwerken.

Sie lief über die Wiese und pflückte allerletzte Johannisbeeren vom Strauch. Leo war gerade dabei, die Paddel von der Folie zu befreien.

Als sie ins Kanu kletterten, hörten sie einen Schrei im Haus.

Gerda Dau saß am Tisch und hielt die Laterne fest. Tränen liefen ihr über das Gesicht. Sie sah nicht auf, als sie in die Küche kamen.

«Frau Dau. Das ist nicht mehr Ihre Küche», sagte Mama.

«Ich weiß», sagte Frau Dau leise. «Es ist auch nicht seine Laterne. Ich hab es nur im ersten Augenblick geglaubt.»

«Meine Tochter hat die Laterne im Kindergarten gebastelt.»

Gerda Dau nickte. «Johannes' Laterne hat den heiligen Martin im vierten der Fenster. Ich habe ihm geholfen. Der Junge ist so stolz darauf.»

Sie standen zu dritt um den Küchentisch und wirkten hilflos. Nur Leo stand noch in der Tür. «Vielleicht wollen Sie sich in den Garten setzen?», fragte er. «In die warme Sonne. Oder soll ich Sie in Ihre Wohnung begleiten?»

Thomas drehte sich zu Leo um. Voller Staunen ob dessen Sanftheit.

«Nicht in den Garten», sagte Gerda Dau. Sie stand mühsam auf. «Doch wenn du mich zur Remise bringst, bin ich dankbar.»

Sie sahen den beiden nach, als sie die Küche verließen. Herlinde fing an, die Basteleien in die Kiste zu packen. Thomas stand bereit, die Kiste in den Keller zu tragen. Teresa ging zurück zum Kanal und wartete auf Leo.

«Es ist hell und gemütlich bei ihr», sagte Leo. «Auf einer Kommode stehen Fotos von den Kindern. Ein großes von Johannes. Sie hat eine kleine Vase mit Blumen daneben stehen, eine Kerze und einen Engel aus Bronze.»

«Ein Altar», sagte Teresa, «dabei glaubt sie doch, dass er lebt.»

Leo hob die Schultern. Er zupfte an ein paar Grashalmen

und warf sie in das Wasser. «Ich weiß nicht. Wenn er entführt worden wäre, dann hätte sich doch jemand gemeldet und Lösegeld gefordert.»

«Gibt auch Typen, die klauen die Kinder, um sie gefangen zu halten und sie zu quälen», sagte Teresa.

«Frau Dau braucht professionelle Hilfe. Das ist doch ein Trauma. Du bist für ein Kind verantwortlich, lässt es für eine kurze Zeit in der Küche zurück, und dann ist es weg. An einem dunklen kalten Novembertag.»

«Hat sie dir das erzählt?»

«Nein. Das habe ich im Internet gelesen.»

«Und wenn der Junge doch noch hier ist? Vielleicht im Garten vergraben?»

«Ein Fremder hätte ihn kaum im Garten vergraben und sich aus allen Fenstern dabei zugucken lassen. Der wäre nach der Tat auf und davon.»

«Kein Fremder. Einer, der hier jedes Fleckchen kennt.»

«Quatsch. Denkst du vielleicht, Frau Dau hat ihn getötet?»

Teresa schüttelte den Kopf und kaute an ihrer Lippe.

Thomas hatte die Kiste in den Keller getragen und einen Geruch in der Nase gehabt, der auch im Garten noch in der Luft zu liegen schien und sich über alle leichten Düfte des Sommers legte. Doch es dauerte eine Weile, bis Thomas sich eingestand, dass es der Geruch von Verwesung war.

Er sah zu Herlinde hinüber, die gerade ihr Glas neben den Korbstuhl stellte und zu dem Textbuch griff. Sie war keine erfolgreiche Schauspielerin. Und es war eher unwahrscheinlich, dass sie eine Rolle bekam in dem Stück, das sie gerade las. Das wussten sie beide.

Die Kinder saßen am Kanal im Gras.

Die Kinder. Im September würde Leo volljährig werden. Hoffentlich das Abitur im kommenden Schuljahr machen. Thomas hatte ihm angeboten, an seinem alten Gymnasium in Köln zu bleiben, doch Leo war ganz dankbar für unvoreingenommene Lehrer, die keine näheren Kenntnisse von seiner Schulkarriere hatten.

Ich dachte hin, ich dachte her, um Glück für dich zu werben.

Warum kam ihm dieser Text in den Kopf? Weil er an Leos Mutter dachte? Die er verloren hatte, als Leo ein Baby war? Nach einer kleinen, eigentlich harmlosen Operation?

Er hatte Leo allein großgezogen. Die eine oder andere Freundin gehabt. Nichts Ernstes. Bis Herlinde in sein Leben gekommen war.

Nur eines hab ich nicht gedacht, dass du mir könntest sterben.

Thomas stand auf. Er musste dem Geruch nachgehen.

Er stieß die Tür zum Nebenraum des großen Kellers auf. Hier gab es keinen Terrazzoboden mehr. Nur gestampften Lehm. Holzregale standen an den gekalkten Wänden. Leer bis auf trübe Einmachgläser ohne Eingemachtes. Doch der Geruch, im großen Keller nur eine Ahnung, war hier eindeutig und wies in die hinterste Ecke des Raumes.

Die tote Ratte lag in einem Nest aus zerknülltem Zeitungspapier. Eine Kölner Zeitung. Sie musste das Papier aus einem der Umzugskartons gezerrt haben, um sich zum Sterben hinzulegen. Nur nicht sentimental werden, dachte Thomas. Aus lauter Dankbarkeit, dass es nur eine Ratte war.

Er stieg die Treppe hoch und ging in die Küche. Riss zwei Müllsäcke von der Rolle. Nahm eine kleine feste Plastiktüte aus dem Schrank unter der Spüle. Gab es hier nicht irgendwo Klebeband?

«Was hast du vor?», fragte Teresa, die in die Küche kam.

«Das willst du nicht wissen», sagte Thomas. Doch nun drängte auch noch Herlinde nach und guckte fragend. Was weckte die menschliche Neugier derart bei zwei Müllsäcken und einer kleinen festen Plastiktüte?

Er trat den Weg in den Keller an, gefolgt von Teresa und Herlinde.

«Es ist nicht das, was ihr denkt», sagte er. «Erspart es euch trotzdem.»

«O Gott», sagte Herlinde, als sie sich dem kleinen Keller näherten.

Teresas Gesicht schien zu erstarren.

«Nur eine Ratte», sagte Thomas.

Herlinde entspannte sich auf der Stelle. «In Hamburg muss das der Behörde gemeldet werden», sagte sie, «dem Institut für Hygiene.»

Sie drehte sich um und folgte nun doch Thomas' Rat. Sie ersparte sich den Anblick der verwesenden Ratte. Nur Teresa sah ganz genau hin.

Thomas stülpte die kleine Tüte über die rechte Hand, griff die Ratte und tat sie in den Müllsack. Wickelte sie fest ein und nahm auch noch den zweiten Sack, um ein luftdichtes Paket zu schnüren.

«Morgen rufe ich den Kammerjäger an. Das haben wir wohl der Idylle am Kanal zu verdanken», sagte er.

Nein. Nicht der Kanal. Die Sielbauarbeiten störten die Ratten und trieben sie in die Keller hinein. «In der ganzen Stadt werden die Siele erneuert», erklärte der Mann von der Schädlingsbekämpfung. «Da fühlen sich die Viecher belästigt und verlassen ihr vertrautes Terrain. Das Abwassersystem ist zu großen Teilen noch aus dem neunzehnten Jahrhundert. Da muss was geschehen, sonst fängt es an zu stinken in Hamburg. Bei Ihnen in der Gegend wird aber nichts mehr aufgerissen. Damit sind die durch.»

Giftköder wurden ausgelegt. Teresa hoffte, dass keine Katzen und Hunde in den Keller kamen und in Gefahr gerieten. Und sie wurde ganz besessen von der Idee, Haus und Garten Zentimeter für Zentimeter abzusuchen.

«Lust auf weitere Ratten?», fragte Leo.

«Ich werde das Gefühl nicht los, dass Johannes ganz nah ist.»

«Das fängt an, manisch zu werden bei dir», sagte Leo. Er blickte zu den kurzen weißen Vorhängen von Gerda Dau, die sich bewegten.

«Wenn es mal zu sterben gilt, will ich es hier tun», hatte sie zu ihm gesagt, «genau hier und nirgends anders. Vorher geh ich nicht weg. Ich warte auf den Jungen, und ich will da sein, wenn er zurückkommt.»

Er hoffte für sie, dass sie Erlösung fände. Er mochte Gerda Dau. Vielleicht mangelte es ihm an Müttern und Großmüttern.

«Mach dich nicht verrückt», sagte er zu Teresa und legte eine Hand auf ihre Schulter. «Lass uns lieber die letzten Tage der Freiheit genießen.»

Teresa genoss erst einmal das Kribbeln unter ihrer Haut.

AUGUST

Leo entschied sich für ein Gymnasium in der Nähe. Anders als Teresa war er nicht bereit, durch die halbe Stadt zur Schule zu fahren. Er hatte vor, mit viel Charme und einem Mindestmaß an Anstrengung durch das Abitur zu kommen. Vielleicht auch Zeit für eine kleine Liebschaft zu haben. Obwohl seine letzte Freundin in Köln anstrengender als jede Schulstunde gewesen war. Leider hatte er eine Schwäche für Zicken.

Von Teresas Herzstichen ahnte er nichts. Sie hätten ihn verlegen gemacht. Waren seine Gefühle für Teresa nicht eher geschwisterlich?

«Ah. Da ist ja Tilda», sagte der Schulleiter und schien erleichtert, den neuen Schüler weiterreichen zu können. «Tilda und Sie sind in derselben Profiloberstufe. Sie wird Ihnen alles zeigen.»

Tilda sah älter aus, als sie sein konnte. Es sei denn, sie hätte Ehrenrunden gedreht. Doch das bezweifelte Leo. Sie wirkte auf ihn wie die Königin der Klassenbesten. Mit allen Dünkeln einem Durchschnittsschüler gegenüber.

Ihre langen Haare waren zu einem Zopf geflochten. Ihr Kleid ging ihr bis zu den Knöcheln und sah aus, als sei es aus einer geblümten Gardine genäht.

Sie zeigte ihm alles höchst gewissenhaft. Er lachte sie am

Ende der Tour an. Konnte nicht schaden, schon mal die Charme-Offensive zu starten.

«Bist du eine dieser Kölner Frohnaturen?», fragte sie.

«Genau», sagte Leo, «lauter Tünnesse in Köln.»

Tilda nickte, als habe sie sich das genau so gedacht.

Er war dankbar, als sie sich zu den anderen in den Computerraum setzten.

Das Wiedersehen war weniger begeisternd, als Teresa es sich vorgestellt hatte. Die Zwillinge wirkten völlig überdreht. Sechs Wochen Kalifornien waren wohl zu viel des Guten gewesen für die beiden.

«Bob», sagte Robert. «Ich heiße jetzt Bob.»

«Bob and Basti. Lovable lookalikes», sagte Sebastian.

«In a lovable family. Mum and Dad and Bob and Basti.»

«Wenn wir noch acht Jahre alt wären, fände ich euch lustig», sagte Teresa.

«Wir finden auch nicht lustig, dass du auf einmal am anderen Ende der Stadt wohnst, kaum dass man mal ein paar Tage weg ist.»

«Entspannt euch. Ich habe es mir nicht ausgesucht.»

«Du wohnst in einem Geisterhaus, sagt Beckie?»

«Wo ist sie überhaupt?», fragte Teresa.

«Im Tattoostudio», sagte Basti. «Name und Größe des neuen Liebhabers eintätowieren.»

«Und die Farbe der Augen», sagte Bob.

Noch gar nicht lange her, da hätte Teresa gesagt, ihnen sei wohl ins Hirn geschissen worden. Doch die rauen Zeiten waren vorbei.

Es dauerte bis zur ersten kleinen Pause. Dann brachen die Brüder in Gelächter aus. «Okay», sagte Bob, «lasst uns wieder dem Ernst des Lebens ins Auge blicken. Wenn der nicht bei der Einschulung begonnen hat, dann tut er es in der Oberstufe.» Er umarmte Teresa. Die Zwillinge hatten also doch nicht den Verstand verloren. Sie war erleichtert. Auch als Beckie um die Ecke kam, die ausgerechnet an diesem Morgen ihren nagelneuen Personalausweis abgeholt hatte.

Im *Tre Cime* würde Teresa später alles erzählen, ihrem Stammcafé.

Nein. Sie wollte keine böse Nachbarin sein. Keine Kinderfeindin. Wenn nur ihre Nerven nicht wären. Alle taten alles, um sie wahnsinnig zu machen. Krach. An allen Ecken. Seit Jahren. Kein Frieden. Nirgendwo.

Dieser grauenvolle Gus stand neben ihr und starrte sie an. Wohnte auch noch im selben Haus wie sie. Und seine Mutter und dieses andere Weib nicht besser als er. Überall Sodom und Gomorrha. Auch da drüben.

«Krrr», sagte die Jochmann. «Krrr. Krrr. Krrr.»

Gus grinste. Die Alte gehörte in die Klapsmühle. Eindeutig.

Hanne Jochmann guckte zu den Fenstern von Frau Dau, als käme von dort Hilfe. Hörte die denn den Krach nicht, der aus der oberen Etage drang? Aus dem Schreckenshaus, in dem nun neue Leute lebten?

Die Jochmann hatte keine Ahnung, dass es Neil Diamond war, der da oben Krach machte. «Girl, You'll Be A Woman Soon.»

Aus «Pulp Fiction». Dem Film. Auch den kannte Hanne Jochmann nicht.

An Leo ging der Zorn von Frau Jochmann vorbei. Er nahm weder sie noch Gus wahr. Er sann über seinen ersten Schultag in Hamburg nach. Eigentlich waren sie alle nett gewesen. Nur diese Tilda war gewöhnungsbedürftig. Schade, dass der Tag mit ihr begonnen hatte.

Leo fing an, seine Umzugskartons auszupacken.

Die Musikanlage hatte er ja schon erfolgreich installiert.

«Gehörst du auch zu diesen Leuten?», fragte Hanne Jochmann, als sich Teresa näherte. Teresa blickte zu Leos Fenster hoch, dessen Flügel offen standen. Er hätte das Zimmer neben ihr haben können, zur Gartenseite, doch dieses Eckzimmer hatte es ihm angetan gehabt.

Ein Ausguck. Beste Sicht auf beinah alles.

«Stört Sie die Musik?», fragte sie. Erst jetzt sah sie, dass sich Gus hinter der Frau herumdrückte. «Krrr. Krrr», sagte Gus.

Die Frau wedelte mit den Händen, als sei Gus eine Fliege.

«Und ob sie die Musik stört. Frau Jochmann stört alles. Alles, was anderen Spaß macht, schadet ihren Nerven», sagte Gus.

Teresa schaute ihn aufmerksam an. Vielleicht war er gar nicht so dumm. Er schien jedenfalls kein schlechter Beobachter zu sein.

«Du Flegel. Du fieser Flegel.» Frau Jochmann stampfte mit dem Fuß auf und verlor ihren Schuh dabei. Gus grinste. Der grinsende Gus.

«Sorg dafür, dass dieser Krach aufhört», fuhr sie Teresa an.

Frau Jochmann sah aus, als ob sie in Tränen ausbrechen wollte. Ihre straff gespannte Haut war weiß bis in den Ansatz ihrer rot gekräuselten Haare.

Die Musik hörte jäh auf, als Hanne Jochmann zu kreischen ansetzte. Und so war nur noch ihr Kreischen zu hören und Leo zu sehen, der ziemlich fassungslos an seinem stillen Fenster stand.

Teresa war allein zu Hause an diesem frühen Freitagabend am zweiten Augustwochenende. Thomas saß noch in der Redaktion, für die er nun arbeitete. Herlinde hatte den ersten Job seit Langem, ein Hörspiel, für das sie gerade Aufnahmen in einem Studio des NDR machte. Leo streunte in der Stadt herum, Sehenswürdigkeiten gucken. Vielleicht sah er sich gerade das Stadion von St. Pauli an oder Plattenläden.

Teresa stand auf der Terrasse, als Gerda Dau durch den Garten lief. Hin zum Kanal. Es sah aus, als ob sie sich hineinstürzen wollte. Doch dann hockte sie nur im Gras und kam nicht mehr hoch aus dieser Hocke.

Teresa hörte Frau Daus Weinen, als sie näher kam, und spürte einen tiefen Widerwillen. Irgendwas war falsch an dieser Szene.

«Sie hat versucht, sich das Leben zu nehmen», sagte Gerda Dau so leise, dass Teresa kaum etwas verstand.

«Wer?», fragte sie.

«Ich bin schuld. Alle Stimmen sagen es. Elisabeth auch.»

Elisabeth. Die Große. Nun Neunzehnjährige. Die kam, um der Kinderfrau zu sagen, dass ihre Mutter versucht habe, sich das Leben zu nehmen? Mutter von Johannes. Charlotte. Elisabeth.

«Ich bin schuld», wiederholte Gerda Dau, «alles schuld.»

Teresa sah sich im Garten um, als sei da noch irgendwo Elisabeth, um ihre Anschuldigungen loszuwerden, ihre Vorwürfe auszusprechen.

War das gerecht? Was war Gerechtigkeit in diesem Fall?

Teresa wünschte, Leo käme und führte Frau Dau in ihre zwei Zimmer über der Garage. Relativierte diese Schuldzuweisung des Mädchens, das Elisabeth hieß.

Wie traumatisiert musste diese Familie sein? Wie traumatisiert Frau Dau?

«Elisabeths Mutter wird es doch überleben. Oder?», fragte Teresa.

Gerda Dau öffnete eine ihrer Hände, die zu Fäusten verkrampft waren. Ein herzförmiger Zettel klebte in ihrer Hand.

«Da soll ich anrufen», sagte sie.

Teresa war dankbar, als sie Leo in den Garten kommen sah. Eine Tüte von Zardoz schwenkend, einem Plattenladen in der Sternschanze.

Leo gab die Zahlen vom Zettel ins Handy, nachdem er gehört hatte, um was es ging. Er tippte sie zweimal ein.

«Die Leitung ist tot», sagte er.

«Das ist doch das UKE», sagte Gerda Dau.

«Universitätsklinik Eppendorf», sagte Teresa zu Leo, der sie fragend ansah. Vielleicht war ein Dreher drin. Die Zahlen im Schock falsch notiert. Oder Frau Dau hatte etwas völlig missverstanden.

«Wo leben die jetzt?», fragte Leo.

«Keine Ahnung», sagte Teresa.

Auch Frau Dau hatte gesagt, sie wisse es nicht. Ihr war zugebilligt worden, über der Garage zu wohnen. Doch den Kontakt verwehrte Johannes' Familie.

Leo sah zu den Fenstern über der Garage, deren Vorhänge nun zugezogen waren. Gerda Dau hatte sich hinlegen wollen.

«Die Nummer vom UKE ist eine ganz andere», sagte Teresa, «ich habe es überprüft, als du bei ihr oben warst.»

«Ich weiß. Die Nummer habe ich eben auf mein Handy geholt und es ihr gegeben. Als sich die Klinik meldete, hat sie das Handy fallen lassen. Weißt du, was ich glaube? Sie hat Wahnvorstellungen. Vor lauter Schuldgefühl.»

«Und dann erscheint ihr diese Elisabeth und flüstert ihr ein, die Mutter habe versucht, sich das Leben zu nehmen?»

«Auf der Kommode lag ein Block mit genau diesen Klebezetteln. Und daneben eine leere Tablettenfolie.»

«Du denkst, Frau Dau hat das alles inszeniert? Zahlen hingekritzelt, um dann in den Garten zu laufen und einen auf große Oper zu machen?»

«Ich denke schon, dass sich in ihrem Kopf alles so abgespielt hat, wie sie es dir wiedergegeben hat. Und dass sie das für Realität hält.»

«Du schließt aus, dass diese Elisabeth hier aufgekreuzt ist?»

Leo hob die Schultern. «Was heißt ausschließen? Sagen wir mal, ich halte es nicht für wahrscheinlich. Vielleicht nimmt sie diese Stimmungsaufheller. Die können zu Halluzinationen führen, wenn du sie überdosierst.»

Teresa holte das Bild vor Augen. Gerda Dau unten am Kanal. Den Zettel in der hohlen Hand. «Weißt du, was sie gesagt hat? Alle Stimmen sagten, dass sie schuld sei.»

Leo seufzte. Das bestätigte doch seine Theorie.

Die Zwillinge liefen vom Keller zu den Dachkammern und ihre Begeisterung über dieses Haus erreichte leicht die Dezibelzahl von Kindergeburtstagen. Konnte nicht lange dauern, bis die Nachbarin von gegenüber kam, um sich zu erzürnen. Die Zimmerlautstärke war längst überschritten.

Krrr. Krrr. Teresa war noch nicht klar, ob die Jochmann sich vor lauter unbändigem Zorn an den zwei ersten Konsonanten des Wortes «Krach» verhakte oder ob sie tierische Laute von sich gab, um die Menschen auf Distanz zu halten. Krähen näherten sich ihr jedenfalls schon interessiert.

«Dieses Zimmer wäre meines», sagte Bob und sprang auf Leos Bett.

Gut, dass der in Berlin war, um mit seinem Tutor und den Teilnehmern des Geschichtskursus das Jüdische Museum zu besuchen.

«Geile Aussicht», sagte Basti, «kannst alles überblicken.» Er winkte, und Teresa sah gerade noch, wie Gerda Dau aus ihrem Fenster verschwand.

Sie hatte sich zurückgezogen seit dem Vorfall im Garten und kein einziges Wort mehr verloren über Elisabeth und ihre Mutter.

«Amerika hat euch verjüngt», sagte sie zum hopsenden Bob.

«Soll heißen, dass wir total kindisch drauf sind?» Bob stieg vom Bett und betrachtete den giftgrünen Sitzsack mit Sympathie.

«Guck dir die an», sagte Basti. «Da drüben auf der anderen Straßenseite. Sieht aus wie ein Huhn mit Kräusellocken.»

Die Jochmann warf einen Blick nach oben und eilte davon. Sie wirkte gehetzt, als sei jemand hinter ihr her. Gus war jedenfalls nicht zu sehen.

«Kannst du uns mal das Zimmer von dem Kleinen zeigen?»

«Ich habe keine Ahnung, wer welches Zimmer hatte», sagte Teresa.

«Dann lass uns in die Küche gehen. Aus der ist er doch verschwunden.»

«Ihr seid gut informiert.»

«Google.» Die Zwillinge grinsten. «Ich hätte echt Lust, auf Spurensuche zu gehen», sagte Basti. Sein Bruder nickte. «Der Nachname wird in den Zeitungen immer mit z. W. abgekürzt.»

«Zur Weide», sagte Teresa. Thomas hatte gesagt, dieser Name stehe im Mietvertrag. Im Internet fanden sich nur Gasthöfe und ein Gnadenhof, die zur Weide hießen.

«Komischer Name», sagte Basti, «zur Weide. Klingt nach Kühen.»

Sie gingen in die Küche hinunter. Die Brüder setzten sich an den Tisch und ließen die Blicke schweifen. Teresa stellte Gläser hin und holte die Cola aus dem Kühlschrank. Sie spürte auf einmal eine große Unlust, mit ihren Kindheitsfreunden Detektiv zu spielen.

«Tut mir leid», hatte Beckie gestern gesagt. «Diese Kindsköppe gehen mir nur noch auf die Nerven. Warum wollen die nicht erwachsen werden?»

«Er hat nie erwachsen werden wollen», hatte Herlinde gesagt, als Teresas Vater Frau und Tochter verließ. Waren Männer so? Thomas und Leo schienen ihr anders zu sein. Leo. Da war schon wieder ein Herzstich.

«Früher haben wir Listen mit Verdächtigen erstellt», sagte Basti.

Teresa setzte sich zu ihnen an den Tisch. «Heute sind wir schon groß», sagte sie, «und nicht alle können Hansen heißen.»

«Wohin würdest du gehen, wenn du abhauen wolltest?», fragte Bob und sah seinen Bruder an, als sei es ihm ernst.

«Irgendeine einsame Hütte ließe sich schon finden», sagte Basti, «um der family ein bisschen Angst einzujagen.»

«Ich glaube kaum, dass ein Vierjähriger der Familie Angst einjagen will», sagte Teresa. Was für ein schwachsinniger Gedanke von den beiden.

Die Brüder nickten einander zu.

Leo hatte Woody gefragt, den Jungen, mit dem er sich am besten verstand. Ob die Töchter der zur Weides auf dieses Gymnasium gegangen waren. Woody wusste es nicht, doch er war auch erst im vergangenen Jahr aus einem Internat an der Nordsee hergekommen.

«Elisabeth und Charlotte sind beide von der Schule genommen worden», sagte die Schulsekretärin. «Schon wenige Wochen nachdem ihr Bruder verschwunden war. Warum wollen Sie das wissen?»

Warum wollte er das wissen? Weil Teresa so insistierte? Frau Dau sich seltsam benahm? Das Haus an der Tragödie trug?

Ein gutes Leben hatten sie miteinander. Herlinde. Thomas. Teresa. Er. Alle vier hatten sich eine Familie gewünscht, die um große Tische saß. Weder Herlinde noch Thomas hatten es genossen, allein mit ihrem Kind zu leben. Doch etwas trübte ihr Glück, legte sich auf die Heiterkeit im Haus. Nicht zu wissen, was geschehen war an jenem Tag im November.

Heißer Sommer, der sie in diesen Tagen umgab und doch schon eine Ahnung von Herbst in sich trug. Dann kam die dunkle Jahreszeit und mit ihr die Geister. Hätten Herlinde und Thomas kein unbelastetes Haus mieten können? Kaum für diese Miete. Die war ein Klacks für das, was das Haus bot. Geister inbegriffen. Die normative Kraft des Faktischen.

«Du hast nach den zur Weides gefragt?»

Leo drehte sich um. Tilda stand hinter ihm. Die Strahlen der Augustsonne fielen auf ihr Haar und ließen es kupferrot leuchten. Beinah schön.

«Kennst du sie?», fragte er.

«Ich war im Haus, als der Kleine verschwand.»

Leo wurde es kalt in der Sonne dieses Nachmittags.

«Die Schwester hatte bei mir Nachhilfeunterricht.»

«Hast du Zeit?», fragte Leo.

«Da ist nichts zu erzählen. Nur das.»

«Ich wohne in dem Haus.»

«Ich weiß», sagte Tilda.

«Lass uns an die Alster gehen», hatte Leo gesagt und sich den alten Eastpak über die Schulter geworfen, «es ist ein so schöner Tag.»

Eine Stunde lang waren sie um den glitzernden See der

Außenalster gegangen und hatten die längste Zeit geschwiegen.

«Woher weißt du, dass ich dort wohne?»

«Ich habe am Kanal gestanden und dich im Garten gesehen.»

«Stehst du dort öfter?», hatte er gefragt. Gereizter Klang in seiner Stimme.

«Ich stehe auf der öffentlichen Straße und lehne am öffentlichen Geländer.»

«Mir war nicht klar, dass der Garten so einsehbar ist.»

«Hast du noch nie da gestanden?»

Die einzigen Sätze, die gesagt worden waren.

Kein Wort über den unglückseligen Novembertag.

Leo bog in die Straße ein, in der er nun schon seit sechs Wochen lebte.

Vor dem Haus stand ein blau-silberner Streifenwagen der Polizei.

An der Tür stieß Leo mit einer jungen Polizistin zusammen, die dabei war, mit ihrem Kollegen das Haus zu verlassen.

«Hoppla», sagte der Mann. «Wer hat es denn da eilig?»

«Frau Dau ist überfallen worden», hörte er Herlinde sagen, die hinter den Polizisten aus dem Haus kam. «Und das ist Leo. Unser Sohn.»

Es freute ihn, dass sie *unser Sohn* sagte.

«Sie haben sich heute Nachmittag nicht im Haus aufgehalten?»

«Nein», sagte Leo. «Ich war in der Schule, und danach bin ich mit einer Mitschülerin spazieren gegangen, um die Außenalster.»

«Da kommen Sie her?»

«Da komme ich her», sagte Leo. «Was ist passiert? Wo ist Frau Dau?»

«Teresa hat sie zur Notaufnahme des UKE begleitet. Eine Platzwunde an der Stirn. Thomas wird die beiden abholen», sagte Herlinde.

Nein. Keiner wusste, wer da in ihre Zimmer über der Garage eingedrungen war. Nur einen Schrei hatten Teresa und Herlinde gehört. Anders als jener, der damals aus der Küche gekommen war. Kein Schmerz. Keine Trauer. Die Tür zu der Wohnung hatte weit aufgestanden. Frau Dau hatte vor der Kommode gelegen und am Kopf geblutet. Die Fotografie von Johannes war umgestürzt. Auch die kleine Vase. Das Wasser lief aus, rostrote Astern lagen neben der Vase. Der Engel stand in einer Lache.

Der Schrei habe zornig geklungen, sagte Herlinde, nachdem die Polizisten gegangen waren. Als hätte sie den Eindringling erkannt und angeschrien. «Die Polizisten scheinen nicht an einen Überfall zu glauben. Eher, dass sie gestürzt sei. Und verwirrt.»

«Glaubst du das auch?»

Herlinde hob die Schultern. Sie sah erschöpft aus. «Ich habe eigentlich nur ein Haus mieten wollen», sagte sie.

«Vielleicht das falsche», sagte Leo.

Aus einem Fenster kamen die ersten Klänge der Tagesschau. Leo lehnte am Geländer, das den Kanal von der Straße abgrenzte, und sah zum Haus. Dämmerung. Die Tage wurden deutlich kürzer.

Frau Daus Vorhänge waren zugezogen. Sie hatte ein Beruhigungsmittel genommen. Vielleicht schlief sie schon.

In Teresas Zimmer ging das Licht an. In den zwei Fenstern waren die Pflaumenwände zu sehen und davor Teresa, deren helles Haar vor dem dunklen Lila leuchtete. Sie zog ihr T-Shirt über den Kopf und trug nur noch den BH mit den Punkten, und Leo war erleichtert, dass Teresa das Zimmer verließ, bevor sie sich weiter auszog.

Vorhänge, dachte Leo. Auch im Zimmer nebenan. Selbst wenn da nur die Bücherwände zu sehen waren. Und hohe Hecken sollten sie pflanzen.

Bei einem verspäteten Abendbrot am Küchentisch plädierte er für beides. Er erzählte nichts von Tilda. Noch nicht. Nur von seinem Blick über den Kanal und die Bühne, die sich ihm geboten hatte.

«Erst einmal Vorhänge», sagte Thomas. «Und ich schlage vor, den Makler zu bitten, die zur Weides zu kontaktieren und über die Zukunft von Frau Dau zu sprechen. Sie kann da oben nicht bleiben.»

Doch da stimmte ihm keiner zu. Nicht einmal Herlinde.

Am letzten Augusttag bemerkte Teresa das Mädchen mit dem kupferroten Zopf zum ersten Mal. Es stand vorm Haus und sprach mit Gus.

Teresa sah aus einem der Eckfenster in Leos Zimmer, in das sie gegangen war, um sich das englische Wörterbuch zurückzuholen. Leo streifte irgendwo herum, wie er es gerne an Freitagnachmittagen tat, wenn er schon um zwei Uhr am Mittag aus der Schule kam. Teresa wich vom Fenster zurück, als Gus' Finger zu ihr nach oben zeigte. Dieser Idiot. Was verriet er da dem rothaarigen Mädchen in dem knöchellangen Kleid?

Er schien sie auf jeden Fall wichtig zu finden, sprach auf sie ein, zeigte da- und dorthin. Fast wirkten sie vertraut.

Teresa hatte das Wörterbuch noch in der Hand, als sie zur Haustür hinauslief, um das an Ort und Stelle zu klären. Doch nur Gus war noch da.

«Wer war das?», fragte sie.

Gus sah aus, als könne er kein Wässerchen trüben. «Wer?», fragte er.

«Das Mädchen mit dem roten Zopf, das noch eben hier mit dir stand.»

«Waren wir schon so weit gekommen, uns gegenseitig Fragen zu beantworten?» Gus grinste. Er hatte durchaus Charme, wenn er grinste.

Teresa ärgerte sich sofort über diesen Gedanken.

«Okay», sagte sie, «Friede. Ich bin Teresa.»

Gus nickte, als sei ihm das keine Neuigkeit. «Und das war Tilda.»

«Lass dir nicht alles aus der Nase ziehen, Gus.»

«Sie kannte die Geschwister, die hier vor euch wohnten.»

«Alle drei?»

Gus nickte. «Charlotte hatte bei ihr Nachhilfe. Tilda ist eine Oberschlaue.»

«Und wie kamst du in diesen erlauchten Kreis?»

«Weil die beiden nicht so beschränkt sind, einen gleich in die Schublade für die Honks zu legen.»

Teresa schluckte. Gus lag richtig. Sie hatte von Anfang an

Vorurteile gegen ihn gehegt. Seit sie sein Gesicht im Kellerfenster entdeckte, war er für sie ein Honk gewesen.

«Du hast recht, und ich entschuldige mich dafür. Ich hab gedacht, du könntest nicht bis drei zählen und wärest darum frech für zwölf Personen.»

«Ich komme aus einem bildungsfernen Elternhaus, doch ansonsten bin ich total clever», sagte Gus. Er rieb sich die Hände. Ihm ging auf, dass er gerade dabei war, Teresa für sich zu gewinnen.

«Wie alt bist du?»

«Demnächst sechzehn.»

«Und? Hast du den kleinen Johannes zum Heulen gebracht?»

Gus wand sich. «Über Tote soll man nichts Schlechtes sagen.»

«Du glaubst, dass er tot ist?»

«Ich sag mal so», sagte Gus. «Wo soll er sein, wenn er lebt? Er war ein verwöhntes Biest. Genau wie die Elisabeth. Der überlebt nicht in der Wildnis. Nur Charlotte war anders. Die bei Tilda Nachhilfe hatte.»

«Und womit hast du ihn gepiesackt?»

«Gar nicht gepiesackt», sagte Gus. Er sah zu den Fenstern des Klinkerhauses hoch, in dem er wohnte. Teresa blickte ebenfalls hoch. Doch ihr fiel nichts auf.

«Vergiss es», sagte er. Auf einmal hatte Gus zugemacht.

Er hatte Tilda nach Elisabeth gefragt auf ihrem Gang um die Alster. Kaum anzunehmen, dass die beiden sich nicht gut kannten. Sie waren etwa gleich alt und hatten dasselbe

Gymnasium besucht. Dass Tilda achtzehn war, wusste er von Woody. Sie war tatsächlich nur wenige Monate älter als Leo, der Ende September Geburtstag hatte.

Tilda hatte die Frage nach Elisabeth unbeantwortet gelassen.

Ein Spaziergang, über den er seit Tagen nachdachte.

Leo war an diesem Freitagabend an der Sternschanze in die Hochbahn gestiegen. Er liebte die Strecke über St. Pauli und die Landungsbrücken, dort, wo die großen Schiffe in früheren Zeiten von der Überseebrücke in See gestochen oder an den Landungsbrücken angekommen waren, nachdem sie die Weltmeere durchquert hatten.

Der Hafen lag im weichen Licht einer tief stehenden Sonne, als die Hochbahn in die Station Baumwall einfuhr, der nächsten nach den Landungsbrücken. Drüben funkelte die Elbphilharmonie, leuchteten die roten Backsteine der alten Speicher.

Schon kurz vor neunzehn Uhr. Es wurde Zeit, nach Hause zu kommen.

Thomas legte großen Wert darauf, das abendliche Essen gemeinsam einzunehmen. Am Küchentisch sitzen. Essen. Trinken. Reden.

Er nannte es eine Säule glücklichen Familienlebens. Vermutlich hatte Thomas die Sehnsucht danach all die Jahre in sich getragen.

Die Erinnerungen, die Leo an seine Mutter hatte, waren die Erinnerungen seines Vaters. Leo war ein Winzling gewesen, als sie starb. Er fühlte keine Trauer, nur ein großes Bedauern, sie nicht gekannt zu haben, wenn er Fotografien von ihr in die Hand nahm.

Die junge Frau, die am Baumwall einstieg und sich ihm gegenübersetzte, kam ihm vertraut vor. Doch nichts klickte in Leos Gedächtnis, als er das Gesicht betrachtete, dessen Züge ein wenig disharmonisch waren und das ihn dennoch geradezu magisch anzog.

Er tat so, als nähme er nur das Bild da draußen wahr, den Hafen und das Licht des späten Sommers, dabei sah er sie an. Tatsächlich unbemerkt von ihr, die aus dem Fenster guckte, auch als die Bahn in den Tunnel fuhr?

Vier Stationen später zögerte er, am Bahnhof auszusteigen, dachte einen Augenblick lang daran, mit ihr zu fahren, wohin auch immer. Doch Leo stand auf und verließ die Bahn und stieg in den Bus.

War es die Nennung von Tildas Namen, die Leo nachdenklich wirken ließ?

Teresa beobachtete ihn, wie er sich nur eine kleine Portion Nudelauflauf auf den Teller tat und auch diese nicht gerade gierig aß. Völlig untypisch für ihn bei Nudelauflauf. Teresas Herzstiche gingen in eifersüchtiges Piksen über.

Auch das konnte sie nicht erklären, es pikste einfach, und zwar heftig.

Weibliche Antennen, hätte Herlinde gesagt, wäre sie gefragt worden.

Leo stach die Gabel in die Tagliatelle hinein.

«Wer sagt, dass sie Tilda heißt?», fragte er.

«Gus», sagte Teresa, «der Junge, der gegenüber wohnt. Tilda kannte Johannes und seine Schwestern.»

Leo guckte auf und schien endlich interessiert.

«Auch diese Elisabeth?», fragte er.

«Ich hoffe nicht, dass ihr beiden auf Spurensuche seid», sagte Thomas.

«Auch Elisabeth», sagte Teresa und sah Leo noch aufmerksamer an.

«Leo, nimm dir Salat», sagte Thomas, «und bitte haltet euch beide aus dieser traurigen Geschichte raus.»

«Sie drängt sich uns doch auf, die Geschichte», sagte Teresa. «Habt ihr eigentlich mit Frau Dau noch mal über den Überfall gesprochen?»

«Sie kann sich angeblich an nichts erinnern», sagte Thomas, «doch es hat sie gekränkt, dass jemand glauben könnte, sie sei lediglich gestürzt und nach dem Sturz verwirrt gewesen.»

Herlinde stand auf. «Ich möchte euch noch den Stoff für die Vorhänge zeigen», sagte sie. «Räumt doch mal den Tisch ab.»

Da hatte Herlinde das Gespräch wieder bestens abgewürgt, dachte Teresa, als ihre Mutter den dicken Stoffballen mit der weißen Baumwolle auf den sauber gewischten Küchentisch legte. Was gab es denn daran zu sehen? Weiße Vorhänge vor weiß gestrichenen Wänden. Genial. Wenigstens vor ihrem Pflaumenlila würde das gut aussehen.

«Ist das viele Weiß nicht ein wenig langweilig?», fragte Thomas vorsichtig.

Herlinde legte einen Prospekt mit einer Farbskala neben den Ballen.

«Jeder kann sich eine Farbe für seine Vorhänge aussuchen.»

Leo tippte auf ein Lila. «Ich will das», sagte er und sah zu Teresa. «Ist doch witzig, wenn wir die Farben umkehren.»

Teresa wurde warm ums Herz. Sie hätte Leo allzu gerne umarmt.

«Vor der ganzen Näherei willst du den Stoff auch noch färben?», fragte Thomas. «Und das nach individuellen Wünschen? Das ist doch viel zu viel Arbeit.» Er hätte beinah *Gedöns* gesagt. Doch das gehörte nach Köln.

«Nach der ganzen Näherei», sagte Herlinde. «Das färbe ich in der Maschine, ist nicht viel Aufwand. Leider rennt mir keiner die Türe ein, um mir eine Rolle zu geben und mich von meiner Waschmaschine wegzuziehen.»

Thomas gab ihr einen Kuss und legte einen Arm um ihre Schultern. «Dann bin ich für Rot», sagte er und beugte sich mit Herlinde über die Farbskala. Leo gab Teresa ein Zeichen.

«Zu dir oder zu mir», sagte Leo, als sie die Treppe in den ersten Stock hochstiegen. Klang beinah schon anzüglich. Teresas Gesicht schien auch eine Spur röter geworden zu sein. Leo ging der Gedanke durch den Kopf, ob sie noch Jungfrau war. Sie konnte sehr kindlich wirken, und im nächsten Augenblick war sie eine junge Frau wie die Schöne in der Hochbahn.

«Zu mir», sagte Teresa und zog ihn in ihr Zimmer.

«Erzähl mir alles, was du von diesem Gus gehört hast», sagte Leo.

«Du kennst Tilda, nicht wahr?» Klang Teresa enttäuscht?

«Sie ist in meiner Profilstufe. Und sie kennt die zur Weides. Tilda hat der jüngeren Tochter Nachhilfestunden gegeben.»

«Das hat mir Gus auch erzählt. Warum wusste ich das nicht schon von dir?»

«Ich hab es an dem Tag erfahren, als die Polizisten hier waren. Da war so viel Aufregung, dass ich es wohl vergessen habe.»

Teresa sah ihn prüfend an. *Zu dir oder zu mir* hatte so vielversprechend geklungen. Nahm Leo sie eigentlich auf irgendeinem Gebiet für voll?

«Hat Gus dir auch erzählt, dass Tilda hier im Haus war, als der Kleine verschwand?», fragte Leo. «Vielleicht saß sie in diesem Zimmer.»

Teresa trat ans Fenster. Der Garten war dunkel. Keiner, der auf der Terrasse saß, um einen der selten werdenden Sommerabende zu genießen. Thomas und Herlinde hatten sich wohl am Küchentisch festgequatscht.

«Nein», sagte sie, «das hat er nicht erzählt. Tilda könnte also theoretisch mit dem Verschwinden des Jungen zu tun haben.»

«Nicht nur theoretisch», sagte Leo.

«Wäre wirklich interessant zu wissen, wer welches Zimmer gehabt hat», sagte Teresa und dachte an die Zwillinge, die heute nicht in der Schule gewesen waren.

«Elisabeth als das älteste Kind bewohnte sicher dieses Schloss hier.»

«Dein Eckzimmer ist auch nicht zu verachten.»

«Vielleicht spreche ich Frau Dau doch noch mal darauf an», sagte Leo.

«Schalt mal das Licht aus.»

«Was ist los?»

«Und komm her», sagte Teresa. «Drüben steht Tilda.»

SEPTEMBER

Kam es nicht vor, dass der Täter an den Tatort zurückkehrte? Als suche er dort nach der Seele des Opfers oder auch nach der eigenen Seele?

Leo stieg langsam die Stufen zum Schulportal hoch und dachte an Tilda und Karl Popper. Auf den sollte er eigentlich vorbereitet sein. Der alte Popper und sein Satz *Wir wissen nicht, wir raten* waren das Thema der Philosophiestunde, die gleich stattfinden würde.

Auf Tilda sollte er auch vorbereitet sein, denn die saß dann neben ihm.

«Vielleicht ist sie eine Stalkerin», hatte Teresa gesagt.

Konnte es denn sein, dass Tilda mit dem Verschwinden des Kleinen zu tun hatte? Leo schüttelte den Kopf, als habe er das laut gesagt.

Tilda war eigenwillig. Fast schroff. Doch da gab es Augenblicke, in denen sie eine große Ausstrahlung hatte, beinah schön war. Aber auch dann blieb etwas Ältliches an ihr haften. Er hatte sie nicht von ungefähr für älter als achtzehn gehalten. Aber Böswilligkeit oder gar Kälte? Das konnte er sich nicht vorstellen bei ihr. Keine Bestie, die einem Kind etwas antat.

Warum war sie nur so schweigsam?

«Willst du hier festwachsen?», fragte Tilda.

Leo zuckte zusammen. Er hatte sie nicht kommen sehen.

Die Frage lag ihm auf den Lippen, ob sie es sei, die vielleicht vorhabe festzuwachsen. Am Kanal, das Haus anstarrend.

«Du kennst Elisabeth», sagte er stattdessen.

Tilda hob eine ihrer Augenbrauen, die rötlich waren wie die Haare.

«Warum ist das wichtig für dich?», fragte sie schließlich.

Weil ich verdammt noch mal in einem Haus lebe, das ein Geheimnis hat, dachte Leo, und vielleicht ist Elisabeth eine Schlüsselfigur in dem Drama und tyrannisiert ganz nebenbei die alte Kinderfrau.

Doch diesmal war er es, der schwieg.

Sie traten in den Philosophieraum ein, in dem noch kein anderer war.

«Elisabeth hat Schuldgefühle», sagte Tilda, «dass sie damals später gekommen ist als vorgesehen. Ihren Bruder nicht behütet hat.»

«Du hast Kontakt zu ihr», sagte Leo.

«Nein. Das habe ich nicht.»

«Hat sie dir nie Vorwürfe gemacht? Du warst doch im Haus. Du hättest den Kleinen beschützen können oder wenigstens was beobachten. War denn Charlotte oben, als du das Haus verlassen hast?»

«Charlotte war oben und die Küche leer, als ich die Tassen zurück auf den Tresen stellte. Da war kein Johannes. Und Elisabeth und ich kennen uns kaum.» Tildas Stimme klang monoton, als habe sie das schon oft gesagt.

«Du weißt aber, wo ich sie finde?», fragte er, und es klang

so drängend, dass ihn der Philosophielehrer irritiert ansah, als er den Raum betrat. Doch keiner verlor ein weiteres Wort, weil der Raum sich gefüllt hatte.

Was kann ich wissen? Was soll ich tun? Was darf ich hoffen? Was ist der Mensch? Die Fragen des Immanuel Kant. Teresa kaute an ihrem Füller und sah auf die große Tafel. Ihr gefiel der Philosophieunterricht, der in der Oberstufe hinzugekommen war. Auch wenn sie gerade ganz andere Fragen quälten. Die Zwillinge fehlten auch an diesem Montag.

Seit Grundschulzeiten hatte es den guten Brauch gegeben, einander eine Nachricht zukommen zu lassen, wenn einer krank war. Keiner von ihnen hatte das je versäumt. Bob und Basti fehlten das erste Mal ohne ein Wort.

Beckie hatte es auf den Handys versucht. Doch bei beiden sprang nur die Mailbox an, und die SMS blieben ohne Antwort.

«Vielleicht sind sie auch still und heimlich umgezogen», hatte Beckie heute Morgen gesagt. Der maulige Ton war kaum zu überhören gewesen.

«Ich bin nicht still und heimlich umgezogen. Wenn ihr alle eure Handys nicht einschalten dürft, weil ihr wochenlang in Amerika oder auf den Kanarischen Inseln seid, kann ich auch nichts dafür», war Teresas Antwort gewesen.

Der Tag hatte nicht wirklich gut angefangen.

«Die haben doch immer alle Krankheiten gemeinsam absolviert», sagte Beckie.

«Mit den Kinderkrankheiten sind sie längst durch», sagte Teresa.

«Wisst ihr, warum die Zwillinge fehlen?», fragte ihre Tutorin.

Also fehlten sie unentschuldigt.

Sie hatten bis halb drei Unterricht. Danach stiegen Teresa und Beckie nicht in die Busse, die sie nach Hause gebracht hätten, sondern gingen zu dem schmalen Stadthaus, in dem die Zwillinge allein mit ihren Eltern wohnten. Doch keiner öffnete auf ihr Klingeln und Klopfen.

«Der Name steht jedenfalls noch an der Tür», sagte Beckie.

Vielleicht lagen sie tot dahinter, dachte Teresa. Ihre Phantasie war in letzter Zeit auf sehr dunklen Pfaden unterwegs.

«Im Briefkasten ist kaum was drin.» Beckie ließ den Deckel des blauen Blechkastens fallen. «Also leert ihn einer.»

Sie standen vor dem Haus und sahen zur Fassade hoch. Die Zimmer der Zwillinge gingen zur Straße hinaus. Alles still hinter den Fenstern.

«Sie wollten einfach nur mit den alten Bräuchen brechen», sagte Teresa und glaubte selber nicht, dass das ausgerechnet die Brüder taten. Sie konnten sich doch kaum lösen von der verlorenen Kindheit.

«Irgendwas ist vorgefallen in Kalifornien», sagte Beckie.

«Die Reise sollte ein Trostpflaster für Robert und Sebastian sein», sagte eine vertraute Stimme hinter ihnen. «Wir dachten, dass sie dann voll neuer Eindrücke wären und es ihnen leichter fiele.»

Teresa und Beckie drehten sich zu dem Vater der Zwillinge um. Teresa fing an zu ahnen, um was es hier ging. Hatte sie das nicht selbst hinter sich?

«Ihr habt euch getrennt?», fragte sie.

Jon Hansen nickte. «Und den Fehler gemacht, ihnen

sechs Wochen lang heile Welt vorzuspielen und erst am vorletzten Tag die Wahrheit zu sagen. Wir wollten ihnen die Ferien nicht verderben, doch so hatten sie kaum Zeit, es zu verdauen. Lisa ist in Los Angeles geblieben.»

Er sah die Mädchen an, die er kannte, seit sie und die Zwillinge sich mit Schultüten in der Hand gegenübergestanden hatten auf dem Hof der Grundschule. Er stutzte. «Wieso seid ihr denn nicht mit auf Klassenfahrt?»

«Klassenfahrt?», fragten Teresa und Beckie im Chor.

Jon Hansen wurde blass. Er setzte sich auf eine der Treppenstufen, die zur Tür führten. «Seit wann fehlen sie?», fragte er.

«Seit Freitag», sagte Teresa.

«Vier Tage», sagte Bobs und Bastis Vater, «und sie haben gesagt, eure Tutorin hätte darum gebeten, die Handys ausgeschaltet zu lassen.»

Er vergrub das Gesicht in seinen Händen.

«Sie sind sechzehn», sagte Thomas, «und draußen ist noch Sommer.»

Er stand auf der Leiter und schob Vorhangringe über die Stange. Teresas Zimmer war zuerst an der Reihe. Die Fenster zum Garten schienen ihnen auf einmal Schaufenster zu sein. Dass diese exponierte Lage erst Leo aufgefallen war, wunderte Thomas noch immer.

Herlinde reichte einen blütenweißen Vorhang zu ihm hoch, den sie nur hatte nähen müssen. «Wie fändest du es, wenn Leo vermisst wäre?», fragte sie.

«Ich fände es ganz und gar beschissen», sagte Thomas,

«liegt vielleicht daran, dass ich Verlustängste habe seit dem Tod von Leos Mutter. Vorher war ich eher der lässige Typ.»

«Dann verstehst du ja, wie dem Vater der Zwillinge zumute ist.»

«Klar», sagte Thomas, «ich versuche nur, zur Beruhigung beizutragen.»

Herlinde hatte mit Jon Hansen telefoniert, nachdem Teresa nach Hause gekommen war und alles erzählt hatte. Hansen hatte die Polizei informiert, als sich herausstellte, dass die Zwillinge weder bei seiner Mutter in Lübeck waren noch die eigene Mutter in Los Angeles kontaktiert hatten. Doch die Polizei schien noch nicht sehr beunruhigt zu sein bei sechzehnjährigen Jungen, die zu zweit unterwegs waren. Die Personalien der beiden wurden an alle Polizeistationen des Landes gegeben, für eine groß angelegte Suchmaßnahme war es zu früh. Alles deutete darauf hin, dass die Zwillinge ausgerissen waren.

«Zur Fremdenlegion werden sie ja wohl nicht gehen wollen.»

«Gibt es die noch?», fragte Herlinde.

«Wer, glaubst du, stellt all die französischen Elitetruppen in Afrika?»

«O Gott», sagte Herlinde. Sie reichte den zweiten Vorhang hoch.

«Teresa könnte mal unser Werk bewundern. Wo steckt sie eigentlich?»

«Sie kam zu mir in die Küche und sagte, sie ginge noch mal kurz weg.» Herlinde zögerte. «Denkst du auch manchmal daran? Dass der Kleine in unserer Küche saß, als Frau Dau ihn zum letzten Mal gesehen hat? Mit einer weihnachtlichen Bastelei beschäftigt. Arglos und doch dem Bösen ausgeliefert. Ein vierjähriger Junge. Wir essen da gemütlich, und eigentlich ist es ein unheilvoller Ort.»

«Hat sie das erzählt, oder haben wir alle unser Wissen aus dem Internet?»

«Sie spricht nicht über den Tag, an dem der Junge verschwand.»

«Damals war es nicht unsere Küche», sagte Thomas, «und ich glaube auch kaum, dass die Küche das Bermudadreieck ist.»

Auf einmal hatte sie das Bild vor Augen gehabt, wie sich Basti und Bob am Küchentisch zunickten. «Irgendeine einsame Hütte ließe sich schon finden.» Nun verstand Teresa, von was die Zwillinge gesprochen hatten.

«Family ein bisschen Angst einjagen.»

Die Laube des alten Krüss. Vater ihrer ersten Lehrerin.

Teresa war zur Laubenkolonie der Eimsbütteler Gartenfreunde gefahren.

Ob der alte Krüss noch lebte? Als Grundschüler hatten sie im September bei ihm die Äpfel geerntet. Vier Bäume mit der alten Apfelsorte Herbstprinz standen in seinem Garten. Hoch in die Kronen der Bäume waren sie geklettert. Beckie und sie, Basti und Bob. Alle hatten gut gefüllte Tüten nach Hause getragen. Und vorher hatte Opa Krüss Bratäpfel gemacht.

Es wäre schön gewesen, die Zwillinge hier zu finden. Den Knoten zu lösen.

Doch so einfach war das Leben nicht.

Die Äpfel hingen an den Bäumen, leicht gerötet, noch nicht ganz zum Pflücken bereit. Hoffentlich tat es einer. Der Garten wirkte verlassen wie die Laube, die zugenagelt war. Irgendein loser Fensterladen quietschte.

Teresa blickte durch den Spalt in die staubige Laube.

Es begann schon zu dämmern. Zeit, den Heimweg anzutreten.

Warmes gelbes Licht würde aus den Fenstern fallen, wenn sie käme.

Der Küchentisch gedeckt. Mama, Thomas und Leo im Haus.

Teresa hoffte, dass Bob und Basti auch irgendwo geborgen seien.

Im Bus saß Gus. Sein linkes Auge ein Veilchen. Tiefes Lila.

«Psst», sagte Gus, als sie ihn ansah, und legte den Finger auf die Lippen.

«Warum so geheimnisvoll? Du verbirgst es doch nicht einmal.»

«Was soll ich machen? Augenklappe? Hand draufhalten?»

«Sonnenbrille. Verspiegelt», schlug Teresa vor. «Bist du doch der Typ für. Wer hat dir das Veilchen verpasst?»

«Psst, psst», sagte Gus und sah sich verlegen im Bus um.

«Auch nicht besser als krrr, krrr», sagte Teresa.

Ein schwaches Grinsen von Gus.

«Misshandeltes Kind stellt sich schützend vor die Eltern?»

«Nein. So einfach ist es nicht.»

«Also auch keine Schlägerei unter Kumpeln? Vor irgendeiner Kiezkneipe?»

Gus schüttelte den Kopf. Er sah aus, als würde er gerade gequält.

Sie stiegen aus dem Bus und gingen die Straße entlang. Teresa blickte zum Haus. Vorhänge an ihren Fenstern. Das warme gelbe Licht lugte hervor. Gus wurde unruhig, je näher sie den Häusern kamen. Er guckte zum Klinkerhaus, zu den Fenstern im zweiten Stock. Auch da war Licht.

«Ist es dein Vater oder deine Mutter?», fragte Teresa. Gus winkte ab. «Das nächste Mal die ganze Story», sagte er und war schon im Haus verschwunden.

In der Nacht wachte Leo auf und fühlte ein Kribbeln am ganzen Körper.

Er hatte ihr Gesicht im Traum gesehen. Was stimmte nicht daran?

Die weit auseinanderstehenden Augen. Die hohen Wangen. Alles gut.

Auch die dunkelgoldenen Haare, die sie nachlässig aufgesteckt trug. Hatte sie etwas in der Hand gehabt, als sie am Baumwall in die Hochbahn stieg? Eine Mappe? Irgendwas großes Schwarzes. Er war zu abgelenkt gewesen von ihrem Gesicht. Dieser ganz eigenen Disharmonie.

Wer bist du?, dachte Leo. Woher kenne ich dich?

Drüben bei Frau Dau war Licht. Leo tastete nach seinem Handy, um nach der Uhrzeit zu sehen. Die Leuchtziffern zeigten zwei Uhr vierzig an. Hatte Gerda Dau Schlafstörungen? Hatte er Schlafstörungen?

Es ist das Haus, dachte er. Das Haus, das von Geheimnissen wisperte.

Wisperte nicht jedes alte Haus von den Leben, die in ihm gelebt worden waren? Was war hier in hundert Jahren alles geschehen?

Hinter dem geschlossenen weißen Vorhang ein Schatten. Frau Dau. Wer sonst. Leo schloss die Augen. Schlaf finden.

Auch Gus hatte einen unruhigen Schlaf in dieser Nacht. Er träumte von Johannes, der weinte und wegzulaufen versuchte. «Will nicht», sagte er.

«Was willst du nicht?», hörte Gus sich mit sanfter Stimme fragen.

«Will nicht hierbleiben», sagte der kleine Junge.

Gus kämpfte sich aus dem Schlaf hoch. Was war das für ein Traum?

«Wenn du nicht aufhörst, dann werfe ich dich in den Kanal.»

Dieser Satz ging ihm nicht aus dem Kopf. Seit der Kleine weg war.

Warum hatte Johannes auch nicht aufgehört, ihn zu triezen?

Gus horchte und hörte das Weinen hinter der Wand. Hatte das sich in seinen Traum gedrängt? Er drückte ein Ohr fest auf das Kissen und hielt sich das andere zu.

Das war das Schlimmste, wenn sie weinten.

«Du bleibst heute zu Hause», sagte Herlinde, nachdem sie die Hand auf Teresas Stirn gelegt hatte. «Sag Beckie, dass sie dich entschuldigen soll.»

«Erkältet ist sie nicht. Vielleicht ist es innere Erregung, dass sie fiebert», hörte sie Herlinde zu Thomas sagen. «Das war alles zu viel in letzter Zeit.»

«Vielleicht solltet ihr ein Thermometer hinzuziehen», sagte Thomas, «ehe ihr die Diagnose stellt und die Therapie anfangt.»

Das Wetter war umgeschlagen. Der Himmel grau. In der ersten Stunde nach dem Aufwachen genoss Teresa es noch, im Bett zu bleiben.

Nichts Neues von den Zwillingen, hatte Beckie gesimst. *Ich rufe dich an. Werde es in der großen Pause versuchen.*

Um halb neun stand Teresa auf, zog einen Pullover über das Shirt und ging ins Bad. Ihre Mutter stand vor dem Spiegel und tuschte sich die Wimpern. «Zieh dir wenigstens Socken an», sagte sie.

Mütter sahen alles. Auch während sie Wimpern tuschten.

«Sind Thomas und Leo schon weg?»

Herlinde nickte. «Wollen wir zusammen frühstücken und ein bisschen quatschen? Ich bin so oft allein im Haus.»

«Ist dir das unheimlich?»

«Nein. Nur zu groß. Und ich würde gern wieder arbeiten.»

«Versuch es doch noch mal mit einem Agenten», sagte Teresa. Dass ihre Mutter nicht genügend Geld verdiente, war einer der großen Streitpunkte zwischen ihren Eltern gewesen. Ihr Vater hatte die Last allein auf seinen Schultern gesehen und sie schließlich abgeschüttelt. Thomas war deutlich entspannter und zufrieden, dass sein Gehalt für alle reichte.

Herlinde goss Tee in die großen weißen Keramikbecher und stellte den Honigtopf vor Teresa hin. Tee und Honig halfen doch bei Fieber.

«Kennst du eigentlich die Nachbarn?», fragte Teresa.

«Nur Frau Dau. Und ziemlich oft sehe ich eine Frau an einem Fenster im zweiten Stock im Haus gegenüber.»

«Wie sieht sie aus?», fragte Teresa.

Ihre Mutter sah sie erstaunt an. «Warum willst du das denn wissen?»

«Ich denke, es könnte die Mutter von Gus sein, dem Jungen, der hier öfter auf der Straße herumhängt. Die wohnen im zweiten Stock.»

«Sie hat eine auffallende Frisur. Ich dachte schon, es könnte eine Perücke sein. Doch wahrscheinlich hat sie so dicke Locken.» Herlinde griff in ihr glattes Haar. Ein Pagenschnitt, der anfing herauszuwachsen.

«Hast du mal den Vater gesehen?»

«Nein. Nur eine andere Frau, die wohl auch da wohnt. Vielleicht bin ich ihm auf der Straße begegnet. Da kann ich die meisten noch nicht zuordnen.»

«Anfangs habe ich Gus für komplett bescheuert gehalten», sagte Teresa, «doch inzwischen glaube ich, dass er sehr in Ordnung ist.»

Ihre Mutter lächelte.

«Nein», sagte Teresa, «du denkst gerade ganz falsch.»

Hatte Herlinde noch nicht bemerkt, wie es um sie in Sachen Leo stand? Teresa hatte gedacht, man sähe es ihr auf hundert Meter gegen den Wind an. Falling in love. Sturzflug in die Liebe. Seit Leo in Hamburg war.

«Und warum interessierst du dich für Gus' Eltern?»

«Ich hab ihn gestern im Bus getroffen, und er hatte ein blaues Auge. Ich glaube nicht, dass er in eine Tür gelaufen ist.»

Herlinde trank vorsichtig von ihrem heißen Tee. «Das ist immer heikel», sagte sie, «anderen zu unterstellen, dass sie ihre Kinder schlagen.»

«So einfach sei es auch nicht, hat Gus gesagt.»

«Dann tu du den ersten Schritt und sprich ihn darauf an», sagte Herlinde, «ehe sich Erwachsene einschalten. Er scheint Vertrauen zu dir zu haben.» Sie hatte diesen Mütter-Ton, den sie selbst nicht leiden konnte. «Gibt es was Neues von den Zwillingen?», fragte sie schnell.

«Beckie will mich in der großen Pause anrufen.» Teresa sah auf ihr Handy, das neben dem Teller lag. Kurz vor neun. Herlinde beugte sich vor und fühlte Teresas Stirn. «Nicht mehr ganz so fiebrig», sagte sie.

«Kennst du Frau Jochmann? Die wohnt auch da drüben.»

«Wie sieht die aus?»

«Basti hat sie Huhn mit Kräusellocken genannt.»

«Dann kenne ich sie», sagte Herlinde in das Klingeln des Handys hinein.

Doch es war nicht Beckie.

«Geht es dir besser? Bist du noch im Bett?», fragte Leo.

«Ich sitze mit Mama in der Küche.»

«Bitte geh in dein Zimmer und guck, ob Tilda drüben steht.»

Nein. Tilda stand nicht am Kanal. Teresa hielt das Handy am Ohr und sah aus dem Zimmer in den Garten. Ein Mann mit Hund ging oben auf der Straße durchs Bild. «Warum sollte sie hier sein?», fragte sie. «Ihr habt doch Unterricht. Oder?»

«Philosophie ist gerade zu Ende. Tilda war nicht da.»

«Da fallen mir noch andere Plätze für Tilda ein als vor unserem Haus oder neben dir», sagte Teresa. Stieg da eine fiese kleine Eifersucht in ihr auf? Eifersucht auf dieses seltsame Mädchen, das aussah, als sei es einem der Gemälde in Hogwarts entstiegen?

«Ich hab was in ihrem Philobuch gefunden. Das lag in ihrem Fach, und meines liegt in meinem Zimmer auf dem Bett.»

Einen Liebesbrief an ihn, dachte Teresa.

«Den Grundriss unseres Hauses. Dein Zimmer ist eingekreist und die Dachkammer, die links von der Treppe ist. Die Dachkammern haben wir uns doch auch alle angeguckt, nachdem Thomas die Ratte gefunden hatte. Waren es drei oder vier?»

«Drei», sagte Teresa. In der einen hatte Thomas Wäscheleinen gezogen. Die anderen beiden hatten noch keine neue Funktion. In den Anfangsjahren des Hauses waren dort Kammern für Köchin und Dienstmädchen gewesen.

«Auf dem Grundriss sind es vier», sagte Leo.

«Dann gucken wir uns das eben ein zweites Mal an. Ich verstehe noch immer nicht, weswegen Tilda da drüben stehen soll.»

«Ich hatte auf einmal die Idee, dass sie was im Haus sucht. Und das wäre doch eine ideale Uhrzeit, keinen von uns dort vorzufinden.»

«Herlinde ist fast immer hier.» Sie drehte sich vom Fenster weg und sah ihre Mutter in der Tür stehen.

«Vielleicht habe ich nur schlecht geschlafen», sagte Leo und legte auf.

«Leo hat sein Philobuch vergessen», sagte Teresa.

Ihre Mutter schüttelte den Kopf. «Und was hat das damit zu tun, dass ich fast immer hier bin und diese Tilda da drüben stehen soll?»

«Mama. Du hast gelauscht.»

«Ich habe nur nicht länger allein vor dem kalt werdenden Tee sitzen wollen.»

«Leo ist in Sorge, dass sich Tilda in ihn verknallt hat.»

Welch eine Verkehrung des Sachverhalts. Teresa staunte selbst.

«Der Arme», sagte Herlinde ironisch.

«Komm. Wir fangen noch mal mit dem Küchenquatschen an.» Teresa fasste ihre Mutter an die Schulter. Zu Frau Dau hatte sie auch noch Fragen.

Herlinde hatte Gerda Dau seit Tagen nicht gesehen. Kaum dass die noch ihre zwei Zimmer verließ. Gelegentlich ging sie einkaufen, eine zu große Einkaufstasche in der Hand, die nicht voller zu sein schien, wenn sie zu der Garage zurückkehrte. Die Zweifel der Polizei an ihrer Version des Überfalls, die Szene in der Küche, als sie dachte, Johannes' Laterne in der Hand zu halten, beschämten sie wohl. Die Anzeige gegen unbekannt hatte sie schon wenig später zurückgezogen. Auch das hatte die Polizei darin bestärkt, dass Gerda Dau gestürzt sei und vom Sturz verwirrt.

Nein. Sie war nicht mehr die Frau, die Herlinde im Juni kennengelernt hatte, nachdem Thomas und sie den Mietvertrag unterschrieben hatten und Frau Dau sie durch das Haus führte. Auch da war ihr schon eine große Traurigkeit anzumerken, doch sie schien noch am Leben teilzunehmen.

«Hat sie euch damals auch die Dachkammern gezeigt?», fragte Teresa.

Ihre Mutter nickte und kaute den Bissen Brot zu Ende. «In der mit dem großen Fenster hatte die ältere Tochter eine Staffelei stehen. Die beiden anderen waren wohl nur als Abstellkammern benutzt worden.»

«Elisabeth hat da oben gemalt?», fragte Teresa.

«Wir sollten uns auch mal was überlegen. Die Kammer ist hell und der Blick von dort viel zu schön, um nur die Wäsche aufzuhängen.»

Wo hängte Frau Dau nun ihre Wäsche auf? Herlinde hatte sie gebeten, das nicht mehr im Garten zu tun.

«Und sonst hat sie nichts zu den Kammern gesagt?», fragte Teresa. Sie sah auf ihr Handy. Die große Pause war längst vorbei. Sie tippte Beckies Nummer ein und schickte ihr ein Fragezeichen.

«Was hast du mit den Kammern?», fragte Herlinde. Sie sah ihre Tochter aufmerksam an. «Du glaubst noch immer, dass der kleine Junge hier irgendwo im Haus ist, nicht wahr?»

Teresa schüttelte den Kopf. Was hatte sie im Juli zu Leo gesagt? «Ich werde das Gefühl nicht los, dass Johannes ganz nah ist.»

Doch das würde sie vor Herlinde nicht wiederholen. Obwohl es noch immer da war, dieses Gefühl. «Vielleicht sollte ich zu malen anfangen», sagte sie stattdessen. Nur nicht die Mütter scheu machen.

Leo hatte vorgehabt, am späten Nachmittag in die Hochbahn zu steigen, um von der Sternschanze über die Landungsbrücken zu fahren und am Baumwall Ausschau zu halten. Vielleicht war das die tägliche Strecke der Unbekannten, deren Gesicht ihm nicht aus dem Sinn kam.

Tilda war den ganzen Tag lang nicht aufgetaucht. Leo hatte gezögert, ihren Tutor zu fragen, ob sie entschuldigt sei. Tilda war achtzehn, sie konnte es noch immer tun und sich die Entschuldigung selber schreiben.

Ende des Monats würde er auch achtzehn werden.

Dann konnte er ein eigenes Konto eröffnen ohne die Unterschrift von Thomas. Härtere Getränke kaufen als Bier, Wein und Sekt. Nachts noch unterwegs sein. Den Führerschein machen. Lockte ihn all das?

Thomas hatte ihm immer viele Freiheiten gegeben. Es schien doch etwas anderes zu sein, nur mit dem Vater zu leben. Herlinde war strenger und ängstlicher. Aber vielleicht auch behütender.

Nach dem Gespräch mit Teresa hatte Leo entschieden, gleich nach der Schule nach Hause zu kommen. Keine Hochbahnfahrt. Eine Ortsbegehung. Was erwartete er? Eine geheime Kammer? Den Grundriss hatte er zurück in Tildas Philobuch gelegt. Das Buch in ihr Fach unter den Tisch. Er hatte die Vorderseite des Blattes lange betrachtet und hoffte, sich alles genügend eingeprägt zu haben. Das Blatt war ihm heiß geworden in der Hand.

Vor dem Haus begegnete ihm Gus, der eine dieser billigen verspiegelten Sonnenbrillen trug. Sah aus wie ein Gangster, dieser Junge.

Teresa hatte am Fenster gestanden und Leo über die Brücke kommen sehen. Das würde schwierig werden, heute in den Kammern zu stöbern.

Herlinde war alarmiert. Konnte nicht mehr lange dauern, bis sie ein Krisengespräch vorschlagen würde. Am Küchentisch.

Leo kam in ihr Zimmer und umarmte sie. Einfach so. Wurde sie weiß oder rot? Sie wusste es nicht. Warm war ihr jedenfalls. Oder kalt?

Wie konnte man nur so verwirrt sein, weil man von einem Jungen umarmt wurde, der als Familienmitglied ins Leben gekommen war?

«Herlinde liegt auf der Lauer», sagte er. «Vielleicht sollten wir unser Vorhaben auf morgen verschieben. Gehst du morgen in die Schule?»

Teresa seufzte, als er sich von ihr löste. Als er noch in Köln lebte, hatte er eine Freundin gehabt. Doch das war zu Ende gegangen. Was war mit Tilda?

«Krank siehst du nicht aus», sagte Leo.

«Hättest du denn am Vormittag Zeit?»

«Ich muss erst um zwölf da sein. Der ganze Geschichtsblock fällt aus.»

«Dann werde ich noch einen Tag krank sein», sagte Teresa, «Herlinde hat morgen um zehn einen Termin beim Friseur.»

Dicke Wolken am Himmel. Dennoch war die Kammer hell. Elisabeth hatte hier genügend Licht für ihre Malerei gehabt. Leo nahm das Bettlaken von der Leine, faltete es und legte das Laken in den Korb, der auf einem Schemel stand. Mehr Mobiliar gab es nicht. Sie sahen sich um.

Sauber verputzte Wände, die weiß gestrichen waren. Helle Holzdielen.

Keine Spur Farbe auf den Dielen. Entweder hatte Frau Dau sehr sorgsam sauber gemacht, oder Elisabeth war keine, die kleckste.

Es roch nach frisch gewaschener Wäsche. Nach nichts anderem.

Der Blick, den das Fenster bot, war noch weiter als der von Teresas Zimmer. Die Kirchturmspitze hinter den hohen Häusern jenseits des Kanals war von ihrem Fenster nicht zu sehen.

«Was mag sie für Bilder malen?», fragte Leo.

Teresa hob die Schultern. «Vielleicht zeichnet sie mit Kohle. Wenn ich hier mit Acryl oder Ölfarbe hantieren müsste, sähen die Holzdielen wie eine Farbpalette aus.»

Leo ging in die Hocke. «Guck hier. Von den Dielen, die genau in der Mitte liegen, sind einige nicht so glatt wie die anderen.» Er fuhr mit dem Finger darüber. «Einige haben kleine Kerben und Kratzer. Durchgehend von Wand zu Wand. Siehst du das?» Er stand auf.

«Und was sagt uns das?»

«Vielleicht hat hier mal eine Trennwand gestanden.»

«Die vierte Kammer», sagte Teresa.

«Die Trennwand wird entfernt worden sein, als Elisabeth ihr Atelier einrichtete», sagte Leo. «Oder schon viel früher, weil die Köchin eine größere Kammer wollte.»

«Glaubst du, der Grundriss ist noch aus der ersten Zeit des Hauses?»

«Ich hab nicht darauf geachtet. War aber leicht vergilbt, das Papier.»

«Du bist dir sicher, dass die eingekreiste Kammer die links von der Treppe war?», fragte Teresa.

«Ganz sicher. Dieses Geheimnis ist keines.»

«Dann habe ich umsonst geschwänzt.»

«Das große Geheimnis ist, warum Tilda einen Grundriss dieses Hauses in ihrem Philobuch hat. Und was diese Kreise bedeuten.»

«Herlinde kommt», sagte Teresa und blickte zur Brücke, über die ihre Mutter gerade ging. Keine Locken auf dem Kopf. Weiche Wellen.

Nichts Neues von den Zwillingen. Lisa Hansen flog aus Los Angeles ein. War es wirklich das, was sie bezweckten? Family Angst einjagen?

Ein Kommissar war in die Schule gekommen und hatte mit Schülern und Lehrern Gespräche geführt. Teresa und Beckie hatte er ins Stadthaus der Hansens gebeten, um sie im Zuhause der Zwillinge zu befragen.

Doch auch in der Vertrautheit der Umgebung fiel ihnen nicht ein, wo die beiden sein könnten. Es machte Teresa und Beckie nur traurig, die Zimmer ohne Basti und Bob drin zu sehen. Die Brüder hatten je eine sandfarbene Segeltuchtasche gepackt. Kleidung. Auch ihre Öljacken.

Die Polizei nahm das Verschwinden der beiden nun ernster, doch noch nicht zu ernst. Acht Tage in warmer Witterung unterwegs zu sein, schien in die Kategorie *Klärt sich durch langes Liegenlassen* zu gehören. Was war sechzehnjährigen Jungen nicht alles zuzutrauen. «In dem Alter waren wir doch auch abenteuerlustig», hatte der Polizist zu Jon Hansen gesagt.

Lisa Hansen hatte sich verändert. Ihr Haar kurz geschnitten. Ihre Lippen leuchtend rot geschminkt. Sie war dünn geworden. Eine Erfolgsfrau, die zugegriffen hatte, als der Hamburger Immobilienmakler, für den sie arbeitete, eine Dependance in Kalifornien eröffnete. Es muss im Leben mehr als alles geben. Oder?

Schade, dass ihr Mann als Anwalt in Kalifornien kaum arbeiten konnte, und waren die Kinder in ihrer vertrauten Umgebung nicht besser untergebracht? Lisa Hansen war Gespräch am Küchentisch.

Herlinde lebte den Gegenentwurf. An den Kreuzungen in ihrem Leben hatte sie sich oft für den kleineren Weg entschieden. Nicht den kürzeren, den kleineren. «Dir fehlt das Talent, Karriere zu machen», hatte Teresas Vater gesagt, als er den Abschied erzwang und fortging. Vielleicht hatte sie sich immer zu sehr nach dem heimischen Feuer gesehnt.

«Was wäre dir wichtig im Leben, Leo?», fragte Teresa und traute sich damit weit vor. Doch Gott sei Dank sah auch Thomas seinen Sohn interessiert an.

Die Schöne zu finden, dachte Leo.

«Eine Familie zu haben, fände ich schon gut», sagte er. «Und natürlich einen Beruf, der mir gefällt.»

«Willst du immer noch Psychologie studieren? Dafür brauchst du eine Eins vor dem Komma», sagte sein Vater.

Leo wäre lieber wieder auf Lisa Hansen zurückgekommen.

Teresa rettete ihn. «Lisa fragte mich, ob ich denn wisse, was hier im Haus geschehen sei», sagte sie.

«Sie hat wohl keine anderen Sorgen», sagte Thomas.

«Woher wusste sie davon?», fragte Herlinde.

«Die zur Weides hatten sich wohl zuerst an Lisas Makleragentur gewandt», sagte Teresa. «Da wollten sie das Haus noch verkaufen.»

«Wo wohnen die denn jetzt?», fragte Leo. «Weiß das einer?»

Keiner wusste, wo die zur Weides wohnten. Waren sie überhaupt noch in Hamburg? Nur Gerda Dau schien noch auf Johannes zu warten.

Leo saß in der Hochbahn und sah über den Hafen. Einen weiten Blick bot er, auch an einem trüben Tag. Die Elbphilharmonie funkelte heute nicht, die Backsteine der Speicherstadt leuchteten kaum bei diesem verhaltenen Licht. Doch die Weltmeere fingen hinter dem Hafen an.

An der Station Baumwall stiegen zwei Männer ein, die Sekunden später einen Lautsprecher krachen ließen. Der eine tat, als lege er das Spiel seiner Klarinette über diesen Sound, der andere ging mit einem Pappbecher durch den Waggon und wollte Geld. Keine Schöne weit und breit. Vielleicht würde sie nie mehr in diesen Zug der Hochbahn einsteigen.

Leo stieg am Bahnhof nicht in den Bus um. Er blieb sitzen und fuhr über den Bahnhof hinaus. Hinter der Lübecker Straße kam die Bahn wieder ans Tageslicht. Fuhr über den Viadukt am Kuhmühlenteich. An der Station Mundsburg stieg ein Trupp junger Leute in die Bahn. Einer von ihnen hatte eine Mappe in der Hand. Groß und schwarz, die Mappe.

Was hast du da drin?, hätte Leo gerne gefragt. Doch er tat es nicht. Wollte er die Schöne wirklich finden? Ahnte er, dass sie Unheil bedeuten könnte? Oder doch wenigstens Unruhe?

Was faszinierte ihn? Das Geheimnisvolle? Tilda hatte auch ein Geheimnis. Doch ihr gab es kaum Glanz. Heute war sie das erste Mal seit Tagen in der Schule gewesen, einen indischen Schal um den Hals, in dem sie sich beinahe verbarg. Knutschflecken? Kaum denkbar. Nicht bei Tilda.

Ihre Stimme hatte heiser geklungen.

«Du bist erkältet?»

Sie hatte geschwiegen, als sei auch diese Frage anzüglich.

In ihrem Schal waren die Rottöne des Orients. Paisleymuster. Indische Tränen. Schwarze Fransen. Leo gefiel der Schal.

Er stieg in Barmbek aus und ging über den Bahnsteig, um noch einmal im Kreis zu fahren. Über Sternschanze und Landungsbrücken zum Baumwall.

Die Ringlinie der U3. Zwei Stationen vor der Sternschanze fiel ihm ein, wo er das Gesicht der Schönen schon einmal gesehen hatte.

«Ist besser geworden, dein Auge», sagte Teresa, «was war denn passiert?»

«Bin gegen die Türklinke gelaufen», sagte Gus.

«Läufst du auf den Knien herum?»

«Ich würde gerne mal mit hoch zu dir», sagte Gus. «Hast du das Zimmer von Elisabeth?»

«Welches war das?»

«Das mit den zwei hohen Fenstern zum Garten», sagte Gus.

Warum beschlich Teresa das Gefühl, es sei ein gefährlicher Umstand, in dem Zimmer zu leben, das Elisabeth bewohnt hatte?

«Und was ich noch sagen wollte, weder mein Vater noch meine Mutter schlagen mich.» Gus schien den Tränen nahe zu sein, als er das sagte.

Leo kam spät nach Hause an diesem Abend. Zu spät für das gemeinsame Essen am Küchentisch. Thomas schien sich Herlinde anzupassen, denn sein Gesicht war vorwurfsvoll. Einen kurzen Augenblick lang dachte Leo daran aufzutrumpfen, dass er sehr bald achtzehn wäre und dann keiner mehr ihm was vorzuschreiben habe.

«Ein kleiner Anruf hätte genügt. Das tue ich auch, und ich bin schon lange volljährig», sagte Thomas, der geahnt hatte, was seinem Sohn da gerade durch den Kopf ging.

Das Gedeck stand noch auf dem Tisch. Der Brotkorb. Die Butterdose.

Leo tat Butter aufs Brot und schnitt eine Tomate auf. Salzte sie zu üppig. Nahm den Teller und ging hoch in sein Zimmer. Dass sein Vater ihn nicht gefragt hatte, wo er so lange gewesen war.

Er warf einen Blick zu den dunklen Fenstern von Frau Dau und zog dann die lila Vorhänge zu. Schwarze Nacht.

Er zögerte, noch in Teresas Zimmer zu gehen. Erst kurz nach zehn, doch vielleicht zu spät. War ihr Zimmer nicht schon dunkel gewesen, als er von der Brücke aus hochgeblickt hatte?

Leo trat auf den Flur und sah das Licht unter Teresas Tür. Er klopfte an.

«Ich habe dich gehört», sagte Teresa, «und gehofft, dass du noch kommst.»

Sie saß in ihrem Bett und hatte ein aufgeschlagenes Buch auf den Knien, das sie zuklappte und unter ihr Kopfkissen schob.

«Hast du nicht schon geschlafen?»

Teresa schüttelte den Kopf. «Du hast Tilda noch getroffen?»

«Wie kommst du darauf?»

Weil ich mir seit Stunden ausmale, was ihr miteinander tut, dachte Teresa. Sie zerrte an ihrem Schlafshirt und zog es über die Knie, als störe sie auf einmal jegliche Nacktheit. «Ihr versteht euch doch.»

«Nicht wirklich», sagte Leo.

«Sie hat Kontakt zu Gus. Ich habe sie schon zweimal zu ihm ins Haus gehen sehen.»

«Tilda scheint völlig vernarrt in die Gegend zu sein.»

«Vielleicht sucht sie Johannes. Genau wie wir.»

Leo setzte sich auf den Stuhl vor Teresas Schreibtisch. Suchte er noch nach Johannes? Er griff nach einem Bleistift und fing an, ihn zu drehen.

Sollte er erzählen, wer ihm in der Bahn begegnet war? Würde ihm das gelingen, ohne dass Teresa in seinem Gesicht las wie in einem Buch?

«Schreibt ihr morgen eine Arbeit?»

«Nein. Wieso?»

«Weil du das Buch unter dein Kopfkissen gelegt hast.»

Warum war er zu Teresa gegangen? Um ein Geständnis abzulegen?

Oder weil Teresa ihm guttat? Er sich zu ihr hingezogen fühlte? Die eine hatte ihn verhext, und bei der anderen fühlte er sich geborgen.

Was bin ich für dich?, dachte Teresa. Würde ihr das gelingen, eine Antwort zu kriegen, ohne die Frage zu stellen?

«Ich nehme an, die Zwillinge sind noch immer on the road?»

«Glaubst du nicht, dass sie es irgendwo warm und gemütlich haben?»

«Wo soll das sein? Ihr habt den ganzen Bekanntenkreis durchgepflügt.»

«Sie können doch nicht so lange auf der Straße leben.»

«Sie sollten jedenfalls bald nach Hause kommen. Es wird kälter draußen.»

Leo legte den Bleistift zurück und stand auf. «Schlaf schön.»

Er berührte sie nicht. Er drehte sich nicht einmal mehr um. Leo schloss die Tür leise hinter sich und ging in sein Zimmer. Er wäre nicht im Traum darauf gekommen, dass Teresa ihren Kopf in das Kissen drückte und zu weinen anfing. Über all die Gelegenheiten, die verpasst wurden im Leben.

Herlinde fand das Buch, als sie die Bettwäsche abzog. Die Kunst der Verführung. Ovid neu interpretiert. Nahm Teresa das in der Schule durch?

Sie legte das Buch auf den Schreibtisch und stopfte die Wäsche in den Sack. Ob sie den neu interpretierten Ovid doch an sich nehmen sollte oder wenigstens hineingucken, um zu wissen, was ihre Tochter da las?

Sie wurde abgelenkt von einem Geschrei auf der Straße. Herlinde ließ den Wäschesack in der Diele stehen und ging in Leos Zimmer.

Tilda. Schon wieder diese Tilda. Und dieses Huhn mit Kräusellocken. Was hatte Teresa gesagt, wie sie hieß? Jochmann.

Diese kleine Stichstraße war wirklich ein Theater mit mehreren Bühnen.

Herlinde stand am halb offenen Fenster und starrte fasziniert auf die Szene da unten. Die Jochmann zog und zerrte an Tildas Schal. Oder klebte sie an ihm, als sei der die goldene Gans?

«Ihr steckt alle unter einer Decke», schrie die Jochmann. «Treibt mich nur in den Wahnsinn. Oder lasst mich lieber gleich verschwinden wie den Kleinen. Du gehörst doch auch zu dem Gesindel, du rote Schlampe. Glaubst du, ich merke nicht, dass du mir ständig auflauerst?»

Hanne Jochmann hob den Arm und krallte die Hand zur Faust und drohte dem Fenster im zweiten Stock. Herlinde sah hinüber und hatte für einen Moment lang Blickkontakt mit Gus' Mutter, ehe die ihre Locken schüttelte und vom Fenster verschwand.

Unten war Hanne Jochmann vom Geschrei ins Husten gekommen. Kein einziges Krrr. Tilda riss sich los, lief zur Tür des Klinkerhauses und drückte sie auf. Das Summen des Öffners war über die Straße hinweg zu hören.

Die Jochmann senkte den Kopf und starrte auf die grauen Platten des Gehwegs, bevor sie eilig davonging und beinah stolperte über eine Platte, die von einer Baumwurzel hochgehoben worden war.

Ein Fall von Verfolgungswahn, dachte Herlinde und fühlte Mitleid mit ihr.

Brauchte er diesen Beweis? Oder gab es noch einen anderen Grund, dass Leo bat, Gerda Dau mal wieder besuchen zu dürfen? Frau Dau nahm den Besuch dankbar auf. Sie hatte den Jungen von Anfang an gemocht. Ohnehin waren ihr Jungen lieber als Mädchen.

Er brachte Dahlien. Sie hatte Butterkuchen gebacken. Gerda Dau schien entspannter zu sein. Leo setzte sich in die Sitzecke und lobte den gedeckten Tisch, den Blick zur Kommode vermied er.

Leo erzählte von seinem achtzehnten Geburtstag, von dem er noch nicht wusste, wie er ihn feiern wollte. Von Köln. Seiner Mutter. Er hatte lange nicht mehr so viel von sich erzählt.

«Dann kennst du ja auch Schicksalsschläge.»

«Eigentlich nicht. Als ich es begreifen konnte, war sie schon lange tot.»

Gerda Dau nickte und legte ihm noch ein Stück Kuchen auf den Teller.

«Habt ihr euch denn eingewöhnt? Ist keine leichte Nachbarschaft.»

«Keine leichte Nachbarschaft?», fragte Leo vorsichtig.

«Na ja. Die Jochmann zum Beispiel. Ich denke, dass die nicht ganz richtig tickt, seit sie in die Baugrube gefallen ist. Sie hat behauptet, der Junge von drüben habe sie gestoßen. Doch wahrscheinlich war sie nur dusselig.»

«Hat sie sich denn ernsthaft verletzt?»

«Es hieß, dass sie eine Gehirnerschütterung gehabt habe. Wohl auch einen Schock. Sollen Ratten in der Grube gewesen sein.»

«Wir hatten eine Ratte im Keller. Der Kammerjäger sagte meinem Vater, das habe mit der Erneuerung der Siele zu tun, dass die in die Häuser kommen.»

«Eine Zeit lang war das schlimm. Im Haus nebenan kam eine aus dem Abflussrohr hoch. Ist nicht appetitlich, das Thema. Lass uns mal aufhören mit den Ratten.»

Leo blickte zur Kommode. «Darf ich mir die Fotos ansehen?»

Gerda Dau nickte. «Ein so guter Junge, der Johannes», sagte sie und stand auf, um den großen Rahmen zu holen.

«Ich hörte, dass Elisabeth gemalt hat.»

Frau Dau kehrte mit drei Fotografien zurück an den Tisch.

«Das ist die Elisabeth», sagte sie und reichte ihm den Rahmen.

Leo dachte an den Tag, als er Gerda Dau aus der Küche geführt und hierher begleitet hatte. Damals hatte seine ganze Aufmerksamkeit dem Bild von Johannes gegolten. Die Fotos der Schwestern hatte er kaum beachtet.

Eine kindliche Elisabeth, die er da betrachtete. Eine kurze fransige Frisur mit Pony. Doch eindeutig die hohen Wangen, die weit auseinanderstehenden Augen, die lange Nase, der schmale Mund.

Was faszinierte ihn so sehr an diesem Gesicht?

«Da war sie dreizehn. Und das da ist Charlotte.»

Er nahm das Bild in die Hand. Erstaunlich, dass die Schwestern sich kaum ähnlich sahen. Johannes glich Elisabeth. Obwohl sein Gesicht noch die Weichheit des Kleinkindes hatte.

«Sie hat mehr gezeichnet als gemalt», sagte Gerda Dau. «Mit Kohle und mit Bleistift. Am liebsten hat sie Johannes gezeichnet.»

«Sie wissen wirklich nicht, wo die Familie nun wohnt?»

«Nein. Nur dass Charlotte in einem Internat sein soll.»

«Ich habe Elisabeth gesehen», sagte Leo, «in der Hochbahn.»

Frau Dau setzte sich und tastete nach etwas, das halb verborgen unter dem Tellerrand lag. Eine silberne Tablettenfolie, in der sich noch zwei längliche Tabletten mit Einkerbungen befanden. Sie drückte beide aus und schluckte sie mit dem Kaffee aus ihrer Tasse.

«War Elisabeth an dem Freitag im August bei Ihnen?», fragte Leo vorsichtig.

«Ihre Stimme war da. Die hab ich deutlich gehört.»

Leo blickte zu der leeren Folie. Er hätte sie gerne umgedreht, um den Namen dieser Tabletten zu lesen. Bedeuteten die Einkerbungen nicht, dass jede einzelne noch vierfach zu teilen war? Wenn ja, dann hatte Gerda Dau gerade eine Überdosis eingenommen.

«Teresa hat es damals so verstanden, als sei Elisabeth bei Ihnen gewesen.»

«Ich weiß es nicht mehr.»

Was war denn überhaupt wahr an den Behauptungen jenes Freitags? Hatte Elisabeths Mutter wirklich versucht, sich das Leben zu nehmen? Damals hatte er vermutet, dass Gerda Dau Wahnvorstellungen habe. Noch verstand er zu wenig von Psychologie, um zu wissen, ob starke Schuldgefühle das tatsächlich verursachen konnten. Leo hätte auch gern gewusst, warum sie sein Handy hatte fallen lassen. War es ihr nur aus der Hand geglitten?

Er zögerte zu fragen. Da war eine Veränderung vorgegangen in der alten Kinderfrau, seit er Elisabeth erwähnt hatte.

«Habt ihr miteinander gesprochen? Elisabeth und du?»

Leo schüttelte den Kopf. «Ich hatte da noch keine Ahnung, wer sie ist.»

«Ihren kleinen Bruder liebt sie über alles. Sie vermisst ihn sicher sehr.»

Gerda Dau sah auf einmal endlos müde aus.

«Vielleicht lege ich mich hin», sagte sie.

Leo stand auf. Als er sich verabschiedete, sah er, dass ein dickes Bund Schlüssel im Schloss der Tür hing. Einige von ihnen alte Eisenschlüssel.

Eine Szene aus einem Film kam ihm in den Sinn. Ein Gefängniswärter, der mit solch großen alten Schlüsseln die Zellen öffnet.

Der Schlüssel drehte sich im Schloss, kaum dass Leo gegangen war. Er trat aus der Tür der Garage und wandte sich dem Garten zu. Fühlte sich beobachtet, als er zum Kanal ging, und drehte sich um. Die Vorhänge an den Fenstern von Frau Dau waren bereits geschlossen. Leo blickte zu Teresas Fenster. Den Fenstern des Arbeitszimmers. Alle waren leer.

Ein warmer Wind kam auf und wisperte in den Johannisbeersträuchern.

Wer sah ihm zu bei seinem Gang durch den Garten?

Warum hatte er sich umgedreht? Die Fenster abgesucht?

War ihm Nähe aufgefallen? Hatte er Blicke gespürt? Eine Gestalt, die sich zurückzog. Nicht den gewohnten Weg nehmen. *To his nest the eagle flies –*

In den Hamburger Zeitungen erschien ein Bild von den Zwillingen. Einen Tag später meldete sich ein Handelsvertreter, der glaubte, sie Anfang September in Travemünde gesehen zu haben. Bob und Basti kannten sich aus in dem Ostseebad. Ihre Großmutter hatte dort mit ihnen ganze Sommer am Strand verbracht. Die *Lübecker Nachrichten* druckten das Bild. Doch darauf kamen keine ernsthaften Hinweise mehr.

Lisa Hansen war längst wieder in Los Angeles. Sie vertraute darauf, dass die Polizei recht behielt und die Zwillinge zurückkehrten, wenn das Wetter dauerhaft kühl blieb. Zwei Tage noch bis Herbstanfang.

Doch an seinem letzten Tag drehte der Sommer noch einmal voll auf.

Ein Freitag, an dem Teresa und Leo beide früh freihatten und das Kanu nach längerer Zeit wieder aufs Wasser setzten. Leo hatte Teresa noch immer nicht von Elisabeth erzählt.

«Du denkst dauernd an sie», sagte Teresa.

Leo hätte beinah sein Paddel ins Wasser fallen lassen. Er drehte sich zu Teresa um, die hinter ihm im Kanu saß.

«Obwohl ich es nicht verstehen kann, was du an ihr findest. Irgendwas stimmt nicht mit ihr.» Leo hörte Trotz in Teresas Stimme und Traurigkeit.

«Woher weißt du es?» Er griff fester nach dem Paddel und

stach es ins Wasser. Sie fuhren unter einer weiteren Brücke durch und näherten sich einem der Teiche an der Alster. Hatte Frau Dau ihr davon erzählt?

«Warum sprichst du sie nicht einfach darauf an?», fragte Teresa.

«Ich habe doch keine Ahnung, wo ich sie finden kann.»

«Kommt sie nicht mehr in die Schule?»

Leo lenkte das Kanu ans Ufer. Teresa hatte das Paddel kaum noch bewegt.

«Lass uns hier anlegen», sagte er und griff nach dem Seil. Er sprang ans Ufer und befestigte das Seil an einem Haselstrauch, der nah am Wasser stand. Dann reichte er Teresa die Hand.

«Warum anlegen? Wir sind noch keine Viertelstunde unterwegs.»

«Weil ich dir ins Gesicht gucken will, wenn ich dir das erzähle.»

Ein Tapferkeitsschub, den Leo da hatte.

Teresa ließ sich ins Gras fallen. «Ich bin gar nicht mehr sicher, ob ich es wissen will. Klingt nicht nach was, das mich froh machen wird.»

Leo setzte sich neben sie. «Du denkst, dass ich dauernd an Tilda denke», sagte er. «Das tue ich auch. Doch da geht es um Grundrisse und Räume, die eingekreist sind, und auch darum, was Tilda verschweigt von dem Novembertag, an dem der Kleine verschwunden ist.»

«Du findest sie nicht attraktiv?»

«Doch. Irgendwie schon. Sie ist so aus der Zeit gefallen. Sieht aus wie eine Schönheit auf einem alten Gemälde.»

Teresa riss ganze Grasbüschel aus.

«Verliebt habe ich mich in eine andere. Darum geht es dir doch. Oder?»

Sie hielt den Atem an. Hing an Leos Lippen, um den Namen Teresa zu lesen, bevor er ihn ausgesprochen hatte.

«Elisabeth. Sie ist mir in der Hochbahn begegnet. Ich habe noch nie eine so faszinierende Frau getroffen, wie sie es ist.»

Teresa sprang auf. Es war ihr egal, dass es hier eine Spur zu Elisabeth gab. Keine einzige Frage wollte sie stellen. Keine einzige Antwort hören. Nur ein Gedanke klang ihr im Kopf. Flucht.

Sie kletterte die Böschung hoch und lief los. Nach Hause. Sich in den Kissen vergraben. Keine Hoffnung mehr. Nirgends.

Leo konnte es kaum fassen. Was für ein Idiot war er denn? Verbrannte hier die Erde. Quatschte Teresa was von Verliebtsein in Elisabeth vor. Hatte er denn tatsächlich angefangen, Teresa für sein Schwesterchen zu halten? Er stand auf, klopfte das Gras von den Shorts und schickte sich an, das Kanu nach Hause zu paddeln.

Teresa stand am Fenster und sah zu, wie der Tag langsam erwachte. Kurz vor sechs. Morgendämmerung. Sie hatte kaum geschlafen vor Kummer. War viel zu früh von Stimmen erwacht, die sie wohl nur geträumt hatte. Vielleicht stritt sie im Traum mit Elisabeth.

Schlimmer noch als Leos Geständnis war, dass er nun ihre Gefühle kannte.

Ein dummes Gör, das gehofft hatte, als Frau geliebt zu

werden. Sah er sie so? Lächelte darüber und kniete dann vor Elisabeth?

Keiner war im Haus gewesen, als sie gestern ankam. Eine Fügung, die Teresa dankbar aufnahm. Herlinde hätte es in ihrem Gesicht gelesen, und noch mehr Mitwisser ihrer Liebe zu Leo konnte Teresa nicht ertragen.

Dunkle Schatten im Garten in dieser ersten Dämmerung. Die Sträucher. Die Stangen, an denen keine Wäsche mehr aufgehängt wurde. Die hohe Weide auf dem Grundstück nebenan.

Da kam Gerda Dau aus der Garage und trat in den Garten. Sie hatte ein helles langes Nachthemd an, und ihre Füße waren nackt. Sie beugte sich nach unten und schien zu Grashalmen und Sträuchern zu sprechen. Hing sie einem Kult an? Sie wurde sonderbarer. Von Tag zu Tag.

Ein Garten ohne Bäume, dachte Teresa. Hatte es Bäume gegeben, und sie waren im Laufe eines Jahrhunderts gefällt worden? Hatten sie das Haus in den vergangenen Zeiten vor Blicken geschützt?

Eine dunkle Silhouette fehlte. Das Kanu lag nicht am Ufer im Gras. Gestern am Abend hatte Teresa hinter ihren Vorhängen gestanden und gesehen, wie Leo es an Land zog. Doch da war es nicht mehr.

Gerda Dau war am Kanal angekommen. Dort stand sie und rührte sich nicht. Bis sie sich umdrehte und dem Haus zuwandte.

Teresa konnte einen Augenblick lang ihr Gesicht erkennen, ehe Gerda Dau es in den Händen verbarg. Ein Gesicht, schlimmer als ein Schrei.

Die Wiederkehr eines Traumes. Doch das hier war schreckliche Wirklichkeit.

Eine Frau, die im dunklen Wasser des Kanals lag. Eine Frau mit langen rötlichen Haaren. Die Augen weit geöffnet. Die Haut weiß. Das Kleid klebte an ihrem Körper. Keine Schlingpflanzen, die sie am Ufer hielten. Ein Schal, der um den Holzpflock geschlungen war, an dem sonst das Kanu lag.

Die nassen schwarzen Fransen des Schals sahen aus wie Getier.

Teresa stand am Kanal und schrie. Gerda Dau war nicht mehr im Garten.

Nur noch Teresa. Und Tilda im Kanal.

Leo kam als Erster unten im Garten an. Er nahm Teresa in die Arme und schien beherrscht. Doch sein Zittern war so stark, dass es auch durch Teresas Körper lief.

«Das ist ein Albtraum», hörte sie Thomas sagen.

Ihr Albtraum. War sie eine Seherin? O nein. Bitte nein.

Herlinde klammerte sich an Thomas und fing zu schluchzen an.

Da drängte sich einer zwischen die kleine laute Schar am Kanal.

Gus blickte auf die tote Tilda und lief davon.

Genau eine Woche später, dass Leo achtzehn Jahre alt wurde.

Die Trupps der Spurensucher waren abgezogen und hatten den Garten allein gelassen. Auch die Fotografen und Kameraleute, die am alten Eisengeländer gestanden und von dort ihre Bilder geschossen hatten.

Die Hauptkommissare der Soko Kanal kamen beinah jeden Tag.

Leo erzählte vom Grundriss in Tildas Philobuch. Vom Schal in den Rottönen des Orients. Paisley. Fransen. Indische Tränen. War Leo ihnen verdächtig?

Oder Gerda Dau, die ab und zu an ihrem Fenster stand und zum Haus hinübersah mit einem leeren Blick? Sie schwieg zu den Fragen, was sie in der Morgendämmerung im Garten gesucht hatte.

Teresa erzählte nichts von den Traumstimmen. Sie hatte sie vergessen.

Das Kanu blieb verschwunden.

Eine Psychologin kam in das Gymnasium, in dessen Oberstufe Tilda fehlte. Einige nahmen das Gesprächsangebot an. Leo nicht.

In der ersten Philosophiestunde nach Tildas Tod lag eine langstielige Rose auf dem Tisch, den sie mit Leo geteilt hatte. Kaum Tränen. Nur eine große Ungläubigkeit über das Geschehen. Tilda war ihnen allen fremd geblieben.

Die Zeitungen ergingen sich in Spekulationen über den Kleinen, der vor nun bald zwei Jahren verloren gegangen war, und das tote Mädchen im Kanal, das sich damals im Hause der Familie aufgehalten hatte. In den lautesten Schlagzeilen war von Schuld und Sühne die Rede.

Der 29. September war ein regnerischer Tag. Dennoch setzten sie sich ins Auto und fuhren über Land. Am Morgen hatte Leo Kerzen ausgepustet und Geschenke ausgepackt. Sie spielten Geburtstag.

«Wir holen es nach», sagte Thomas. «Irgendwann holen wir es groß nach.»

Sie liefen den Deich entlang und ließen sich den Wind ins Gesicht wehen.

Als sie nach Hause kamen, lag eine Geburtstagskarte für Leo auf dem Teppichboden im Flur. Gerda Dau hatte sie unter der Tür durchgeschoben.

Das erste Lebenszeichen ihnen gegenüber.

Leo und Teresa gingen trotz des Wetters zum Ufer des Kanals und setzten sich ins Gras. Sie hatten noch kein Wort über den Kanuausflug verloren, der erst acht Tage her war. Zu viel hatte sich dazwischengedrängt.

«Ich habe das Kanu an dem Tag zurückgepaddelt», sagte Leo.

Teresa nickte. «Du hast es hier an Land gezogen. Ich stand am Fenster.»

«Kann kein Zufall sein, dass es weg ist. Das hat mit Tildas Tod zu tun.»

«Vielleicht ist der Täter darin abgehauen.»

«Vielleicht», sagte Leo. Er blickte über den Kanal, als sei der das weite Meer. Irgendwo am Horizont stand Elisabeth und lächelte. Leo kniff die Augen zu, um diese Vision loszuwerden.

«Tilda hat sich doch nicht still und leise töten lassen», sagte er, «das geht mir nicht aus dem Kopf. Wenigstens du hättest was hören müssen. Dein Zimmer geht zum Kanal hinaus.»

Fielen Teresa nun die Stimmen ein, von denen sie zu träumen geglaubt hatte? Nein. Ein anderer Traum kam ihr in den Sinn, und sie erzählte ihn.

«Ich will keine Seherin sein», sagte sie.

«Quatsch. Du hast doch selber gesagt, dass wir am Abend vorher von Hamlets Ophelia gesprochen haben.»

«Shakespeare ist Text und kein Bild.»

«Thomas besitzt ein Buch über englische Maler aus dem neunzehnten Jahrhundert. Präraffaeliten. Einer hat auch Ophelia gemalt.»

Teresa schwieg. Doch sie war sich sicher, dieses Bild nicht zu kennen.

«Vielleicht hatte Tilda doch mit dem Verschwinden des Kleinen zu tun.»

«Nein», sagte Leo, «das halte ich für ausgeschlossen.» Er staunte über die Vehemenz, mit der er das sagte. Tilda tat ihm endlos leid.

«Hast du Elisabeth gefunden?»

Leo stand auf. «Lass uns hineingehen», sagte er, «es wird kalt.»

«Es ist ja auch immer noch dein Geburtstag. Hattest du eigentlich Pläne, wie du ihn feiern wolltest?»

«Weißt du, wie du Gott zum Lachen bringst?», fragte Leo.

Teresa schüttelte den Kopf.

«Erzähl ihm von deinen Plänen», sagte Leo.

OKTOBER

Kein Wasser in Tildas Lungen. Sie war nicht ertrunken und auch nicht erdrosselt worden. Jemand hatte ihr den Kopf eingeschlagen.

Mit einem massiven schweren Gegenstand. Vermutlich Metall.

Leo dachte an Gerda Daus Schlüssel und verscheuchte den Gedanken.

«Lass uns einen saufen gehen», sagte Woody nach Tildas Beerdigung.

Die hilflose Rede wegsaufen, die ihr Tutor gehalten hatte. Die Gesichter von Tildas Eltern. Gus an der Seite eines großen müden Mannes.

Tilda schien ein spätes Kind gewesen zu sein. Ihre Eltern waren alt oder vielleicht auch nur jäh gealtert in diesen Tagen.

Leo und Woody landeten in einer abgetakelten Kneipe, in der ein paar Kerle am Tresen hingen. Sie bestellten Bier und dann Wodka.

«Ein Tag für Geständnisse», sagte Woody. «Kennst du einen, der in unserem Alter ist und Walter heißt? Du kennst einen. Mich.»

Leo grinste. «Du heißt gar nicht Woody?», fragte er. Das Grinsen tat gut.

Noch eine Woche Herbstferien. Die erste war ihnen zerronnen. Leo dachte, dass er es einrenken sollte mit Teresa. Mal wieder auf den Boden kommen. Elisabeth wurde zur Manie bei ihm.

Als er über die Brücke kam und die Lichter in den Fenstern sah, spürte er Sympathie für das Haus. Es konnte doch nichts dafür.

«Vielleicht war das Gus' Vater», sagte Teresa, «ich frag ihn. Er wollte schon lange in dieses Zimmer eingeladen werden. Das war Elisabeths Zimmer.»

«Das damals am Teich tut mir leid», sagte Leo.

«War doch die Wahrheit», sagte Teresa.

Wahrheit, dachte Leo. Voreilige Wahrheiten, die weh taten. Vielleicht wurde die Wahrheit überschätzt.

«Du liebst Elisabeth doch.» Teresa klang, als ob sie darauf bestünde.

«Liebe. Ich kenne sie ja gar nicht. Irgendwas ist an ihr, das mich fasziniert. Genauso kann ich mich in irgendeine Filmtussi verlieben. Die ist auch weit weg.» Leo lauschte den eigenen Worten nach und wusste nicht, warum er das so kleinredete. Um Teresa zu erfreuen?

Oder hatte es an Bedeutung verloren seit Tildas Tod?

«Den Himmel gibt es immer nur auf Zeit», hatte Thomas an jenem Morgen gesagt, an dem Tilda tot im Kanal lag. Was meinte er? Dass Glück keine Dauer kannte? War das denn schon Glück gewesen?

Erst achtzehn und schon ein Philosoph. Leo lachte auf.

«Was ist los mit dir?», fragte Teresa.

«Die Nachwirkung der Beerdigung», sagte Leo. Oder der Wodkas.

Er verließ Teresas Zimmer und fühlte sich mindestens so müde, wie der Mann an Gus' Seite ausgesehen hatte. Wie friedlich Köln gewesen war.

Herlinde klopfte an und hielt Teresa das Telefon hin, um gleich die Tür wieder hinter sich zuzuziehen. Gelegentlich neigte sie zur Diskretion. «Warum gehst du nicht an dein Handy?», brüllte Beckie.

Teresa guckte auf das Display des Handys, das auf ihrem Schreibtisch lag. «Akku leer», sagte sie, «wo brennt es denn?»

«Die Zwillinge sind da. Das heißt, sie sind nicht da. Doch Jon weiß, wo sie sind. Irgendwo am obersten Zipfel von Dänemark.»

Teresa atmete tief durch. «Und was tun sie da?», fragte sie.

«Sie haben einen Drohbrief geschrieben. Dass sie nur wiederkämen, wenn Lisa nach Hamburg zurückkehrt. ‹Geschäft. Gegengeschäft›, hätten sie geschrieben, sagt Jon.»

«Was soll denn Jon da machen? Lisa war es doch, die wegwollte.»

«Klar, dass die Zwillinge einen Knall haben. Aber wir wissen, dass sie leben und wo sie sich aufhalten. Jon ist gleich mit dem Auto los.»

«Stand denn ein Absender drauf?»

«Nein. Aber er ist sicher, dass sie in Skagen sind. Das ist nicht groß. Du klingst so ungläubig. Kannst du dich gar nicht freuen?»

«Hab du mal eine Tote im Garten. Dann verlierst du auch den Glauben.»

«Dass sie nicht schon längst diese Kinderfrau verdächtigen», sagte Beckie, «die ist doch gestört. Und ein Motiv hat sie auch.»

«Was soll das denn für ein Motiv sein?»

«Wer weiß, was damals im Haus geschehen ist, als der Kleine verschwand», sagte Beckie düster. «Vielleicht hatte diese Tilda was gesehen.»

«Hältst du den Kontakt mit Jon?»

«Ich halte dich auf dem Laufenden. Du hast ja anderes um die Ohren.»

Beckie hatte das Gespräch schon beendet, als Teresa antworten wollte. Irgendwas lief gerade nicht so toll zwischen ihnen.

Teresa trug das Telefon zu Herlinde, um ihr von den Zwillingen zu erzählen.

Eine gute Nachricht blieb eine gute Nachricht.

Der Makler schrieb, Herr zur Weide dächte daran, das Haus zu verkaufen. Er lebe nun in Berlin, und die neue Tragödie ließe ihn nicht länger festhalten an dem Haus. Lebte Frau zur Weide auch in Berlin?

Leo las den Brief, der auf dem Küchentisch lag. Wo lebte Elisabeth, die in Hamburger Hochbahnen saß?

«Betrachten wir es als einen Wink des Schicksals, sich nach einer anderen Bleibe umzusehen», sagte Thomas. «Zur Weide verkauft das Haus lieber ohne uns drin. Unsere Chance, diese Altlast hinter uns zu lassen.»

«Was anderes werden wir uns kaum leisten können», sagte Herlinde.

«Eine Nummer kleiner», sagte Thomas.

«Viel kleiner», sagte Herlinde.

«Lasst mich doch erst mal mein Abi machen», sagte Leo.

Teresa sagte nichts. Lebte sie denn gern in diesem Haus? Oder war es nur die fixe Idee, ihm sein Geheimnis zu entlocken?

«Was wird dann aus Frau Dau?», fragte sie schließlich.

«Es wäre besser für sie, anderswo neu zu beginnen», sagte Thomas.

«Sie wartet auf Johannes.» Leo klang traurig. Teresa war sich sicher, dass er lieber bleiben wollte. Wer wusste, wie das nach dem nächsten Sommer aussah, wenn er mit einem Studium anfing.

«In Deutschland werden zweitausend Kinder dauerhaft vermisst.»

«Die Zwillinge sind doch auch aufgetaucht.»

«Kinder», sagte Thomas. «Keine Abenteurer.»

Die Abenteurer kamen am letzten Tag der Herbstferien zurück. Jon Hansen hatte mit ihnen noch ein paar Tage in Skagen verbracht. Im *Brøndums*. Ein altes Hotel, das ihnen Körper und Seelen wärmte.

Es war kalt geworden auf dem wilden Zeltplatz am Strand zwischen Skagen und Frederikshavn. Zu kalt für die Öljacken, wenn die auch Wind und Regen abhielten. Die Zwillinge hätten schon aufgegeben gehabt, wären ihnen am Hafen von Frederikshavn nicht die Hippies begegnet, die ihnen Obdach im Zelt gewährten. Jon hatte die ganze Hippiekolonie zum Essen eingeladen. Auch wenn sie Ungewissheit und Qual verlängert hatten.

Die Zwillinge sahen ein, dass sie ihre Mutter nicht herbeidrohen konnten.

«Vielleicht kommt sie von selbst zur Vernunft», sagte Basti.

«Wenn sie den Filmnasen genügend Villen verkauft hat», sagte Bob.

Teresa fremdelte mit den beiden mehr, als Beckie es tat, die das Abhauen der Zwillinge auf einmal hinreißend fand und ihren immer unglaublicheren Erzählungen stundenlang lauschte.

In Teresas Leben hatte es entschieden zu viel Spannung gegeben, und sie war auch noch nicht bereit, die tote Tilda als Gesprächsstoff anzubieten.

Gus stand ihr in diesen Tagen näher als ihre alten Kindheitsfreunde. Er heiterte sie auf und war ihr ein Trost. Nicht mehr. Oder?

«Ich habe Elisabeth getroffen», sagte Gus.

Sie standen auf der Straße. Alle Fenster waren dunkel. Bei Gus. Bei ihr.

Teresa holte den Hausschlüssel aus ihrer Bikerjacke. «Komm mit zu mir», sagte sie. «Du wolltest doch immer mal mein Zimmer sehen.»

«Nehme ich an, die Einladung», sagte Gus.

Er betrachtete die Pflaumenwände, als seien sie ein Kunstwerk, dessen Deutung ihm schwerfiel. «Früher war hier alles weiß», sagte er. «Aber der Schrank ist schön. Könnte man glatt drin wohnen.»

«Ich dachte, Elisabeth und du hättet euch nicht leiden können.»

«Die durfte auch nicht wissen, dass ich ihr Zimmer kenne. Das war alles topsecret, wenn Charlotte allein zu Hause war.»

«Kam das oft vor?»

«Nicht oft. Die Dau hat das Haus doch nur zum Einkaufen verlassen. War ja auch eingestellt worden, um da zu sein, weil die Eltern dauernd weg waren. Vater Anwaltsheini. Mutter Charitylady.»

«Du hast sie wohl nicht besonders leiden können.»

«Ich habe nur die Charlotte gemocht. Und Tilda.» Gus schluckte schwer an einem Kloß im Hals. «Könntest du mir was zu trinken anbieten?»

Gus stand am Fenster, als sie mit der Flasche Apfelschorle und den Gläsern zurückkehrte. «Von hier aus hast du also Tilda gesehen», sagte er.

«Nein. Ich habe nur gesehen, dass Frau Dau was entdeckt hatte, und dann bin ich in den Garten gegangen.»

«Und dann hast du geschrien, dass ich's bei mir gehört habe.»

Teresa füllte die Gläser. Gus schien vergessen zu haben, dass er durstig war. Er nahm sein Glas, ohne zu trinken. Hielt es nur in der Hand.

Hatte er sie aus dem Zimmer haben wollen?

«Wo hast du Elisabeth getroffen?»

«Jetzt wirst du staunen. Im *Hexenkessel.*»

Teresa verschluckte sich an ihrer Apfelschorle.

«Ehe du mir erstickst», sagte Gus, «das ist ein Esoterikladen am Grindel.»

«Räucherstäbchen», sagte Teresa. «Tarotkarten.»

Gus winkte ab. «Ich war wegen der Kräuterkerze *Glückliches Heim* unterwegs. Wollte meine Mutter haben. Wäre auch was für Elisabeth.»

«Erzähl mir mehr von der Kräuterkerze *Glückliches Heim.*»

«Du zündest sie an, und dann treten die Lösungen deines Problems in dein Inneres ein. Gibt auch Kerzen für Liebe und Geld. Die wäre was für dich, die Problemlöserkerze *Liebe.* Elisabeth hat mich nach deinem Leo gefragt.»

«Woher kennt sie ihn? Was will sie von Leo?»

«Nun mal ganz ruhig. Bin eben ein guter Beobachter.»

«Wenn du alles weißt, warum weißt du dann nicht, wo Johannes ist?»

Gus setzte sich auf den Schreibtischstuhl. «Willst du dich nicht auch setzen?», fragte er. Teresa blieb nur ihr Bett. Andere Sitzgelegenheiten gab es noch nicht. «Ich weiß wirklich nicht, wo der ist», sagte Gus.

«Und was will Elisabeth von Leo?»

«Nur wissen, ob er hier wohnt. Hat ihn vielleicht mal irgendwo gesehen. Sieht ja gut aus, dein Leo. Ich sollte mein Äußeres auch überarbeiten.»

«Und wo wohnt Elisabeth?»

«Wüsste ich nicht, wenn mir nicht eingefallen wäre, ihr zu folgen.»

«Du bist ihr nachgegangen? Hat sie das geschnallt?»

«Ich glaube nicht. Wirst du Leo sagen, wo sie wohnt?»

Teresa presste die Lippen zusammen. «Ich weiß gar nicht, ob ich es wissen will», sagte sie schließlich.

«Ich rate dir, tue es», sagte Gus. «Dann hast du Klarheit.»

Gus als Problemlöserkerze. Er stand auf.

«Darf ich mal einen Gegenbesuch im glücklichen Heim machen?»

«Da müssen wir erst noch ein Dutzend Kerzen abbrennen.»

«Lebt dein Vater mit zwei Frauen zusammen?»

Gus fror ein. «Wie kommst du darauf?», fragte er.

«Das war dein Vater auf Tildas Beerdigung?»

Gus nickte. Er griff nach dem Glas, das er auf dem Schreibtisch abgestellt hatte, und trank die Apfelschorle in einem Zug.

«Gus? Hast du eine Ahnung, wer Tilda getötet hat?»

«Wenn ich das wüsste, würde ich ihn hinrichten.»

Teresa glaubte ihm sofort. Nach der Adresse fragte sie ihn erst, als sie unten in der Haustür standen. Bei Gus drüben war ein Fenster hell.

«Ich kann dir Elisabeths Adresse geben.»

«Elisabeths Adresse? Den Ballon lässt du einfach so platzen?» Leo sank tiefer in den Sitzsack, neben Bett und Schreibtischstuhl *das* komfortable Möbel in seinem Zimmer. «Und woher hast du ihre Adresse?»

«Gus hat sie mir gegeben.»

«Dein Gus wird mir unheimlich.»

Dein Gus. Nun hatte sie schon einen Leo und einen Gus.

«Dass sich das Grün des Sackes so gut mit dem Lila verträgt», sagte Teresa, um die Frage nach der Adresse zu verzögern.

Leo betrachtete den Sitzsack, einen Augenblick lang abgelenkt.

«Gib mir die Adresse», sagte er dann. «Ich will Klarheit haben.»

Gus' Worte. Klarheit. Teresa hätte zu gern gesagt, dass sie Leo dorthin begleiten wollte. Diese Elisabeth sehen und wie sie auf Leo wirkte. Der Klarheit wegen.

«Oder warst du schon da?»

«Ich kenne die Adresse seit einer knappen Stunde», sagte Teresa. Sie griff in ihre Jeanstasche und zog den Zettel hervor, den sie klein gefaltet hatte, dass er aussah, als sei er aus einem chinesischen Glückskeks.

Dabei bahnte sich gerade ihr Unglück seinen Weg.

Leo faltete den Zettel auseinander und las.

«Wo ist das?», fragte er. Sonst noch was?

«Zwischen Schanze und Grindel», sagte Teresa, die Selbstverleugnerin.

«Grindel ist das Univiertel?»

Teresa nickte. Leo war schon aufgestanden, um seinen Computer anzuwerfen und die Adresse einzugeben.

Teresa trat an das Eckfenster. Tatsächlich ein Ausguck. Die tiefer liegenden Fenster von Frau Dau mit den zugezogenen weißen Vorhängen. Drüben die nahezu auf gleicher Höhe mit Leos Fenstern liegenden des Klinkerhauses. Zweiter Stock. Die Rollos runtergelassen. Schattenspiele hinter den Rollos. Zwei, vielleicht drei Schattenspieler. Keine vier.

Sie hörte Leos Drucker anspringen. Er druckte den Routenplan aus.

«Es sieht ganz so aus, als habe Elisabeth *dich* gesucht und gefunden», sagte Teresa, bevor sie Leos Zimmer verließ.

Er tat sich schwer. Wusste nicht, ob er einfach vor der Tür stehen sollte oder besser einen Brief schreiben und um ein Treffen bitten. Er war kein großer Freund von Facebook. Doch es wäre hilfreich gewesen, hätte sie dort ein Profil gehabt. Dass weder Elisabeth noch ihre Schwester Charlotte bei einem der sozialen Netzwerke waren, wusste Leo längst.

Er hätte gern um Rat gefragt und stellte erstaunt fest, dass es Teresa war, der er vor allen anderen vertraute. Den eigenen Vater konsultierte er nicht. Das hätte ihn nur verlegen gemacht. Sprachen Mütter und Söhne darüber? Herlinde, Mutter von Teresa, schien kaum infrage zu kommen.

Leo weihte Woody ein. «Soll ich deinen Liebesboten machen?», fragte Woody, der nicht eindeutig sagen konnte, ob er von Woody Allen oder Woody Woodpecker inspiriert worden war. Hauptsache, nicht Walter heißen.

Wie undankbar. Wie viele wunderbare Walter gab es, wenn auch alle deutlich älter. Woody war nach seinem Großonkel benannt.

Nein. Leo wollte nicht, dass Woody den Liebesboten machte.

Dass Elisabeth der kapriziöse Typ war, daran zweifelte er keine Sekunde. Ein Typ, dem er eigentlich hatte abschwören wollen. Woody würde von ihr kaum ernst genommen werden. Vielleicht finge sie an zu lachen und lachte Leo und sein Werben um Elisabeth gleich mit weg.

Leo ging während zwei Freistunden in die Straße, die *Durchschnitt* hieß. Elisabeth saß ganz sicher in irgendeiner Schule, steckte sie nicht auch im Abitur? Die Wahrscheinlichkeit, dass sie gerade freihatte, schien ihm gering. Nur mal das Haus anschauen. Den Namen an der Tür.

Auch ein Haus aus der Gründerzeit. Für geschätzte zehn Parteien.

Z. W. stand da. Wie in den Zeitungen.

«Du bist der Junge aus der Hochbahn», sagte eine Stimme.

Leo drehte sich um.

Hanne Jochmann war eine Dichterin. Jedenfalls hatte sie sich schon als Jugendliche für eine gehalten. Dann hatte sie nach der Schule eine Lehre zur Justizfachangestellten gemacht. Doch ihre Nerven waren zu dünn für das Gericht. Für Gedichte gingen dünne Nerven gut.

«Raureifdistel», hatte ein Mann mal zu ihr gesagt. Ein poetischer Moment, den sie in ihrer Erinnerung hütete, um die Wirklichkeit zu ertragen. Männer hatte es sonst kaum gegeben in ihrem Leben. Sie hatte Angst davor. Auch vor Gus, der gerade erst anfing, ein Mann zu werden.

Tilda und Gus. Aus deren Gesichtern hatte sie nur Verachtung gelesen. Klein gehalten werden war das Trauma der Jochmann. Sie wäre so gern bedeutend gewesen und war doch oft nur lächerlich. Das Krrr-Krrr kam aus ihrem Mund, ohne dass sie Einfluss darauf nehmen konnte. Ein nervöses Symptom, wie andere rote Flecken am Hals kriegten.

Sie hätte schwören können, dass es Gus gewesen war, der sie damals in die Grube gestoßen hatte. Beweise gab es keine. Alles ging so schnell.

Tilda war tot, und es tat ihr nicht leid. Und irgendwann würde sie vorgehen gegen Gus und seinen Vater und die zwei Frauen.

Es konnte nicht sein, dass der Vermieter bereit war, alles zu dulden.

Was war es? Vielweiberei? Unsittlich auf jeden Fall.

Hanne Jochmann hörte das Weinen im Stockwerk über ihr. Doch sie war festen Willens, sich davon nicht berühren zu lassen.

Diese neuen Leute im Haus gegenüber bedeuteten auch nichts anderes als Bedrohung. Und Gerda Dau war nur noch eine Marionette in diesem Spiel.

«Ich bin endlos weit entfernt davon, glücklich zu sein», dichtete Hanne Jochmann. Gar kein schlechter Anfang für ein Gedicht.

Da war sie wieder, die Magie. Leo sah in das Gesicht und fühlte sich hingerissen. Das Gesicht lächelte. Es hatte graue Augen und hohe Wangenknochen und eine schmale Nase, die ein wenig schief war.

Vielleicht kam daher der Eindruck von Disharmonie.

«Elisabeth», sagte er. Anderes fiel ihm im Augenblick nicht ein.

«Gustav hat dich hierhergeführt», sagte sie. «Glaubt er denn, ich weiß nicht, dass er mir gefolgt ist?»

Leo wusste nicht, was Gus glaubte. Er senkte die Augen, um Elisabeth nicht länger anzustarren. Schien ihr das ein Schuldbekenntnis?

«Hat er das in deinem Auftrag getan?»

«Ich kenne Gustav gar nicht», sagte er. Schwach. «Das heißt, ich weiß nur, dass er im Haus gegenüber lebt.» Schwächer.

Elisabeths graue Augen blickten in irgendeine Ferne. Dann wandte sie sich ihm wieder zu. «Hast du Zeit?»

«Eine Freistunde lang.»

«Ach ja. Schule. Schwänz doch.»

Sturm und Drang. Der junge Goethe. Die Leiden des jungen Werther. Lottes Brief. Einen ganzen Nachmittag lang. Schwänzen?

«Gehst du nicht mehr zur Schule?»

Elisabeth schüttelte den Kopf. Ihr langes Haar löste sich aus den Klemmen, deren Enden aussahen wie perlmuttfarbene Schneckenhäuser.

Wann war er je derart detailbesessen gewesen bei einer Betrachtung?

«Ich könnte dir einen langen Spaziergang vorschlagen», sagte Elisabeth.

«Zu lang für eine Freistunde?»

«Vertrau dich mir an», sagte Elisabeth.

Herlinde hockte vor einem Erdstreifen, der sich nahe der Terrasse befand, und grub Pflanzlöcher für die Narzissenzwiebeln, als sie Hauptkommissar Keller vom Kanal her kommen sah. Sie legte die Pflanzkelle neben die Tüte *Gefüllte Dichternarzisse*, stand auf und wischte sich die Hände an ihrer alten Jeans ab. «Wie kommen Sie in den Garten?», fragte sie.

«Unter der Brücke durch und dann immer geradeaus», sagte Keller.

«Aber das sind alles private Gärten.»

«Die Hecken und Zäune gehen nicht bis zum Kanal. Darf ich mal?»

Er bückte sich und griff nach der Pflanzkelle, wog sie in seiner Hand.

«Viel zu leicht», sagte er.

«Eine schlichte Kelle. Kein Stahl», sagte Herlinde. Was wurde das?

«Von der Form her kommt sie hin.»

«Kommt sie hin für was?», fragte Herlinde.

«Die Kopfverletzung der Toten.»

«Eine Pflanzkelle ist die Tatwaffe?»

«Die Umrisse der Wunde hatten eine Form, die daran erinnert. Doch ich bezweifele, dass selbst eine Edelstahlkelle massiv und schwer genug ist.»

«Haben Sie denn schon eine Spur?», fragte Herlinde.

«Sie müssen die Zwiebeln etwa anderthalbmal so tief setzen, wie die Narzissenzwiebel hoch ist», sagte Keller. Er ging in die Hocke und nahm Erde in die Hand, die er zwischen den Fingern rieb.

«Reichern Sie den Boden mit ein bisschen Sand an, das erhöht die Durchlässigkeit», sagte er.

«Sie sind ein Gärtner», sagte Herlinde.

Erst als Keller gegangen war, fiel ihr auf, dass jeder diesen Garten betreten konnte. Er hatte nur den Kanal entlangzugehen.

Der Gedanke, dass es möglich war, den Garten auf diesem Weg auch zu verlassen, kam ihr erst später, als Herlinde mit Thomas in der Küche saß und von der Kurzvisite des Kommissars erzählte.

«Ist doch vorstellbar, dass Johannes in den Garten gegangen ist und den Weg am Kanal genommen hat. Er könnte weit von hier hineingefallen sein.»

Doch Thomas hielt es für ausgeschlossen, dass ein kleiner Junge an einem dunklen kalten Novembertag bei Regen und Wind in den Garten geht, um am Kanal entlangzuwandern. Was hätte er dort gewollt?

Thomas hatte vier Tage frei und vor, die Garage in Gebrauch zu nehmen. Einen trockenen Platz für den alten Volvo schaffen, bevor der Winter kam. Er hatte sich bisher gescheut, dies zu tun. Es war ihm, als ob er in Gerda Daus Diele eindringe. Von der Garage aus ging die Treppe zu ihren zwei Zimmern hoch. Auf der Treppe lag ein roter Kokosläufer. An den Wänden hingen Landschaftsaufnahmen aus dem Erzgebirge. Konnte man da einen alten Volvo hinstellen? Er nahm sich vor, ihn vorher gründlich waschen zu lassen.

Teresa war wortkarg gewesen am Abend dieses Tages. Leo blieb dem abendlichen Essen fern. Er kam erst spät nach Hause und schaute nicht nach dem Licht in Teresas Zimmer. Hatte er ein schlechtes Gewissen? Er wusste es nicht.

Irgendwann an diesem Tag nach einem langen Spaziergang hatte er Elisabeth nach Tilda gefragt.

«Ich erinnere mich an sie», sagte Elisabeth. «Sie war in der Parallelklasse, und später hat sie meiner Schwester Nachhilfe gegeben.»

«Du weißt, dass sie tot ist?», hatte Leo gefragt.

Elisabeth hatte genickt und Tränen in den Augen gehabt.

«Als ob das Haus Unglück bringt», hatte sie gesagt. Nach Johannes zu fragen, das hatte Leo nicht gewagt.

Gerda Dau kam in die Garage, kaum dass Thomas die beiden Flügel des Tors öffnete. Die Angeln knarzten. Die Scharniere waren rostig wie auch die Eisenstange an der verschnörkelten Halterung draußen neben dem Tor, an der vor hundert Jahren wohl mal eine große Laterne gehangen hatte.

Es gab eine Tür in der Längswand der Garage, die zu Kokosläufer und Landschaftsbildern passte. Riffelscheiben. Schmiedeeisen. Diese schmale Tür wurde als Eingang und Ausgang zur Wohnung von Gerda Dau genutzt.

«Sie wollen das Auto in die Garage stellen», sagte sie.

«Guten Morgen, Frau Dau», sagte Thomas, «genau das hatte ich vor.»

«Dann will ich mal was wegräumen.»

Thomas sah sich um. Kartons standen in der Ecke. Ein Holzbrett mit Haken, an denen Gartenwerkzeug hing, war an einer Längswand befestigt. Gartenschläuche lagen darunter. Doch nur eine Persenning nahm zu viel Platz ein. Hatte hier ein Boot im Winterlager gestanden?

«Die Haube von Herrn zur Weides Cabrio», sagte Gerda Dau. «Das Auto gibt es nicht mehr. Frau zur Weide hatte einen Unfall damit. Kurz nachdem …»

Sie unterbrach den Satz, um einen neuen Anlauf zu nehmen. «Im April, nachdem Johannes verschwunden war. Das Auto war nur noch Schrott, doch ihr ist nichts passiert. Kein Kratzer.»

Thomas kam ein Text in den Kopf, den er als junger Journalist geschrieben hatte. *Fuhr in selbstmörderischer Absicht gegen einen Brückenpfeiler.*

Aus welchen Tiefen des Gedächtnisses grub er das aus? Thomas fing an, die Persenning zusammenzulegen. Frau

Dau stand vor den Kartons, hob Deckel, stapelte sie dicht an dicht. Er hörte sie leise vor sich hin sprechen.

«Ein großer Karton», sagte sie schließlich laut, «mit einem Glitzerdino.»

Thomas drehte sich zu ihr um. Lauter große Kartons. Nicht groß genug?

«Ein bisschen eingedellt. Er war mir hingefallen. An der Seite ist ein Dino.»

«Was suchen Sie denn, Frau Dau?»

«Die Basteleien von Johannes. Die will er doch wiederhaben. Ich bewahre sie für ihn auf. Die Familie wollte die nicht.»

Thomas ging zu ihr, um nach dem eingedellten großen Karton zu suchen.

«Die Laterne war ja weg. Genau wie der Junge.»

Darum hatte sie sich damals in der Küche so aufgeregt, als Teresas Laterne dort auf dem Tresen stand. «Der hier?», fragte er.

Gerda Dau schüttelte den Kopf. «Bethlehems Stall ist in dem Karton», sagte sie. «Ganz obenauf. Johannes muss ihn noch zusammenkleben.»

«Wann haben Sie den Karton denn das letzte Mal in der Hand gehabt?»

«Im Juni. Nachdem ich Sie und Frau Gern durchs Haus geführt habe. Hab geguckt, was noch hier stand, um es notfalls wegzuräumen.»

«Haben Sie Tilda gut gekannt?», fragte Thomas.

«Glauben Sie, die hat den Karton genommen?» Gerda Dau sah aus, als ob sie ernsthaft darüber nachdachte.

«Ich dachte an den Schock, den Sie gehabt haben an dem Morgen.»

«Tilda war da. Ich habe Kakao gekocht.»

Thomas sah sie irritiert an, bis er begriff, dass Gerda Dau wieder von jenem Nachmittag im November sprach.

«Vielleicht Gus», sagte sie, «vielleicht hat er den Karton.»

Wer war Gus? Der Junge mit dem Bürstenschnitt, der gegenüber wohnte?

Thomas erinnerte sich, dass er am Küchentisch erwähnt worden war.

Hatte Teresa nicht näher Kontakt zu ihm? Warum sollte Gus den Karton genommen haben? Thomas' Verdacht verstärkte sich, dass Gerda Dau nicht mehr ganz bei Verstand war. Das Verschwinden des Kleinen. Die tote Tilda im Kanal. Wie sollte sie das auch alles verkraften?

«Ich hoffe, es behindert Sie nicht zu sehr, wenn das Auto hier steht.»

«Hier hat immer eines gestanden», sagte Gerda Dau und klang sehr abwesend. Er musste mit Herlinde sprechen, was zu tun war.

Teresa ging ihm aus dem Weg, und Leo war ganz dankbar dafür. Was hätte er ihr sagen sollen? «Ich hatte einen tollen Tag mit Elisabeth. Sie ist noch faszinierender, als ich dachte»? Dass Teresa litt, kriegte er mit, und es tat ihm leid. Er versuchte, besonders nett zu ihr zu sein bei den abendlichen Treffen am Küchentisch. Vielleicht fand sie das nur herablassend.

Thomas betrachtete seinen Sohn mit Sorge und nahm sich vor, mit ihm zu reden. Doch was konnte er ihm vorwerfen? Als Herlinde und er beschlossen hatten, ihre kleinen

Familien zusammenzutun, war keinem von ihnen in den Sinn gekommen, dass Tochter oder Sohn sich unglücklich in den anderen verlieben könnte. Dass es Elisabeth war, die da als Gegenspielerin auftrat, die ältere Tochter der Hausbesitzer, ahnten weder Herlinde noch Thomas.

Teresa strengte sich sehr an, ihr Gesicht zu wahren.

Eine Zeit lang richtete sich ihr Zorn gegen Gus, der ihr Elisabeths Adresse aufgenötigt hatte. Klarheit. Kotz. Würg.

Dann kam der Abend, an dem sie ohne Leo am Küchentisch saßen und eine SMS auf Thomas' Handy einging. Nicht das erste Mal, dass sein Sohn ankündigte, die Nacht außer Haus zu verbringen. In Köln war das öfter geschehen. Teresa verstand, ohne dass ein Wort gefallen war. Sie sah die Blicke, die Herlinde und Thomas austauschten, und stand auf. Ging die Treppe hoch in ihr Zimmer und schloss die Tür ab.

Herlinde klopfte noch öfter an die Tür an diesem Abend. Doch Teresa öffnete nicht. Sie stand still an einem ihrer Fenster und lugte durch den Spalt zwischen den Vorhängen. Als ließe sich Leo herbeilauschen.

Nicht die ganze Nacht, dachte Teresa. Bitte nicht die ganze Nacht.

Einen Gedanken lang überlegte sie, zu Elisabeth zu fahren. Um was zu tun? Zu klingeln? Zu klopfen? Gegen die Tür zu treten und dann in Tränen auszubrechen, bis sich Leo ihrer erbarmte?

Oh, es geschah schnell, dass man die Grenze zur Demütigung überschritt, wenn man einen Menschen liebte.

Kurz vor Mitternacht wurde ein Zettel durch die Tür geschoben.

Lass mich mit dir reden, mein Tereschen. Mama

Teresa schloss die Tür auf und sank ihrer Mutter in die Arme.

Dass Gus, dessen Gesicht vor dem Kellerfenster ihr ein Graus gewesen war, in diesen Tagen Halt gab, wer hätte das gedacht.

Teresa vertraute ihm vieles an. Gus gab von seinen Geheimnissen keines preis. Gus, der Grinser, konnte sehr ernsthaft sein. Und verschwiegen.

Was hatte Elisabeth im *Hexenkessel* gekauft? Einen Zaubertrank, um Leo zu verführen? «Ein Armband mit bunten Perlen», sagte Gus.

Leo fing an, sich ihr gegenüber als großer Bruder aufzubauen. Er tat, als trennten sie nicht nur zwei lächerliche Jahre. Den Übergang vom Jungen zum Mann hielt *er* bereits für vollzogen.

Teresa bat um die große Dachkammer. Ein guter Zeitpunkt, denn Herlinde und Thomas waren zu vielen Zugeständnissen bereit, um sie zu erfreuen.

Was wollte sie mit der Kammer? Dort malen und auch da in Konkurrenz zu Elisabeth treten? Ihr Zimmer war groß genug, sie hatte genügend Platz, sich zu entfalten. Hätte ihr jemand gesagt, sie habe einen Zufluchtsort für Gus im Sinn gehabt, Teresa wäre in Gelächter ausgebrochen.

Thomas zog die Leinen für die Wäsche in der Kammer nebenan.

Teresa stellte die beiden Korbstühle von der Terrasse in die große Kammer.

Sie saß dort öfter als in ihrem Zimmer und schaute über die Dächer und die Kirchturmspitze in den Himmel hinein, der nun schon früh dunkel wurde. Unten am Kanal hinter dem Eisengeländer liefen Kinder mit Laternen. Es war still unter dem Dach. Die Geräusche des Hauses drangen kaum nach oben. Leo kam und ging und blieb beinah unbemerkt von ihr.

Teresa hatte das Gefühl, ihr Herz zu schützen oben in ihrem Turm.

Nur am Küchentisch trafen Leo und sie sich gelegentlich.

Elisabeth schien ihn absorbiert zu haben.

«Ich hoffe, du verlierst dein Abitur nicht aus dem Kopf», sagte Thomas.

Er wagte nicht zu sagen: «Bring sie doch mal mit.»

Teresas wegen wagte Thomas es nicht. Er hatte noch immer keine Ahnung, wer Elisabeth war und was ihr dieser Ort bedeutete.

Am Tag vor Halloween stand Gus vor der Tür. Teresa war allein im Haus.

«Post von Charlotte», sagte er, «die haben sie tatsächlich in ein Internat gesteckt.» Sie stiegen die Treppen hoch bis unters Dach. Nahmen in den Korbstühlen Platz. «Ihre Mutter ist in Brandenburg in einer Klinik.» Er warf Teresa einen Blick zu. «Elisabeth lebt allein hier in Hamburg.»

Also freie Bude. Das erklärte Leos ausgiebige Abwesenheiten.

«Ist es das erste Mal, dass sich Charlotte bei dir meldet?»

«Ihr ist Tildas Tod zu Ohren gekommen. Meiner werten Person wegen hat sie den Brief nicht geschrieben.»

«Ihr wart doch Freunde.»

«Was soll ich nun für Betrachtungen über Freundschaften loslassen», sagte Gus. Er lehnte sich zurück und sah in den Himmel.

«Sind wir Freunde?», fragte Teresa.

«Was glaubst du, warum ich hier herumhänge?»

«Dann sag mir doch, was das Problem bei euch drüben ist.»

«Das ist jetzt keine Beichtstunde. Oder?» Gus scharrte mit den Schuhen auf den Dielen. Sah aus wie Fluchtbewegungen. Er bemerkte es und hielt die Füße still. «Sonst sind die Sohlen zu schnell durch», sagte er, «dann muss mein Vater wieder ran. Ich bin ein Talent im Schuheverschleißen.»

«Repariert er eure Schuhe? Ist er Schuster?»

«Das nicht. Doch es spart Geld, wenn er sie selber sohlt. Meine Mutter näht auch alles. Was glaubst du, was meine Eltern für Anstrengungen machen, um hier in der Gegend zu wohnen? Die Theorie ist, dass man in einer guten Gegend nicht so leicht verkommen kann wie in einer schlechten.»

«Das ist ja unglaublich fürsorglich von dir, die Füße still zu halten.»

Gus hob die Schultern.

«Du grinst viel weniger, seit wir uns besser kennen», sagte Teresa.

Gus grinste. «Das ist nur, weil die Verlegenheit weg ist.»

«Hast du die Jochmann damals in die Grube gestoßen?»

«Wie kommst du darauf?»

Fragte Gus das nicht immer, wenn er einer Frage ausweichen wollte?

«Frau Dau hat es Leo erzählt.»

«Von der Jochmann zu der Dau zu Leo?»

«Und? Ist was dran?»

«Die Jochmann und Johannes haben mir die Hölle gemacht», sagte Gus.

Den Karton fand Thomas unter den Gartenschläuchen in der Garage. Den Karton mit Johannes' Basteleien. Ein kleiner Sticker klebte an der Seite. Der Glitzerdino. Thomas hob den Deckel. Kein Stall von Bethlehem.

Er zögerte, den Karton ohne weiteren Kommentar vor Frau Daus Tür zu stellen, das Fehlen des Stalles führte nur zu neuen Tragödien. Schließlich stellte er ihn dennoch hin, vielleicht waren die Teile ja unten im Karton.

Als Thomas aus der Garage kam, sah er erste kleine Gruppen von Geistern und Skeletten und Teufeln auf das Haus zugehen. Halloween.

Ob sich Johannes vor zwei Jahren auch daran beteiligt hatte? Süßes oder Saures. *Trick or treat.* Thomas fand es quälend, sich Johannes vorzustellen, der als Gespenst verkleidet von Tür zu Tür ging.

Hätte Gerda Dau das überhaupt zugelassen?

Hatte der Junge Freunde in der Nachbarschaft? Aus dem Kindergarten?

Als Leo klein gewesen war, da fand kein Halloween statt. Leo war dem Mann mit dem roten Mantel auf dem weißen Pferd gefolgt. Eine Laterne in der Hand. Rheinische Bräuche. Martinsmann, geh du voran.

Herlinde stand in der Haustür und verteilte Süßigkeiten. Oben lehnte Leo aus dem Fenster, beehrte sie mit seltener

Anwesenheit und sah sich das gespenstige Treiben an. Wo war Teresa?

Weder in ihrem Zimmer noch in der Dachkammer waren die Fenster hell.

«Dornröschenturm», sagte Thomas. Doch nur, wenn er mit Herlinde sprach.

Er ging über die Terrasse ins Haus. Schloss die Tür hinter sich ab. Wie vorsichtig sie geworden waren seit Tildas Tod.

Thomas stieg die Treppe hoch und ging in Leos Zimmer. «Hast du Teresa gesehen?», fragte er. Leo schüttelte den Kopf und schloss das Fenster.

«Das mit Teresa quält mich», sagte Leo. «Das kannst du mir glauben.»

«Wer ist es denn, die dich derart verzaubert?»

«Ich hab dir doch gesagt, dass sie Elisabeth heißt und drüben im Grindelviertel wohnt. Nicht weit von der Uni.»

«Elisabeth. Gut. Und weiter? Was macht sie? Wer sind ihre Eltern?»

«Ich kenne dich gar nicht als Inquisitor.»

«Du verbringst viel Zeit bei ihr. Da darf dein Vater doch fragen.»

Leo ließ sich auf sein Bett fallen. Sichtlich unfroh.

«Sie bereitet sich auf die Aufnahmeprüfung für die Kunsthochschule vor. Ihr Vater ist Anwalt. Ihre Mutter in der Psychiatrie. Der Nachname zur Weide.»

«O Gott.» Thomas setzte sich. «Wie konnte dir das passieren?»

«Ich habe sie in der Bahn gesehen und dann zufällig ihre Adresse erfahren.»

«Und es traf dich wie ein Blitz, als du sie sahst?»

«So ungefähr.»

«Weiß sie, dass du in diesem Haus lebst?»

«Sie wusste es schon vorher. Hatte diesen Gus getroffen.»

Gus, dachte Thomas. Der schien hier eine zentrale Figur zu sein.

«Ich war ihr auch aufgefallen. In der Hochbahn.»

«Dann gibt es *zwei* gute Gründe, sie nicht in dieses Haus einzuladen.»

«Elisabeth spricht sachlich darüber. Ich denke, sie geht davon aus, dass ihr kleiner Bruder nicht mehr lebt. Dass sie wissen will, was ihm geschehen ist, das ist doch klar. Geht uns schließlich allen so.»

«Ihre Mutter ist in der Psychiatrie? Dann stimmt das wohl doch, was Frau Dau erzählt hat von dem Selbstmordversuch.»

«Nur dass Elisabeth nichts davon weiß. Und ihre Mutter schon vor dem August in dieser Klinik in Brandenburg war.»

Thomas seufzte. «Dann führt kein Weg daran vorbei, dass Frau Dau nicht mehr in der Wirklichkeit lebt», sagte er. «Um es vorsichtig auszudrücken.»

Vielleicht hatte sie selbst den Karton unter die Gartenschläuche geschoben.

Um dann den Verlust zu beklagen.

«Wir müssen uns da was einfallen lassen.»

«Sie tut ja keinem was», sagte Leo.

Teresa war nicht an der Grindelallee ausgestiegen, sondern von der Sternschanze kommend die Rentzelstraße hochgegangen, bevor sie abbog. In der kurzen Straße, die *Durch-*

schnitt hieß, gingen gerade die Laternen an. Peitschenlampen. Vor einer Schlachterei stand eine Schar Geister. Einige von ihnen hielten sternesprühende Wunderkerzen in der Hand. Was wollte sie hier? Elisabeth auflauern und ihr die Augen auskratzen?

Leo konnte ihr nicht in die Quere kommen. Der saß zu Hause und lernte für eine Klausur. Ihrer Kommunikation am Küchentisch zufolge.

Du musst deinen Feind kennen, um ihn besiegen zu können.

Philo war wirklich ein Quell von Weisheiten. Wo hätte sie sonst von einem chinesischen Philosophen hören sollen, der schon fünfhundert Jahre vor Christus ein Buch über die Kunst der Kriegsführung geschrieben hatte?

Teresa war eine Pazifistin. Sie würde immer unterschreiben, dass es in jedem Fall galt, den Frieden zu erhalten. Doch wenn es um den Jungen ging, den man liebte? Wie blieb man da dem Pazifismus verbunden?

Eine Gewissensprüfung hätte Teresa in diesen Tagen nicht bestanden.

Sie stieg die vier Stufen zur Haustür hoch und las die Namen auf den Klingelschildern. Ein z. W. auf dem obersten Schild.

Nein. Teresa drückte nicht auf den Klingelknopf. Sie stieg die Stufen wieder hinunter und stellte sich auf die gegenüberliegende Straßenseite.

Ganz oben war ein Fenster hell. Gehörte es zu Elisabeths Wohnung?

Nach einer gefühlten Stunde sah sie auf ihr Handy. Seit knapp zwanzig Minuten stand sie hier. Hinter ihr ging ein Fenster auf.

«Sie sind doch keine Bordsteinschwalbe», sagte eine alte Stimme hinter ihr, «was stehen Sie denn hier rum, Fräulein?»

Teresa drehte sich um. Die alte Frau zwischen ihren gelb gerauchten Gardinen sah freundlich aus. «Meine Mitbewohnerin ist noch nicht zu Hause, und ich habe meinen Schlüssel liegen lassen», sagte Teresa.

«Wenn's Ihnen zu kalt wird, kommen Sie ruhig rein. Ihr jungen Dinger kriegt es doch so schnell an der Blase.»

«Danke», sagte Teresa, «doch sie muss jeden Moment kommen.»

Vielleicht lag Elisabeth da oben in der Badewanne. Träumte von Leo.

Oder viel schlimmer. Telefonierte mit ihm, während sie hier unten fror.

Zwei Piraten mit Augenklappe näherten sich der Tür, vor der sie stand.

Ganz klein waren sie nicht mehr, die Piraten. Schon kurz vorm Stimmbruch, die beiden, die nun in die Sprechanlage hineinsprachen.

Süßes oder Saures. Die Tür ging tatsächlich auf. Teresa ging über die Straße und drückte auf den Klingelknopf.

Die kleine Stichstraße am Kanal lag still und dunkel, als Gus weit nach Mitternacht ankam. Ein Gescheiterter. Ihm war nicht gelungen, seinen Vater nach Hause zu bringen. Er hätte sich nur wieder ein Veilchen eingefangen. Gus sah seine Mutter am Fenster stehen und hob die Hand zu einem kleinen Winken. Es tat ihm leid. Es tat ihm endlos leid, dass er nicht in der Lage war, seine Eltern glücklich zu machen.

NOVEMBER

Leo erinnerte sich, dass sie bei seinen Großeltern den ersten Spekulatius gegessen hatten, wenn sie an Allerheiligen vom Friedhof kamen. Tee hatte es dazu gegeben und für ihn Kakao. Die Großeltern waren seit Jahren tot. Genau wie seine Mutter. Frühe Sterblichkeit in seiner Familie.

Der November vor dem Fenster war vom Feinsten. Aus dem Bilderbuch.

Nebelschwaden waren das einzig Helle an diesem Tag. Kalter Nieselregen, der in alle Ritzen kroch. War es solch ein Tag gewesen, an dem Johannes zur Weide verschwand?

Was hatte er gestern zu Thomas gesagt? Dass Elisabeth vom Tod ihres kleinen Bruders ausgehe und sachlich darüber rede? Wie kam er zu dieser Behauptung? Weil Elisabeth nicht von Weinkrämpfen geschüttelt wurde, wenn sie davon sprach? Eigentlich wichen sie dem Thema doch aus.

Sprachen sie denn überhaupt viel? Sie flogen aufeinander. Das war es, was ihre Beziehung wirklich ausmachte. Let's talk about sex.

Als Teresa gestern Abend nach Hause gekommen war, hatten Thomas und er gerade zu Ende gegessen. Herlinde hatte nur an einem Stück Brot herumgekaut und war eine Zeit lang kurz davor gewesen, die Polizei anzurufen.

Teresas Augen hatten geglänzt. Er hatte ihr noch zuflüstern können, weder Beckie noch die Zwillinge als Grund für die zweistündige Verspätung zu nennen. Bei denen hatte Herlinde längst angerufen.

Hoffte er, dass Teresa mit einem Jungen unterwegs gewesen war? Um sich selbst zu entlasten? Die spontane Halloweenparty im *Tre Cime* glaubte er ihr jedenfalls nicht. Glaubte es Herlinde? Doch die versäumte, das zu hinterfragen. Vor lauter Vorwurf, dass Teresa sich nicht gemeldet hatte.

Leo schaute in den Novembernebel hinein und konnte gerade noch das Haus gegenüber erkennen. Die Klinkerschnitte. An einem Fenster im zweiten Stock stand eine Frau. War das die Mutter von Gus?

Vielleicht war Teresa gestern mit Gus unterwegs gewesen.

Dieses Wetter verunsicherte. Ließ einen wünschen, nicht aus dem Haus gehen zu müssen. Als sei das da draußen die feindliche Welt. Elisabeths Bruder war hier geborgen gewesen. Wer hatte ihn aus dem Haus gezerrt?

Leo wunderte sich, dass er in einer solch wunden Stimmung war.

Vielleicht fehlte ihm der Spekulatius.

Dachte er über die Konstanten in seinem Leben nach, was fiel ihm da ein?

Thomas fiel ihm ein. Klar. Auch Herlinde. Doch gleich hinter Thomas kam Teresa. Hatte er nicht schon öfter gedacht, dass sie ihm guttat?

Wieso war es noch so still im Haus morgens um halb acht? Hatte Teresa heute keine Schule? Leo seufzte. In Köln war Allerheiligen ein Feiertag.

Er ging hinunter und nahm einen Apfel aus der Schale in der Küche.

Dann würde er mal den Ernst des Lebens wahrnehmen, während alle anderen hier schliefen. Drei Stunden Deutsch. Goethes Werther war doch auch so ein Liebestrottel, wie er gerade im Begriff war zu werden.

Tat ihm nicht gut, dass Elisabeth nichts mehr mit Schule am Hut hatte.

Er geriet da zu rasch in einen Schlendrian rein.

Teresa wachte auf und war verkatert. Wie war sie in das Wohnzimmer der Alten geraten, nachdem niemand geöffnet hatte bei Elisabeth? Sie konnte sich nicht mehr erinnern. Hatte die Alte ihr zugewinkt, als sie vom Haus gegenüber gekommen war? Winkende Hand durch gelbe Gardinen.

«Warten Sie auf die Flüsterin?», hatte die Alte gefragt.

Welche Flüsterin? Teresa hatte den Kopf geschüttelt.

«Dachte nur. Ist ja in Ihrem Alter. Apartes Ding.»

Erinnern tat Teresa sich sonst nur an ein Getränk, das *Saurer Apfel* hieß.

«Einsamkeit töten», hatte die alte Frau gesagt, wenn sie die Flasche mit Berentzens Saurem Apfel über die zwei kurzen Gläser kreisen ließ.

Die kleinen Gespenster und Skelette waren da schon längst nach Hause gegangen. Die fürsorglichen Eltern, die am Rand gestanden hatten, um das Abenteuer ihrer Kleinen zu begleiten, hatten die Kinder ins Warme geführt und die Süßigkeiten gezählt, die in ihren Stoffbeuteln waren.

Auch die zu großen Piraten waren schon zu Hause und tranken ein Bier. Wenigstens hatten sie keine rohen Eier gegen Scheiben geworfen.

Teresa drehte sich noch mal um und ließ den Kopf in das Kissen sinken.

Ging da die Tür? Verließ Leo das Haus? Wie spät war es denn? Warum hatte Herlinde sie nicht geweckt?

Teresa erinnerte sich dunkel, dass Beckie in der ersten Stunde ein Referat in Bio halten sollte. So wie es bei ihnen beiden gerade lief, würde ihr das wahrscheinlich als Lieblosigkeit ausgelegt werden, dass sie Beckies Vortrag über die Photosynthese der Pflanzen nicht lauschte.

Keine Geräusche mehr. Auch nicht aus der Küche. Waren denn alle weg?

Wenn sie sich beeilte, konnte sie es noch zur zweiten Stunde schaffen.

Sie schlug die Decke zurück und stellte die Füße auf den Holzboden. Der erste Schritt war gemacht, weg aus der Wärme des Bettes. Sie trat in die Diele und tappte zum Bad. Die Tür vom Schlafzimmer war verschlossen.

Sie entschied sich für eine Katzenwäsche. Zog die Jeans an, die noch von gestern da lag, und holte einen Pullover aus dem Kirschbaumholzschrank.

«Die flüstert immer vor sich hin. Ist nicht normal für eine junge Frau. Eher was für Eulen wie mich», hatte die Alte noch gesagt und gekichert.

Vielleicht hatte sie doch Elisabeth gemeint.

Als sie die Vorhänge in ihrem Zimmer aufzog, gab ihr Handy Laut. Eine SMS von Beckie. Eine Minute vor acht zeigte die Handyuhr an.

Bist du krank? Wo warst du gestern Abend? Nicht bei mir!!!

Teresa nahm die Schultasche vom Schreibtischstuhl und tippte die Antwort ein. *Verschlafen. Toi, toi, toi. Bin auf dem Weg.*

Auf der Treppe kehrte sie um und klopfte an die Schlafzimmertür.

Gerda Dau stellte ein Teelicht ins Fenster. Für den, der noch draußen war.

«Een Boot is noch buten», hatte ihr Vater gesagt, wenn er im November die Lichter in das Fenster stellte. Ein Boot ist noch draußen.

Lütting Jehann, dachte Gerda Dau. Der kleine Johannes. Einmal hatte sie ihm ein paar Worte Platt beibringen wollen, doch Johannes' Mutter hatte es ihr verboten und war beinah böse geworden. Sie setzte sich an den Tisch, auf dem die Basteleien ausgebreitet lagen, und nahm jede einzelne hoch. Die vier Wände aus dicker Pappe mit dem großen Tor und den Fenstern fehlten. Auch das Dach, auf das sie doch noch echte Strohhalme hatte kleben wollen. Die Figuren hatte sie auch ausschneiden wollen. Mit ihrer feinen Nagelschere. Das Einzige, was es schon gab, war ein plumpes Lamm, an dem sich Johannes versucht hatte.

Der Stall war noch da gewesen an jenem unheilvollen Nachmittag, als sie zurück ins Haus kam, doch der Junge war weg und die Laterne.

Ihr Kopf fühlte sich ganz leer an. Vielleicht weil sie noch keinen Kaffee getrunken hatte. Erst einmal anziehen. Gerda Dau stand schwerfällig auf und ging in ihr Schlafzimmer. Zog den gesteppten Morgenmantel aus und den Rock, die Bluse, die Strickjacke an. Strümpfe kamen später.

Einen Kaffee machen. Und ein Brot. Vielleicht war sie unterzuckert.

Gerda Dau ging in die kleine Küche und setzte den Kaffee auf. Holte das Brot aus dem Kasten und schnitt eine Scheibe ab. Butter. Konfitüre.

Nur nicht aufgeben. Wenn keiner daran glaubte, sie blieb fest in ihrem Glauben. Der Junge würde wiederkommen. Gerda Dau goss den Kaffee in einen hohen Becher, nahm den Teller und kehrte an den Tisch zurück. Schob ganz sachte die Basteleien beiseite. Biss ins Brot.

Ein Blick zu dem Teelicht im Fenster.

Nun begann die schlimmste Zeit. Dreißig Tage November.

Teresa hatte die Tür zum Schlafzimmer geöffnet. Das Bett war zerwühlt und leer. Von Herlinde und Thomas weiter keine Spur.

War gestern Abend etwas gesagt worden, dass die beiden früh aus dem Haus gehen wollten? So beduselt war sie nicht gewesen vom Sauren Apfel, dass ihr daran die Erinnerung fehlen könnte.

Teresa horchte in die Stille hinein. Nur die Treppenstufen knarzten unter ihr, als sie zur Küche hinunterstieg. Auf den Tisch schauen, ob nicht ein Zettel dort lag, der das alles aufklärte. Es fing an, unheimlich zu werden.

Kein Zettel. Teresa trat in den Flur, nahm ihren kurzen Wollmantel vom Garderobenhaken und zog ihn an. Knöpfte ihn langsam zu, als wolle sie dem Haus Gelegenheit für ein Zeichen geben. Dann ging sie los.

Herlinde und Thomas saßen in den Korbstühlen, von denen die weiße Farbe blätterte, und guckten über die Dächer und die Kirchturmspitze. Was sollte werden mit ihnen und dem Haus? Weder Herlinde noch Thomas glaubten an Flüche, die auf irgendwas lagen. Nicht auf Häusern. Nicht auf Menschen.

Doch war dies hier nicht dennoch zu belastend geworden für alle?

Herr zur Weide schien es doch nicht so eilig zu haben mit dem Verkauf. Vom Makler hatten sie nichts mehr gehört. Also bleiben?

Sie waren beide früh aufgewacht. Unruhiger Schlaf. Schlechte Träume. Thomas hatte die Idee gehabt, ganz leise in Teresas Dachkammer zu steigen. Neue Orte, neue Gedanken. Damals, als Leos Mutter gestorben war, hatte er nicht auf seinem Sofa sitzen können. Er hatte die vertrauten Plätze gemieden. Stattdessen an der Heizung gelehnt auf dem Fußboden gesessen. Den Stuhl in irgendeine entfernte Ecke gezogen, die bis dahin kaum bewohnt worden war.

«Diese Kammer macht einen weiten Blick. Ich verstehe, warum Teresa hier so oft sitzt», sagte Thomas. «Das ist ein Ort zum Nachdenken.»

«Oder um ins Grübeln zu kommen», sagte Herlinde.

Die Geräusche des Hauses drangen tatsächlich kaum nach oben. Dennoch glaubte sie, Leo gehört zu haben und eine ganze Weile danach Teresa. Ein schlechtes Gewissen dabei gehabt ob der vernachlässigten Pflichten.

«Ich habe vergessen, Teresa zu wecken. Sie überhört doch gern ihren Wecker», sagte sie.

«Du hast es nicht vergessen. Es ist deine Retourkutsche

für gestern Abend. Du warst sauer, dass Teresa dir solche Sorgen gemacht hat.»

Herlinde lächelte. «Was sollte ich für ein Interesse daran haben, meine Tochter zu spät zur Schule kommen zu lassen?»

«Auch Eltern sind aufsässig», sagte Thomas. «Vermutlich viel zu selten.»

«Lass uns noch so lange im Haus bleiben, bis Leo sein Abitur hat.»

«Das macht dir nichts aus? Du bist am häufigsten hier alleine.»

«Ich hoffe, dass nicht noch mehr passiert. Hältst du es für einen Zufall, dass Tilda dort unten am Kanal getötet worden ist?»

Thomas zögerte. «Nein», sagte er schließlich.

«Wer will uns denn quälen?», fragte Herlinde mit leiser Stimme.

«Ich glaube nicht, dass wir es sind, die gequält werden sollen.»

«Wer denn?» Herlinde zog die Mohairdecke, die sie von unten mitgenommen hatte, enger um ihren Körper.

«Gerda Dau. Das ist, was ich vermute.»

«Wir sollten die Nachbarn näher kennenlernen. Vielleicht wissen sie was.»

«Allen voran dieser Gus», sagte Thomas. «Der weiß auf jeden Fall was.»

«Teresa scheint ihn sehr zu mögen.»

«Das würde wenigstens eines unserer Probleme lösen», sagte Thomas.

Vor allem verbarg Gus etwas. Doch es hatte nichts mit Tildas Tod zu tun. Nicht einmal mit dem Verschwinden des Kleinen.

Es waren diese kaum zu ertragenden Gänge in die *Große Freiheit.* Eine Straße, die Große Freiheit hieß. Als wollte sie ihn verhöhnen.

Anfangs hatte ihn seine Mutter hingeschickt. Nun ging er von alleine.

An zwei Abenden in der Woche. Und wenn sie danach wieder weinten, lag er nächtelang wach und schlief am Tag darauf in der Schule ein.

Teresa hatte seit Tagen den Satz im Ohr. *Die Jochmann und Johannes haben mir die Hölle gemacht.* Gus musste mal mit was rausrücken.

Sie war gegen vier nach Hause gekommen und dankbar gewesen, Herlinde in der Küche zu sehen. In einer Bolognese rührend, die heute Abend über die Spaghetti gegeben werden sollte. Das heimische Feuer.

«Wo wart ihr heute Morgen?»

Herlinde schien verlegen. «In deinem Turm», sagte sie schließlich.

«Mein Turm? Meinst du die Dachkammer?»

«Es ist ein guter Ort, um zu denken.»

«Ich bin zu spät in die Schule gekommen.»

«Da siehst du, wie gut es ist, sich aufeinander verlassen zu können.»

«Verstanden», sagte Teresa, «es kommt nicht wieder vor.»

«Willst du nicht Gus mal zum Essen einladen?» Herlinde

drückte gerade eine Knoblauchzehe in die Sauce. Sie sah Teresas Gesicht nicht.

Was war Gus für sie? Ein geheimer Raum, dachte Teresa. Klang total bekloppt. Jedenfalls war er keiner für den allabendlichen Küchentisch.

Thomas' neugierige Fragen. Leos Dünkel. Die gute Mutter Herlinde.

Das würde sie weder Gus noch sich antun.

«Warum das?», fragte Teresa.

«Hat er die zur Weides gut gekannt?»

«Mama, vergiss es. Was habt ihr denn gedacht im Turm?»

«Ob wir hierbleiben sollten. Wir werden es bis zum Sommer tun.»

«Leos Abifeier ist dann das große Finale. Das könnten wir doch im Garten begehen. Grillen. Girlanden. Bengalisches Feuer am Kanal.» Teresa klang bitter. Warum hatte sie das Gefühl, außen vor gelassen zu werden?

Ihr Ton ließ sich nicht überhören. «Es tut mir so leid», sagte Herlinde. «Ich hatte vorher nie den Eindruck, dass du dich in Leo verlieben könntest. Ihr habt euch immer gut verstanden. Aber doch nicht mehr.»

Teresa verließ die Küche. Wenn sie eines kaum ertragen konnte, war es die mütterliche Anteilnahme. Sie stieg die Treppen hoch in ihre Kammer.

Wenn das ein guter Ort war, um zu denken, fiele ihr vielleicht was ein.

Turm. Das sagten sie also zu ihrer Kammer. Bei Elisabeth war es ein Atelier gewesen. Wie kamen sie auf Turm? Jungfrau im Turme.

Sie ließ sich in den Korbsessel fallen und sah die zusammengelegte Mohairdecke auf dem anderen. Karos in hellen Brauntönen. Thomas hatte sie mal aus Irland mitgebracht. Teresa griff nach der Decke. Sie sollte sich wärmetechnisch was einfallen lassen. Es fing an, kalt zu werden hier oben.

Die Jochmann und Johannes haben mir die Hölle gemacht.

Gus als Rächer. Der die Jochmann in die Grube stößt und den Kleinen verschwinden lässt? Teresa schüttelte den Kopf. Idiotisch, das zu denken.

«Du hast dich verändert», hatte Beckie zu ihr im vorwurfsvollen Ton gesagt, nachdem Teresa knapp vor der dritten Stunde angehetzt gekommen war.

Wurde doch auch Zeit für Veränderung, statt sich auf ein Leben im *Tre Cime* einzurichten, über einen Freundschaftsbecher gebeugt mit zwölf Kugeln Eis und Sahne und Smarties. Hatten Beckie und sie das den Zwillingen nicht vorgeworfen, dass die in der Kindheit stehengeblieben waren?

Die Zwillinge hatten sich auch verändert seit ihrer Nordmännertour.

Teresa zog die Füße auf den Korbsessel. Warum waren die Dielen so kalt? Unter ihrer Kammer war doch zu einem großen Teil Herlindes und Thomas' Schlafzimmer, und da wurde am Tage geheizt. Ihre Mutter mochte es mollig, wenn sie abends in die Kissen stieg. Ihren Vater hatte das immer zur Weißglut gebracht, da wurde ihm ohnehin schon heiß. Doch Thomas schien auch in dieser Hinsicht der ideale Mann für Herlinde zu sein.

Teresa stand auf, um in ihr Zimmer zu gehen. Dicke Socken holen. Oder vielleicht doch die Gedichtinterpretation anfangen, die für übermorgen aufgegeben war. Hilde Domin. *Nur eine Rose als Stütze.*

War wie für sie geschrieben, dieses Gedicht.

Sie faltete die Decke und legte sie zurück in den Sessel. Streckte sich und sah aus dem Fenster. Schon dunkel. Dabei war es noch nicht mal fünf.

Ich richte mir ein Zimmer ein in der Luft

Drüben auf der Straße jenseits des Kanals ging Gus. Neben ihm ein großer dünner Mann. Gebeugter Gang. Ein zu leichter, in den heftigen Windstößen flatternder Mantel. Gus sah geradezu stramm gegen ihn aus in der knappen Seemannsjacke, die er trug, seit der Sommer vorüber war.

Das musste Gus' Vater sein, der gebeugte Mann. Der gut schustern konnte und alles drangab, in diesem Viertel zu leben. Was hatte Gus am Anfang gesagt? Bildungsfernes Elternhaus. Irgendwie glaubte sie das nicht.

unter den Akrobaten und Vögeln:

Gus und sein Vater legten sich gegen den Wind, als sie über die Brücke kamen. So stürmisch war es eben noch nicht gewesen.

mein Bett auf dem Trapez des Gefühls
wie ein Nest im Wind

Teresa stieg die Treppe zum ersten Stock hinunter. Interpretieren gehen. Das Gedicht hatte sie ohnehin die ganze Zeit im Kopf.

«Du kannst die nächsten Tage nicht kommen», sagte Elisabeth, «mein Vater wird ab morgen in Hamburg sein und bei mir wohnen.»

«Will er das Haus verkaufen?»

Elisabeth schüttelte den Kopf. «Er will eine Lösung für meine Mutter, und dazu möchte er mein Einverständnis.»

«Ich dachte, sie sei vorübergehend in einer Brandenburger Klinik.»

«Sie hat sich schon einige Male von dort entfernt, und da sie unter starken Tabletten steht, gefährdet sie sich und andere.»

«Und was ist das für eine Lösung?»

«Eine geschlossene Abteilung.»

«Ist sie also doch suizidgefährdet? Du hast mir gesagt, es hätte keinen Selbstmordversuch gegeben.»

«Meine Mutter war schon vorher depressiv. Entweder hat sie sich in wilde Aktionen gestürzt oder in Kurkliniken zurückgezogen. Doch seit Johannes' Verschwinden ist sie unberechenbar.»

Leo strich ihr über die Haare, die fein wie gesponnenes Gold aussahen, wenn sie offen waren und nicht hochgesteckt. Dunkel schimmerndes Gold. Welch eine Last auf Elisabeth lag, die kaum ein Jahr älter war als er.

Ihr schmaler Körper unter der Seide des kurzen Kimonos. Auch dort fing Leo an zu streicheln. Er beugte sich zu ihr und suchte ihren Mund. «Dann lass uns diese Nacht zusammen verbringen», sagte er.

«Du gehst morgen in aller Herrgottsfrühe in die Schule. Ich will ausschlafen, bevor mein Vater am Mittag aufschlägt.»

«Ich kann schwänzen. Das hast du mir schon mal nahegelegt.»

«Dumm genug, dass ich die Schule geschmissen habe», sagte Elisabeth, «du musst es mir nicht nachmachen. Ich hätte gern einen mit Abitur.»

«Wenn das kein Argument ist», sagte Leo enttäuscht. «Ich könnte mich doch aus dem Haus schleichen, und du schläfst aus.»

«Ich brauche ein bisschen Zeit für mich, bevor er kommt. Bitte verstehe mich. Die eigene Mutter in die Geschlossene zu schicken, ist hart.»

Leo nickte. «Wann bin ich denn wieder zugelassen?»

«Am Montag», sagte Elisabeth.

Leo zog sich an. Ein langes Wochenende ohne Elisabeth.

«Wenigstens noch ein Glas Wein», sagte er.

Die gelungene Interpretation des Gedichtes gab ihr Schwung. Genügend Schwung, um Leo anzulachen, der spät in die Küche kam. Das Essen war vorbei, doch Herlinde hatte noch einen halben Zwiebelkuchen für Leo im Ofen. Er aß, als käme er vom wochenlangen Fasten in der Wüste.

Als er sich neben Teresa an den Tisch setzte, roch sie den Wein in seinem Atem. Er war so vertraut. Er gehörte doch hierher. Zu ihr.

Teresa sah ihn an. Es half alles nichts. Sie liebte ihn.

«Der Kommissar war heute wieder da», sagte Herlinde in dieses abendliche Idyll hinein.

«Und?», fragte Thomas.

«Er sucht nach einer Tatwaffe, die von der Form her dem Pik aus einem Kartenspiel ähnelt und dabei schwer und massiv ist.»

Sie sahen einander an. Keinem fiel dazu etwas ein.

«Hat er es so beschrieben?», fragte Thomas.

«Er hat sogar eine Zeichnung dagelassen.» Herlinde stand auf.

«Ich finde, es sieht aus wie eine Stiefelspitze», sagte sie, als sie das Blatt Papier auf den Küchentisch legte. «Keller sprach von einem Pik.»

«Ein Pik sieht ganz anders aus», sagte Thomas.

«Oder eben eine Pflanzkelle, wenn sie schwerer wäre.»

«Könnte ein kurzer Hammer sein», sagte Teresa.

Klang, als spielten sie *Montagsmaler* und sprachen nicht über die Waffe, mit der Tilda getötet worden war, dachte Leo. Eine junge Frau, kaum älter als er, die ihr Leben verloren hatte.

«Keller sagte, sie hätten Blut von Tilda unter der Brücke gefunden.» Dass Herlinde diese Neuigkeiten zurückgehalten und gewartet hatte, bis sie alle um den Tisch herum saßen und das Essen beendeten. Teresa wäre an diesem Wissen geplatzt, hätte sie nicht sofort davon erzählt.

«Gerade erst oder schon im September?»

«Es war wohl nicht klar, wo die Tat begangen worden ist. Es gab kaum Blut am Fundort, aber auch keine Spuren im Garten. Keller vermutete, dass sie über den Kanal transportiert wurde. Darum haben sie das Gebiet weiter abgesteckt und wurden unter der Brücke fündig.»

«Das Kanu», sagte Leo. «Darum ist es verschwunden.»

Nur Teresa schien ihn gehört zu haben. Sie runzelte die Stirn.

Thomas betrachtete Herlinde, die mit geröteten Wangen und glänzenden Augen von Mord und Totschlag erzählte. Sie hatte den Wein zu schnell getrunken. War es das?

«Er vertraut dir viel an.»

«Ich hatte ihm einen Kaffee gemacht. Da haben wir miteinander geredet.»

«Wann war er denn da, der Herr Hauptkommissar Keller?»

«Kurz nachdem du ins Büro gegangen bist, kam er.»

«Die werden bestimmt noch mal auf mich zukommen wegen des Kanus», sagte Leo. «Ich bin als Letzter damit unterwegs gewesen.»

«Ihr meint, Tilda ist im Kanu hergebracht worden?», fragte Herlinde.

Die Zusammenhänge gingen ihr jetzt erst auf. Tilda sollte an ihrem Anleger gefunden werden. Darüber gab es keinen Zweifel mehr.

«Sieht ganz so aus, als hätte es da noch einen nach dir gegeben», sagte sein Vater. «Das Kanu ist sicher nicht ohne Grund verschwunden mitsamt den genetischen Spuren.»

«Wie versenkt man eigentlich ein Kanu?», fragte Teresa.

«Man schlägt ein Loch in den Boden und beschwert es mit Steinen.»

Leo hatte die ganze Aufmerksamkeit. Alle sahen ihn an. Er verdrehte die Augen. «Hey, Leute, ich war es nicht», sagte er. «Das kann man sich doch denken, dass es so geht.»

«Und Leos genetische Spuren waren eh im Kanu, genau wie meine», sagte Teresa. War die Verteidigung wirklich nötig?

«Hat es je einen Verdächtigen gegeben?», fragte Herlinde.

«Das frag mal deinen Kommissar», sagte Thomas. Er klang gereizt.

Die zweite Nacht, die Leo zu Hause verbrachte. Teresa schöpfte Hoffnung. Sie legte den schmalen weißen Band mit den Gedichten der Hilde Domin auf den schwarzen mit Ovids Kunst der Verführung und lauschte in die Diele. Hatte der Tag nicht so angefangen? Mit Lauschen in das stille Haus?

Was sie nun hörte, waren die Geräusche des späten Abends. Das Klicken der Tastatur aus Thomas' und Herlindes Arbeitszimmer. Die leise Musik.

Vielleicht lockte der Spalt Licht in ihrer Tür. Lockte Leo an.

Es war schon beinah Mitternacht, als es klopfte. Leo kam herein, strich die Haare zurück, die noch nass vom Duschen waren, und setzte sich auf den Stuhl vor ihrem Schreibtisch.

«Was hältst du davon, es dem Kommissar zu überlassen?», fragte er.

Teresa hatte schon mit angezogenen Beinen auf ihrem Bett gelegen, doch sie setzte sich auf. «Was dem Kommissar überlassen?»

«Der Rätsel Lösung.»

«Bist du zu sehr mit Elisabeth beschäftigt?»

Sie hätte sich auf die Zunge beißen können. Warum verdarb sie alles?

Leo zog ein Gesicht, das ihr ganz klar sagte, dass er sich erhaben fühlte über diesen Beitrag. «Er kann es besser, der Kommissar», sagte er, «der hat den ganzen Apparat hinter sich. Du und ich spielen doch nur.»

«Wir suchen ja auch nicht nach Tildas Mörder.»

«Sondern? Was suchen wir?»

«Den kleinen Jungen», sagte Teresa trotzig.

«Glaubst du tatsächlich, ihn noch lebend zu finden? Und wenn ja, warum hast du denn das ganze Haus und den Garten abgesucht? Als säße er seit zwei Jahren wie Hänsel in einem Stall und bekäme Essen durch die Stäbe gereicht. Doch leider haben wir den gut versteckten Stall nicht gefunden.» Leo redete sich in Zorn rein. Warum?

Teresa war den Tränen nahe. Wie hatte sie denken können, alles sei gut?

«Du bist so blasiert geworden seit Elisabeth», sagte sie.

Leo stand auf. «Es tut mir sehr leid, dass ich deine Gefühle verletze. Aber um es endlich mal auszusprechen, Elisabeth ist eine Frau.» Leo sagte nicht mal mehr «Gute Nacht», als er aus dem Zimmer ging. Teresa biss sich auf die Lippe, um nicht laut loszuschreien. Es tat alles so weh.

In der Nacht hörte Gerda Dau eine Blockflöte. Nein. Sie spielte *nicht Macht hoch die Tür.* Es war eher, als versuche einer, die Tonleiter zu spielen. Gerda Dau stand auf und ging in die Küche. Ließ sich ein Glas Wasser einlaufen und drückte zwei Tabletten aus der silbernen Folie. Ihre Hände zitterten. Fing sie tatsächlich an, verrückt zu werden? Sie trat zögernd in ihr Wohnzimmer und ging zur Tür, an der das dicke Schlüsselbund hing. Ihr Herz raste, als sie aufschloss und die Tür öffnete.

Alles dunkel in der Garage. Die Töne schwächer. Entfernte sich die Flöte?

Gerda Dau schloss die Tür und drehte den Schlüssel zweimal. Da waren sie wieder, die Flötentöne. Lauter diesmal. War jemand in der Wohnung?

Sie drehte alle Lichter an. Atmete durch. Versuchte, nicht ohnmächtig zu werden. Ging die Zimmer und ihre Küche ab. Das Bad. Sie zog einen der Vorhänge auf und schaute auf die Straße.

Im Fenster gegenüber stand Leo. Sie sahen sich an. Hatte er auch diese Flöte gehört? Es hätte sie erleichtert, zu ihm hinüberzurufen. Danach zu fragen. Doch vielleicht hielte auch er sie dann um den Verstand gebracht.

«Ihr seht beide aus, als hättet ihr kein Auge zugetan», sagte Thomas frühmorgens in der Küche. Herlinde und er erfüllten an diesem Freitag alle elterlichen Pflichten. Thomas hatte sogar Tee gekocht.

Leo nahm die Milch aus dem Kühlschrank und goss davon in die Schale mit Cornflakes. «Könnte was dran sein», sagte er. Lächelte Teresa zu.

Thomas sah ihn fragend an. Was dachte er? Dass sie eine heiße Nacht hinter sich hatten, Teresa und Leo? Glaubte Leo denn, er könne etwas gutmachen mit dem Lächeln?

«Habt ihr in der Nacht auch diese Flöte gehört?», fragte Leo.

«Flöte?», fragten die anderen drei.

«Entnervend. Als übe einer die Tonleiter.»

«Heute Nacht?», fragte Herlinde.

«Gegen drei. Ich nehme an, Frau Dau hat sie auch gehört. Das Licht ging bei ihr an, und sie stand am Fenster.»

Keiner von ihnen hatte eine Flöte gehört. Obwohl Teresa wach gewesen war. Doch ihre Fenster blickten zum Garten hin, und das Schlafzimmer lag auf der gegenüberliegenden Seite von Leos Zimmer. Posaunen hätten eher eine Chance gehabt, von allen gehört zu werden.

«Vielleicht ein durchgedrehter Digitalwecker», sagte Thomas.

Leo schüttelte den Kopf. Es war eine Flöte gewesen.

Gus danach fragen, dachte Teresa. Er schlief auch zur Straße hin. Ohnehin täte es ihr ganz gut, Gus heute Nachmittag in ihrem Turm zu haben. Kindliche Jungfrau im Turme. Keine Konkurrenz für ein Vollweib.

Leo ging zu Gerda Dau, kaum dass er aus der Schule gekommen war.

Grenzenlose Erleichterung bei ihr, doch noch nicht verrückt geworden zu sein. Die Flötentöne hatte es gegeben.

Aber warum? Eine schiefe Tonleiter um drei Uhr in der Nacht auf einer Flöte gespielt, grenzte an Folter. Wer dachte sich das aus?

Frau Dau stellte eine Schale mit Keksen auf den Tisch. Ein Duft von Zimt und Kardamom, der Leo an Spekulatius erinnerte.

«Ich danke dir, dass du gekommen bist», sagte Gerda Dau.

«Gab es mal irgendeinen Zwischenfall mit einer Flöte?», fragte Leo.

Frau Dau schüttelte den Kopf. «Charlotte hat eine Blockflöte bekommen, als sie auf das Gymnasium kam. Die brauchte sie im Musikunterricht, doch sie hat die Flöte gehasst und kaum darauf spielen können.»

Leo aß die Keksschale leer und stand auf. «Ich gucke noch mal in der Garage nach», sagte er. Nach was wollte er gucken? Fußspuren im Staub?

«Ich würde Ihnen gern meine Handynummer aufschreiben. Falls noch mal was ist, das Ihnen Angst macht.»

«Du bist ein guter Junge», sagte Gerda Dau. Sie holte Stift und Zettel aus der Küche, und Leo schrieb die Nummer auf ein Stück kariertes Papier.

«Damals, als Johannes verschwunden ist ...» Frau Dau brach ab.

Leo setzte sich noch mal und sah sie beinah liebevoll an.

«Da war doch Tilda da. Zur Nachhilfe für Charlotte. Nicht im Flötenspiel. Mathematik. Da hörte ich auf einmal *Macht hoch die Tür* auf der Flöte. Charlotte war das nicht. Bei ihr kamen nur schiefe Töne.»

«Dann ist es Tilda gewesen, die damals gespielt hat», sagte Leo.

Er dachte an den ersten Eindruck, den er von Tilda gehabt hatte. Die Königin der Klassenbesten, die alles konnte und gewissenhaft ausübte. Flöte spielen hatte bestimmt auch dazugehört.

«Aber Tilda ist doch tot», sagte Frau Dau leise.

«Derjenige, der uns heute Nacht heimgesucht hat, hatte ja auch keine Ahnung vom Flötenspiel», sagte Leo.

Gerda Dau blieb diesmal in ihrer Tür stehen, als Leo die Treppe zur Garage hinunterging, vorbei an den Landschaftsaufnahmen aus dem Erzgebirge. Er hatte sie schon öfter fragen wollen, ob sie aus der Gegend käme. Doch das war mal wieder nicht der richtige Moment.

Dort, wo sonst der Volvo stand, ein kleiner Ölfleck. Er würde Thomas darauf aufmerksam machen. Ansonsten keine Veränderung im Bild. An der Wand das Brett mit den Gartengeräten. Darunter die Schläuche. Kartons in der Ecke. Was hätte der Kommissar gemacht? Zigarettenkippen gesucht?

«Die untere Tür schließen Sie doch auch immer ab. Oder?»

«Die schließe ich ab, und das Garagentor verschließt dein Vater.»

Sollte er sie noch nach den Tabletten fragen? Er hatte sie wieder auf dem Tisch liegen gesehen. Leo entschied dagegen.

«Passen Sie auf sich auf», sagte er stattdessen.

Gerda Dau hatte lange nichts mehr so gutgetan.

Gus hatte tief geschlafen in der vergangenen Nacht. Dank eines kräftigen Schluckes von den Baldriantropfen, die seine Mutter im Küchenschrank aufbewahrte. Keine Flötentöne. Kein Weinen. Nichts hatte ihn gestört. Er sollte so eine Flasche für den Eigenbedarf in der Apotheke besorgen, ehe es auffiel, dass er sich mit dem mütterlichen Baldrian betäubte.

Er sah wesentlich ausgeschlafener aus als Teresa an diesem Freitag.

Gus hatte seine Jacke anbehalten, so kalt war es heute unterm Dach.

«Du brauchst einen Heizofen und ein warmes Herz.» Gus grinste.

Teresa hatte es nicht komplett ausgeschüttet, das Herz. Nur, dass Leo ganz offensichtlich Elisabeth verfallen war.

«Vielleicht ist das Armband doch magisch», sagte sie.

«Armband? Hab ich was versäumt?»

«Das sie in diesem *Hexenkessel* gekauft hatte.»

«Das waren nur bunte Glasperlen», sagte Gus.

«Vielleicht gibt es ein Gegengift.»

«Ist dir wirklich warm genug mit dieser Decke?»

«Hast du Angst, dass mein Verstand auch noch einfriert?», fragte Teresa.

Gus nahm einen Schluck von dem Malzbier, das er mitgebracht hatte. Kleines Gastgeschenk. Er hätte besser eine Thermoskanne heißen Tee mit Rum im Gepäck gehabt. Gut, dass er die Seemannsjacke besaß, die sein Vater in einem Altkleiderladen am Hafen geschossen hatte. Die Messingknöpfe waren total albern, als käme er aus irgend so einer hanseatischen Kanzlei, doch die Jacke hielt ihn warm.

«Lass uns doch mal die Stunde der Wahrheit einläuten», sagte Teresa, «ich gestehe dauernd irgendwas, und du hüllst dich in Schweigen.»

«Deine Geständnisse sind leichter verdaulich.»

«Hast du dem Kleinen was angetan?»

«Ich hab mal gedroht, ihn in den Kanal zu werfen.»

«Warum um Himmels willen?»

«Weil er eine Kröte war, die mich dauernd getriezt hat.»

«Gus, du warst vierzehn, als er verschwand, und der Kleine viereinhalb. Womit hätte er dich triezen können, dass du solche Drohungen ausstößt?»

«Gibt so was wie Familienehre», quetschte Gus hervor.

«Tiefstes Morgenland.»

«Eines Tages erfährst du es. Doch noch nicht heute.»

«Warum nicht heute?»

«Weil es gerade gemütlich ist», sagte Gus.

Teresa sah zu ihm hinüber. Er sah tatsächlich aus wie ein alter Seebär. Auch sein ausgeschlafenes Gesicht lag nun in

Falten. «Kannst du mir wenigstens sagen, was das für ein Krieg mit der Jochmann ist?»

«Hängt auch damit zusammen.»

«Versuch es mal als Sphinx», sagte Teresa, «wäre eine Karriere für dich.»

Der Kommissar bat um einen Spaziergang. Er hatte Leo auf dessen Handy angerufen, gerade als Leo nach dem langen Frühstück am Samstag in sein Zimmer gegangen war. «Vielleicht am Kanal entlang», sagte Keller.

Leo ging in das Arbeitszimmer, in dem sein Vater allein an dem großen Schreibtisch mit den zwei Stühlen saß. Herlinde und Thomas arbeiteten beide an diesem Tisch, auch wenn es für Herlinde seit Sommer kaum einen Text vorzubereiten gegeben hatte. «Keller will mich sprechen», sagte Leo.

Thomas sah auf. «Gibt es etwas, das er dir vorwerfen könnte?»

«Nein. Nur, dass ich Teresa unglücklich mache.»

«Es wird um das Kanu gehen», sagte Thomas.

«Vermutlich. Er hat einen Spaziergang am Kanal vorgeschlagen.»

«Bitte sprich vorher alles mit mir ab.»

Leo sah seinen Vater erstaunt an. «Er kommt in einer Stunde. Was soll ich denn vorher mit dir absprechen?»

«Ich weiß so wenig von dir, seit du und ich in Hamburg sind. Es gefällt mir auch gar nicht, dass du ganze Nächte mit einem Mädchen verbringst, das ich nicht kenne. Das würde ich gern ändern.»

«Willst du mir die Beziehung zu Elisabeth verbieten?»

Leo war an die Bücherwand getreten und tat, als lese er die Titel. Er hatte seinen Vater informieren wollen, doch keine Rechenschaft ablegen.

«Das kann ich gar nicht», sagte Thomas. «Ich will sie nur kennenlernen. Irgendwo auf neutralem Gebiet. Einem Lokal vielleicht.»

«Teresafreiem Gebiet, meinst du?»

«Würde es Elisabeth denn nichts ausmachen, in dieses Haus zu kommen?»

«Wahrscheinlich würde es das. Die Frage hat sich noch nicht gestellt. Teresas wegen. Ich bin ganz froh, in ihrer Wohnung zu sein.»

Thomas seufzte. «Dann arrangiere das bitte mal für nächste Woche, dass wir uns in einem Lokal bei ihr in der Nähe treffen.»

«Was willst du denn nun genau wissen?»

«Was war an dem Nachmittag vor Tildas Tod? Du und Teresa hattet das Kanu genommen, das du dann alleine zurückgepaddelt hast. Warum?»

Leo kam zum Schreibtisch und setzte sich auf den zweiten Stuhl. Vielleicht sollte Thomas eine der beiden Lampen auf dem Tisch umdrehen und ihm ins Gesicht leuchten wie bei den Verhören in amerikanischen Filmen.

«Teresa war eifersüchtig auf Tilda. Dachte, ich hätte mich in Tilda verliebt. Da habe ich ihr gesagt, in wen ich tatsächlich verliebt bin.»

«Hat es da vielleicht an Feingefühl gefehlt?»

«Könnte sein.»

«Hattest du Teresa vorher Hoffnungen gemacht?»

Leo sprang auf und steckte die Hände in die Taschen der

Jeans. «Nein. Das Einzige, das ich mir vorwerfe, ist, nicht kapiert zu haben, dass Teresa sich in mich verguckt hat. Was soll ich denn da machen?»

Thomas nickte. «Ich verstehe dich», sagte er. «Das ist einfach nur eine vertrackte Situation für uns vier.»

«Ich kann zu Elisabeth ziehen.»

«Du steckst im Vorabi. Und im Januar und Februar geht es hier in Hamburg richtig los mit den schriftlichen Arbeiten. In der Zeit ziehst du nicht aus.»

Leo gab nicht zu, dass er das einsah. Er lief einmal um den Schreibtisch herum und guckte dann zum Fenster hinaus in den kargen Garten. Doch er sah es ein. In Elisabeths Nähe käme er kaum zum Lernen. Vielleicht wollte sie ihn auch gar nicht in der Wohnung haben. Sie hatte ihre Launen.

«Abgemacht?», fragte Thomas.

Leo drehte sich um. «Abgemacht», sagte er.

«Zurück zum 21. September. Als Herlinde und ich an dem Freitag nach Hause kamen, war Teresa schon da und hatte sich in ihrem Zimmer eingeschlossen. Du kamst erst Stunden später.»

«Ich bin durch die Kanäle gepaddelt. Bis zum Stadtpark. Habe dann da angelegt und in den Sommerterrassen ein Bier getrunken. Mir ging eben auch vieles durch den Kopf.»

«Tilda hattest du an dem Nachmittag nicht gesehen?»

«Nein. Nur in der Schule.»

«War da etwas Auffälliges?»

«Tilda schien wie immer zu sein. Sie hat sich als die große Geheimnisvolle inszeniert. Allein schon, wie sie sich anzog. Von dem Grundriss habe ich der Kripo ja erzählt. Heute ärgere ich mich, dass ich Tilda nicht gleich danach gefragt habe. Ich dachte, dafür sei noch alle Zeit der Welt.»

«Elisabeth hat Tilda doch sicher gekannt.»

«Ich habe Elisabeth darauf angesprochen. Ihre Erinnerung ist so, wie man sich an eine aus der Parallelklasse erinnert, die einem nicht nahestand.»

«Und die Nachhilfe, die Tilda der jüngeren Schwester gegeben hat?»

«Da haben sie sich nicht getroffen.»

«Dann kann dir der Kommissar also nichts vorwerfen.»

«Hattest du daran Zweifel?», fragte Leo.

Thomas stand auf. Er ging auf seinen Sohn zu und umarmte ihn. «Ich habe keine Zweifel an dir», sagte er, «doch die Sorge, dass Keller versucht, dir einen Strick zu drehen. Er sucht händeringend einen Täter.»

Der Kommissar ging mit Leo an den leeren Johannisbeersträuchern vorbei zum Kanal. An einem anderen Garten vorbei zur Brücke. Unter der Brücke zeigte er ihm die Stelle, an der Tildas Blut gefunden worden war.

Keller ließ sich von Leo erzählen, was der kurz vorher Thomas erzählt hatte.

Er drehte ihm keinen Strick.

Teresa und Herlinde gingen einen Heizlüfter kaufen und eine Lampe für den Turm. Teresa hatte nichts mehr gegen die Bezeichnung Turm. Kammer, das war die nebenan, in der die Wäsche zum Trocknen aufgehängt wurde. Oder die kleinste der Kammern, in der Thomas nun Tausende Dias untergebracht hatte, die er irgendwann einmal digitalisieren wollte.

Der Heizlüfter war klein und weiß und hatte einen Umkippschutz. Die Stehlampe hatte drei Tüten in drei Rottönen. Sie sah sehr heimelig aus.

Herlinde war wild entschlossen, Teresa so glücklich wie eben möglich zu machen. Und wenn sie einen Rückzugsort brauchte, dann sollte sie es warm und gemütlich haben. Keine nackte Glühbirne an der Decke.

Teresa wunderte sich, Leo vorzufinden, als sie und Herlinde aus der Stadt nach Hause kamen. Doch sie war auf der Hut. Keine Hoffnungen.

Sie aßen ein Brathuhn mit Rosmarinkartoffeln, und nach dem Essen stand Leo auf, um zu gehen. «Mit Woody auf ein Bier», sagte er.

«Kommst du anschließend nach Hause?», fragte Herlinde.

Teresa hielt den Atem an.

«Danach komme ich wieder. Wird nicht spät werden.»

Als Leo die Haustür öffnete, hockte Gus davor und versuchte, ein Kuvert durchzuschieben. Doch es schien unmöglich zu sein. Eine schmale Leiste, die auf der Flurseite an die Tür genagelt war, verhinderte es.

Leo verkniff sich die dummen Sprüche. Sagte nicht: *Teresa, dein Verehrer.* Nicht: *Oh, ein Liebesbrief.* Er führte Gus in die Küche. Dessen Gesichtsfarbe hatte zu einem Signalrot gewechselt, das kaum gesund aussah.

«Es ist nur ein Vorschlag», sagte Gus in der nächsten Sekunde, um gar nicht erst den Verdacht aufkommen zu lassen, es könne sich um einen Liebesbrief handeln. Er knickte das Kuvert zweimal und ließ es in der Hosentasche verschwinden. «Ich wollte nicht stören, darum hab ich ja versucht, das Ding unter der Tür durchzuschieben.»

Nun war er doch noch an den Küchentisch gekommen. So wie es Herlinde angeregt hatte. Leo ging, Woody auf ein Bier zu treffen. Gus wurde an den Tisch gebeten. Teresa und Gus waren verlegen.

Es war noch etwas vom Hühnchen da. Auch Kartoffeln. Doch Gus wollte nicht. Danke. Er hatte gerade gegessen. Er trank ein Glas Apfelsaft.

Thomas nahm die Gelegenheit wahr und lenkte das Gespräch auf die Nachbarschaft. Lenkte das Gespräch? War das nicht der erste längere Satz, der gesprochen wurde? Gus, durchaus redegewandt, gab den Taubstummen. Herlinde erlöste ihn schließlich, indem sie vorschlug, Stehlampe und Heizlüfter zu begutachten. Im Turm.

«Turm heißt das also hier», sagte Gus, kaum dass sie auf der Treppe waren. Seine Zunge löste sich mit jeder Stufe.

Sie ließen sich in die Korbsessel sinken. Gus betrachtete den Heizlüfter mit noch größerem Wohlgefallen als die Tütenlampe.

«Dann rück mal deinen Vorschlag raus», sagte Teresa.

«Ich will dir ein Stück Hamburg zeigen, das du noch nicht kennst.»

«Was soll das sein?»

«Die *Große Freiheit*», sagte Gus.

«Auf St. Pauli. Seitenstraße von der *Reeperbahn.* Da war ich auch schon.»

«Aber nicht so wie ich», sagte Gus.

Herlinde und Thomas waren am Küchentisch sitzen geblieben. Thomas hatte noch eine Flasche Wein geöffnet. «Ist dir was aufgefallen?», fragte er.

«Er ist ein netter Kerl, aber schweigsam», sagte Herlinde.

«Ich spreche nicht von Gus. Erinnerst du dich an Leos Geburtstag?»

Er füllte die Gläser mit dem dunkelroten Montepulciano aus den Abruzzen.

«Und ob ich mich erinnere.»

«Auch an die Glückwunschkarte von Frau Dau? Wo lag die?»

Herlinde zögerte. «Die Karte lag im Flur vor der Haustür», sagte sie dann, «Frau Dau hatte sie unter der Tür durchgeschoben.»

«Und dass das nicht möglich ist, haben wir heute Abend erfahren.»

Herlinde trank einen Schluck Wein und einen zweiten, ehe sie antwortete.

«Frau Dau hat also die Tür aufgeschlossen und die Karte hingelegt. Als sei sie durchgeschoben worden.»

«Genau», sagte Thomas. «Vielleicht hat sie das mit einem Kontrollgang durch das Haus verbunden. Wir sollten mit ihr alle Schlüssel durchgehen. Jeden einzelnen von ihrem dicken Bund. Sie darf nicht die Hoheitsgewalt über unsere Türschlösser haben.»

«Sie will im wahrsten Sinne des Wortes nichts aus der Hand geben.»

«Hast du jemals daran gedacht, dass Frau Dau mit dem Verschwinden des kleinen Jungen zu tun hat?»

«Das halte ich für ausgeschlossen», sagte Herlinde. «Was hast du denn da für ein Szenario im Sinn?»

«Dass dem Jungen irgendwas geschehen ist. Gestürzt und das Genick gebrochen. Oder an Essen erstickt. Ein Unfall, den sie vertuscht hat.»

«Und dann lässt sie den toten Jungen verschwinden, weil sie ihre Aufsichtspflicht vernachlässigt hat? Die hat sie im realen Fall doch auch vernachlässigt, als sie den Kleinen allein ließ. Da geht deine Phantasie mit dir durch. Vielleicht solltest du doch nicht nur Nachrichtentexte schreiben. Die sind dir auf Dauer zu trocken.»

«Es geht einem eben nicht aus dem Kopf, und dann versucht man, eine Erklärung zu finden. Hexerei wird es kaum gewesen sein.»

«Frau Dau hat den Jungen geliebt.»

«Das schließt es ja nicht aus.»

«Und warum beharrt sie dann darauf hierzubleiben?»

«Vielleicht gibt sie darauf acht, dass er nicht gefunden wird.»

«Und wo hat sie ihn gelassen? Und was ist mit Tilda? Hat Frau Dau die auch auf dem Gewissen?»

«Du hast recht», sagte Thomas. «Ein zu phantastisches Szenario.»

Ein Zwischenhoch nannte es der Nachrichtensprecher des NDR. Sonne drängte sich durch graue Wolken, der starke Wind hatte nachgelassen.

Leo zog sich zurück, um einen englischen Text vorzubereiten. *Living in a Metropolis.* Großstädtisches Leben in Abgrenzung zum ländlichen Raum.

Thomas stellte erleichtert fest, dass es seinem Sohn ernst zu sein schien mit dem Abitur. Er ahnte ja nichts von der Abstinenz, die Leo von Elisabeth an diesen Tagen auferlegt worden war.

Thomas und Herlinde brachen zu einem Spaziergang um die Alster auf.

Teresa widerstand der Versuchung, an Leos Zimmertür zu klopfen, und zog sich in ihren Turm zurück. Jenseits des Kanals ging Gus' Vater, an seiner Seite eine Frau mit einer voluminösen Mütze. Warum verbarg Gus' Mutter die Locken, die Herlinde erwähnt hatte? Wenn es denn Gus' Mutter war.

Teresa hatte sie noch nie bewusst wahrgenommen. Dieser ganzen Geheimniskrämerei sollte man endlich ein Ende bereiten.

Vielleicht hatte Gus auch Lust auf einen Spaziergang. Zur *Großen Freiheit.* Lieber an einem sonnigen Sonntag dahin, als sich ins dortige Nachtleben zu stürzen. Herlinde würde die Gegend schon am helllichten Nachmittag für zu sündig halten und kaum als jugendfrei betrachten.

Vorsintflutlich, dass Gus kein Handy hatte.

Teresa stieg aus ihrem Turm herab und zog den kurzen Mantel an. Griff nach dem Schlüssel und öffnete die Haustür. Keine Zweifel zulassen. Einfach die Dinge in die Hand nehmen.

Jochmann war ihr der einzig bekannte Name auf dem Klingelbrett. Noch nicht einmal den Nachnamen hatte Gus preisgegeben. Es musste der über dem Schild der Jochmann sein. *Hanke.*

Teresa schloss kurz die Augen und drückte dann auf den Klingelknopf.

Sie lehnte sich an die Tür und fiel fast ins Haus, als der Summer ertönte.

Vier Treppen. Graues Linoleum. Im zweiten Stock stand eine Tür auf. Teresa trat heran. Zögernd. Sie klopfte.

«Gus», sagte eine Frauenstimme. «Hast du deinen Schlüssel vergessen?»

«Hallo.» Teresa klang schon bei diesem einen Wort heiser. Sie hatte nicht erwartet, dass Gus' Eltern schon wieder da waren.

Der große dünne Mann kam zur Tür. Leicht gebeugt. Nun sah sie, dass sein Haar schon schütter war. Gus' Vater.

«Ich bin Teresa. Eine Freundin von Gus.»

«Das Mädchen aus dem Haus gegenüber. Gus ist leider nicht da.» Die Stimme war leise und angenehm. Eine Frau kam hinten ins Bild. Keine Mütze. Eher kurzes Haar, das aussah wie Kaninchenfell.

«Danke», sagte Teresa. Sie verließ das Haus so schnell, als hätte sie einen Klingelstreich gespielt. Vielleicht würde es der glatthaarigen Herlinde gefallen zu hören, dass die Locken von Gus' Mutter eine Perücke waren.

Als sie auf die Straße trat, sah Teresa das Teelicht in Frau Daus Fenster. Es brannte trotz der hellen Sonne. Sie schloss die Haustür auf und hörte Leo in der Küche fluchen. Er lag bäuchlings auf dem Fußboden, ein flaches langes Messer in der Hand.

«Was ist mit dir passiert?»

«Meine letzten Eurostücke sind unter den Tresen gekullert.»

«Jonglier doch lieber mit Bällen.»

«Ich lache nachher», ächzte Leo. «Irgendwas klebt hier

teuflisch. Ist unter dem Tresen eigentlich geputzt worden, als wir eingezogen sind? Der steht doch seit den zur Weides da.»

Das Lachsmesser schob ein Eurostück heran.

«Wie viele sind es?»

«Noch vier.»

«Wäre es nicht einfacher, den Tresen wegzuschieben?»

«Nein. Darauf habe ich jetzt keinen Bock.»

Ein zweites Eurostück. Ein drittes. Ein Zeitungsfetzen. Nur der obere Streifen des Lokalteils einer Hamburger Zeitung. Montag, 26. April 2010. Der Frühling des Jahres, an dessen Ende Johannes verschwand.

Das vierte Eurostück. Das fünfte.

«Irgendwann sollten wir da mal sauber machen», sagte Leo.

Am Montag kam der kalte Nieselregen zurück. Teresa stand früh am Tag an der Haltestelle des Sechsers und ärgerte sich, nur diesen alten Anorak als einzig wasserfestes Kleidungsstück zu haben. Sie sah darin aus wie zwölf.

Das schien auch die Jochmann zu finden, die sich hinter ihr in den vollen Bus drängelte. Hanne Jochmann guckte Teresa selten hochmütig an und gab nicht das geringste Zeichen von Wiedererkennen. Dabei sah sie selber bescheuert aus unter ihrer Klarsichthaube. Huhn in Aspik.

Fuhr sie zur Arbeit? Das konnte Teresa sich kaum vorstellen. Allein was Gus von den anfälligen Nerven der Jochmann erzählt hatte, ließ kaum glauben, dass sie noch für irgendwas belastbar war.

Es war einer dieser Tage, an denen Teresa bereute, auf ihrer alten Schule bestanden zu haben, für die sie zweimal quer durch die ganze Stadt fuhr.

Regen. Gedränge im Bus. Es roch nach nassem Hund.

Die Freundschaft zu Beckie kriselte, und die Zwillinge hatten das Profil der Studienstufe gewechselt. Teresa traf die beiden nur noch beim Sport.

Dass es Gus war, dem sie ihr Herz ausschüttete, erstaunte sie noch immer. Eine Frage der Gemeinsamkeiten. Bei Beckie fingen sie an zu fehlen. Beckie hatte sich mit Colin zusammengetan, einem Beau aus der zwölften Klasse, auch das brachte ihre Beziehung kaum zu neuer Blüte. Nie und nimmer hätte sie der strahlenden Braut von ihrem Dilemma mit Leo erzählt.

Am Bahnhof stieg Teresa in die S-Bahn um. Erstaunlich, dass es Hanne Jochmann auch tat.

Gemeinsam stiegen sie in Altona aus. Gingen die Max-Brauer-Allee entlang. Teresa spürte die Jochmann im Nacken, doch sie drehte sich nicht um. Vor der Schule standen Grüppchen. Bob und Basti waren dabei. Teresa blieb bei ihnen stehen, dankbar, in ihren Kreis einzutauchen. Die Jochmann ging weiter, Teresa blickte ihr nach. Bis Hanne Jochmann vor dem nahen Amtsgericht hielt und hineinging.

Leo nahm das Plakat von «Pulp Fiction» von der Wand und legte eine Zeichnung von Elisabeth in einen Wechselrahmen, den er eigens gekauft hatte. Die Bleistiftzeichnung war ein Hochformat wie das Plakat, doch es war kleiner und sah ein wenig verloren aus auf der großen weißen Wand.

Ein Auge. Ohne Braue. Kein zweites Auge.

Eine erste Studie für ihre Bewerbungsmappe.

Elisabeth hatte ihm das Blatt am Abend des Montags geschenkt. Nach den Tagen des Entzugs. Vom Besuch ihres Vater erzählte sie nichts, und er ließ Thomas' Vorschlag unerwähnt, sich in einem nahen Lokal zu treffen.

Sie hatten sich geliebt an dem Montagabend, wie sie es immer taten, wenn sie einander trafen in Elisabeths Wohnung. Erschöpft hatten sie danach in der Küche gestanden, Wein getrunken, verschwitzt, als sei heißer Sommer.

«Habt ihr eine Entscheidung getroffen?»

«Sie wird für einige Zeit in der geschlossenen Abteilung sein.»

«Hast du Kontakt zu ihr?»

Elisabeth hatte den Kopf geschüttelt und zu weinen angefangen und ihm eine tröstende Umarmung verwehrt. Auch, dass er blieb.

«Versteh doch. Es ist eine so schwere Zeit. Seit zwei Jahren ist es eine schwere Zeit. Ich gehe durch einen Tunnel, an dessen Ende kein Licht ist.»

War es dann nicht viel besser, zu zweit in einem Bett zu liegen, als sich allein einer aussichtslosen Grübelei hinzugeben?

Nein. Leo verstand nicht, dass ihm verwehrt wurde, die Nacht zu bleiben.

Er war kurz vor Mitternacht nach Hause gekommen. Alle schliefen. Er hatte die Rolle mit der Zeichnung auf seinen Schreibtisch gelegt und war ohne Umwege übers Bad ins Bett gegangen.

In der Nacht träumte er, eine Blockflöte zu hören.

«Konntest du das nicht lassen?», fragte Gus. Eine rhetorische Frage.

Er sah müde und verfroren aus. Teresa goss Tee aus der Kanne in die Keramikbecher. Beinah schon kalt, der Tee. Sie brauchte eine bessere Ausstattung hier oben. Ein Stövchen vielleicht. Sie hing an der Kammer inzwischen mehr als an ihrem prächtigen Zimmer mit hoher Stuckdecke.

«Ich habe vor eurer Tür gestanden und nach dir gefragt. Das ist alles.»

«Du hast ihnen einen Schrecken eingejagt.»

Warum? Weil sie einen Tunnel zu Hanne Jochmanns Schmuckkästchen bohrten? Schnaps schwarzbrannten? Teresa verstand nicht, was so geheimnisvoll bei Hankes war, dass ihr Klingeln Schrecken verbreitete.

«Du riskierst unsere Freundschaft, wenn du nicht bald mit Fakten rüberkommst», sagte Teresa.

Gus betrachtete den Heizlüfter, als solle er die Gebrauchsanweisung dazu schreiben. Er stellte den Temperaturregler runter und wieder hoch.

«Hast du am Freitag Zeit?», fragte er. «Am Nachmittag, wenn wir wieder aus unseren Bildungstempeln zurück sind.»

«Gehen wir dann in die Große Freiheit?»

«So was von Freiheit», sagte Gus.

«Wer verdient bei euch eigentlich das Geld?»

«Solltest mal eine Suchmeldung nach deiner Diskretion rausgeben.»

Teresa ignorierte ihn. Entweder tat Gus bald *Butter bei die Fische*, wie Mamas alte Tante gerne sagte, oder diese Freundschaft ging auch verloren.

«Am Sonntag habe ich deine Mutter gesehen. Irgendwie hatte ich immer geglaubt, sie habe Locken.»

«Meine Mutter arbeitet. Aber nicht als Pudel.»

«Und dein Vater?»

«Mein Vater ist krank.»

Gus stand auf und stellte den Becher ab. Er nahm die Seemannsjacke, die er auf die Dielen gelegt hatte, zog sie an und knöpfte sie langsam zu.

«Gestern habe ich gesehen, wie die Jochmann ins Altonaer Amtsgericht ging», sagte Teresa. Eine Versöhnungsgeste.

«Da steht sie wahrscheinlich wegen übler Nachrede vor dem Richter.»

«Tut sie das? Übel nachreden?»

«Deshalb habe ich sie damals in die Grube geschubst.»

Teresa sah ihn an, wie er da breitbeinig vor ihr stand. Mit dem Rücken zum Fenster. Manchmal machte er ihr Angst.

«Nur weiter», sagte sie, «solange die Wahrheitstropfen wirken, die ich dir in den Tee getan habe.»

Gus grinste. «Warst du auch im *Hexenkessel* einkaufen?»

«Jetzt weiß ich, wie dein Grinsen mir gefehlt hat.»

«Freitag Viertel vor vier vorm Haus. Vielleicht sehen wir uns ja vorher noch.»

Sinnesorgane. Auge. Nase. Mund. Ohr. Eine Aufgabe, die sich Elisabeth für ihre Prüfungsmappe gestellt hatte. Zwanzig Zeichnungen sollte die Mappe beinhalten. Der Aufbau musste so gut sein, dass zwei Minuten genügten, um den Prüfer zu überzeugen.

«Sie nehmen sich nur zwei Minuten für die einzelne Mappe?», fragte Leo.

Elisabeth hob die Schultern. «Das ist, was ich gehört habe.»

Leo sah auf die Blätter, die Elisabeth auf den Tisch gelegt hatte. Die vom Auge waren schon ausgearbeitet. Die anderen noch Vorstudien.

«Das ist deine Nase. Hast du beim Zeichnen vorm Spiegel gestanden?»

Elisabeth lächelte. «Und das hier ist dein Ohr.»

«Frau Dau erzählte, du habest am liebsten deinen Bruder gezeichnet.»

«Lass uns nicht von Johannes sprechen.»

War sie zusammengezuckt?

Was hatte er zu Thomas gesagt? *Elisabeth spricht sachlich darüber.*

Ein Psychologiestudium wäre genau richtig für ihn. Vielleicht lernte er dabei endlich was vom Gemütszustand der Menschen.

«Mein Vater würde dich gerne kennenlernen. Uns in ein Lokal einladen.»

«Ich könnte es auch kaum ertragen, das Haus noch mal zu betreten. Das halbe Jahr nach dem November war die Hölle.»

Leo vermied tunlichst, Teresa ins Spiel zu bringen. Thomas musste noch instruiert werden, es auch nicht zu tun.

Er hatte Elisabeth nur erzählt, dass die Tochter von Thomas' Freundin im Hause lebte. Vielleicht hatte es in seinen Erzählungen geklungen, als sei Teresa ein Kind.

«Ich habe das Auge gerahmt und aufgehängt.»

«Es gibt noch vier Mal vier andere Themen.»

«Ich bitte um ein Blatt pro Thema. Für mein Zimmer.»

«Welches Zimmer hast du im Haus?»

«Das mit den Fenstern über Eck, das zur Straße und der Garage geht.»

Elisabeth schwieg, und er traute sich nicht zu fragen, wessen Zimmer das gewesen war. «Hättest du denn Zeit für meinen Vater?»

«Eine nette Idee von ihm», sagte Elisabeth.

Thomas zögerte, ob er Gerda Dau besuchen sollte oder sie ins Haus bitten. Vielleicht nicht in die Küche, die ihr noch so vertraut war. Der Tresen und der Geschirrschrank mit den Sprossentüren waren von den zur Weides übernommen worden, die Küche in der ganzen Anmutung kaum verändert. Besser in das Arbeitszimmer gehen, das ehemals Schlafzimmer gewesen war. Tee bereitstellen, die Lampen dimmen. Eine friedliche Atmosphäre schaffen. Ihm stand das Gespräch bevor.

Gerda Dau hatte sich sehr verändert in diesen vier Monaten, seit Herlinde und die Kinder und er hier im Haus lebten. Ihr Gesicht war eingefallen, sie wirkte verunsichert, viel verunsicherter, als sie bei ihrer ersten Begegnung gewesen war. Gerda Dau hat Angst, dachte er.

Was wollte er sagen? Wie übergriffig es von ihr gewesen sei, einen Satz Schlüssel zu behalten? Wohin war sein Zorn verflogen seit diesem Abend, als Gus versuchte, sein Kuvert unter der Tür durchzuschieben?

Er wollte die Schlüssel haben, doch keinen Krieg mit ihr.

Thomas bot Frau Dau den Ledersessel an, der vor der Bücherwand stand, und rückte einen der Schreibtischstühle heran. Der Beistelltisch neben dem Sessel war von Zeitschriften freigeräumt. Dort stand das Teeservice.

«Worum geht es?», fragte Gerda Dau, kaum dass sie saß.

Thomas hätte erst einmal von dem Darjeeling eingeschenkt. Den braunen Zucker gereicht. Das Kännchen Milch angeboten. Doch wenn sie es kurz und knapp haben wollte, dann sollte das so sein.

«Um die Schlüssel. Ich nehme an, dass an Ihrem Bund noch einige hängen, die zu unseren Türen gehören.»

«Sie denken, es sind zu viele für eine Frau, die über der Remise wohnt.»

«Ich denke, dass Sie wenigstens in einem Fall in unserer Abwesenheit die Haustür mit einem der Schlüssel aufgeschlossen haben.»

Sie seufzte, doch erhob keinen Einwand. Ein kleines Geständnis, um ein größeres zu vermeiden? Thomas war selbst erstaunt über sein Misstrauen. Vielleicht entschied er darum, ein freundlicher Gastgeber zu sein und doch erst einmal die Tassen zu füllen und die Schale mit Gebäck anzubieten, die noch auf dem Schreibtisch stand.

Gerda Dau holte das Schlüsselbund hervor. Sie guckte kurz auf Florentiner und Mandelhörnchen, die nicht selbst gebacken waren, und fing an, drei Schlüssel vom Ring zu lösen. Nur drei? Fehlten da schon Schlüssel?

Den für die Haustür erkannte Thomas, auch den zur Terrassentür. Einen weiteren legte sie neben die Tassen. «Dachboden», sagte sie. «Den für den Keller habe ich Ihnen schon im Juli gegeben. Die anderen am Ring gehören zu meiner

Wohnung und zu Tür und Tor der Garage, und den da behalte ich auch.» Sie zeigte einen kleinen alten Eisenschlüssel.

«Und das ist was für ein Schlüssel?», fragte Thomas.

«Es ist eigentlich nur ein gemauerter Verschlag, doch der wurde schon vor Jahrzehnten mit einer Tür gesichert.»

Thomas beugte sich vor. «Wo soll der denn sein?»

«In der Garage. Hinter den Kartons. Ein Schiffskoffer steht in dem Kabuff.»

Thomas nahm einen Florentiner und fing an zu essen. Griff nach einem zweiten. Aus Nervosität? Nein. Das konnte nicht sein. Nicht das.

«Der Schiffskoffer gehört den zur Weides?», fragte er.

Sie schüttelte den Kopf. «Der steht da schon viel länger. Könnte sein, dass er aus den Zwanzigerjahren stammt. Den Aufklebern nach.»

«Wissen Sie, was drin ist im Koffer?»

Frau Dau blickte in sein angespanntes Gesicht. «O Gott», sagte sie, «ich weiß, was Sie denken.» Ihr Gesicht verlor alle Farbe. Sie griff zum ersten Mal nach ihrer Teetasse und trank einen Schluck. «An dem Tag, als der Junge weg war und wir alle suchten, da habe ich in den Schiffskoffer geguckt. Das Kabuff war da noch nicht abgeschlossen. Es sind schon Kinder in diesen Truhen erstickt. Nicht wahr?»

Thomas nickte. Er hatte von solchen Tragödien gehört.

«Doch damals war der Koffer leer», sagte Gerda Dau.

«Und nun ist er nicht mehr leer?»

«Nein. Nun ist alles drin, was Johannes gehört. Die Kleidung und die Spielsachen. Randvoll. Der Karton mit den Basteleien ging nicht mehr rein.» Thomas sah ihr die Anstrengung an, nicht in Tränen auszubrechen.

«Die Familie wollte nichts von seinen Sachen haben. Darum muss ich sie doch aufbewahren. Auch wenn ihm vieles nicht mehr passen wird.»

«Darf ich mir die Sachen mal ansehen?» Thomas sagte es sanft. Er nahm die Kanne, um Tee nachzugießen.

Ein trüber Tag. Auch auf der Reeperbahn, die doch der Boulevard des Rotlicht- und Vergnügungsviertels sein sollte. Kaum Leute, die an den teils schäbig aussehenden Lokalen vorbeischlenderten. Doch die Dämmerung setzte ein, als Teresa und Gus eintrafen, und mit ihr kamen die Lichter.

Teresa las das Wort *Sex* gefühlte hundertmal in den ersten Minuten. Gus griff ihre Hand, als müsse er sie auf gefährlichen Pfaden sicher durch den Dschungel führen. Die Dämmerung war zur Nacht geworden, kaum dass sie sich versahen. Sie bogen in die Große Freiheit ein und gingen an den Musikclubs vorbei, dem *Kaiserkeller*, *Grünspan*, der *Großen Freiheit 36*. Am Ende standen sie vor einem der älteren Häuser, das eher bescheiden daherkam. *Gerdi's* stand dort in lila Leuchtschrift. Ein Schaukasten neben der lila gestrichenen Tür. Stark geschminkte Damen in glitzernden Roben hielten Zigarettenspitzen in der Hand.

«Da hol ich meinen Vater zweimal in der Woche raus, damit Rüdiger ihn nicht abschleppt», sagte Gus.

«Wer ist denn Rüdiger?»

«Eine Transe, die meinen Vater liebt. Die Frau mit den dicken Locken ist mein Vater. Und meine Mutter fürchtet, dass Rüdiger ihn eines Tages nicht mehr freigibt, wenn er ihn erst mal zu sich nach Hause abgeschleppt hat. Das Veilchen damals hat mir auch Rüdiger verpasst.»

«Dein Vater ist eine Transe?»

«Mein Vater ist einer, der sich schminkt und Frauenklamotten trägt und Perücken. Aber er liebt keine Männer. Er liebt meine Mutter. Und das will Rüdiger auf Teufel komm raus nicht einsehen.»

«Dann soll dein Vater einfach nicht mehr hingehen.»

«*Einfach nicht mehr.* Das stellst du dir vor. Doch es ist eine Sucht. Eine verdammte Sucht, mit den anderen Transen herumzusitzen. Das meinte ich, als ich sagte, mein Vater sei krank. Suchtkrank. Er ist kreuzunglücklich, doch er kommt nicht ohne aus. Nachts weint er, weil alles aussichtslos ist.»

«Oh, Gus», sagte Teresa. War sie schockiert? Eigentlich nicht. Nur voller Bedauern. «Wer weiß davon? Wusste Tilda es?»

Gus seufzte. «Tilda hat gedacht, sie könne ihn *heilen.*»

«Was meinst du mit Heilen?»

«Kam vor, dass Tilda zu oberschlau war. Hat nicht hinnehmen können, dass sie mal nichts korrigieren konnte. Sie hat meinen Vater damit genervt.»

«Und die Jochmann? Weiß sie es?»

Die Jochmann denkt, dass mein Vater zwei Frauen hat, und das reicht schon, um mit dem Finger auf uns zu zeigen.»

«Der kleine Johannes hat das ja kaum wissen können», sagte Teresa. «Dann muss er dich mit was anderem geärgert haben.»

«Lass uns gehen. Hier tauchen gleich die ersten Leute vom *Gerdi's* auf. Kennen mich doch alle.» Sie schwiegen, bis sie zur Station Reeperbahn gekommen waren und in die S1 stiegen.

«Das größte Tabuthema scheint Johannes für dich zu sein», sagte Teresa schließlich.

«Eines Nachts kamen mein Vater und ich nach Hause. Im September war das. Wer stand im Schlafanzug auf der Straße vorm Haus? Nachts um halb zwei? Der kleine Johannes. Hatte die Haustür geöffnet und wollte mal die Gegend ansehen. Mein Vater hat sich ganz besorgt zu ihm runtergebeugt, und da hat die Kröte ihm die Perücke vom Kopf gezogen.»

«Und dann?»

«Von da an ist er mir nachgelaufen, kaum dass ich seinen Weg gekreuzt habe. *Dein Vater trägt Frauenkleider. Dein Vater trägt Frauenkleider.*»

«Ich meine, was war in der Nacht?»

«Die Tür stand ja noch auf. Da habe ich ihn hingezerrt. Tür zu und auf der Straße stehen geblieben und fix aufgepasst, dass er nicht mehr vor die Tür kam. Mein Vater ist schnellstens nach oben gegangen.»

«Hat Johannes das öfter getan? Heimlich das Haus verlassen?»

«Keine Ahnung. Du meinst, das hat er dann auch im November getan? Wo soll er denn sein? Ich hab dir schon mal gesagt, der war keiner, der in der Wildnis überlebt hätte. Dann hat ihn einer mitgenommen.»

«Thomas sagt, in Deutschland werden zweitausend Kinder vermisst.»

Gus fing an, mit den Schuhen zu scharren. Er hörte erst auf, als die Bahn in den Hauptbahnhof einlief und sie umsteigen mussten.

«Erzähl es keinem», sagte er, «das mit meinem Vater.»

«Kannst du dich drauf verlassen.»

«Schon gar nicht diesem Leo.»

«Auf den hast du dich eingeschossen.»

Gus grinste. *«I'm just a jealous guy.»*

«Ich hab dich noch nie Englisch sprechen gehört.»

«Ist ja auch John Lennon, der da aus mir spricht. Aber Englisch wird an meiner Bildungsanstalt durchaus gelehrt.»

Im Bus stand die Jochmann. Sie schien viel herumzukommen in letzter Zeit. Großes Gedränge. Gus und Teresa schoben sich an ihr vorbei und gingen in den hinteren Teil des Busses.

«Lange kein Krrr-Krrr mehr gehört», sagte Gus leise.

«Vielleicht stabilisiert sie sich.»

Ein Gekreische vorne. «Fassen Sie mich nicht an, Sie Flegel.»

Gus und Teresa lächelten einander zu. Da war es wieder. Krrr, krrr.

Herlinde war allein im Haus. Sagte, Thomas und Leo seien gerade eben zu einem Vater-Sohn-Abend aufgebrochen. Sie wirkte einsilbig.

Teresa setzte sich zu ihr an den Küchentisch und wickelte die andere von zwei dicken Kartoffeln in Alufolie ein. «Ofenkartoffeln? Warum nur zwei?»

«Für dich und mich», sagte Herlinde, «die Herren essen auswärts.»

Irgendein Unbehagen waberte durch die Küche.

«Habt ihr Krach?», fragte Teresa. Ihre Mutter schüttelte den Kopf. «Willst du Räucherlachs dazu oder nur Quark?»

«Nur Quark und wissen, was los ist.»

Herlinde stand auf und ging an den Kühlschrank, den großen Topf Quark herauszuholen und das Wasserglas, in dem ein Bund Schnittlauch stand. Sie fing an, eine große Zwiebel zu schälen.

«Weih mich einfach mal zeitig ein», sagte Teresa, «nicht so wie im Sommer, als Thomas und du das Haus hinter meinem Rücken gemietet habt.»

Herlinde legte das Messer weg und blinzelte gegen die Zwiebeltränen an.

«Thomas hat darauf bestanden, diese Elisabeth zu treffen.»

Teresa legte den Kopf in den Nacken und betrachtete die Decke, durch die sich ein ganz kleiner Riss zog. Was hatte *Majestix* immer gefürchtet? Dass ihm der Himmel auf den Kopf fallen könnte?

«Ist sie also schon offiziell als Freundin anerkannt.»

Eine Feststellung. Keine Frage. Herlinde wusste, was los war, wenn Teresas Stimme hart wurde. Dann nahm ihr die Traurigkeit jegliche Weichheit und jeglichen Klang. So hatte Teresa geklungen, als die geliebte Großmutter starb. Und auch als sie von der Trennung ihrer Eltern erfuhr, obwohl sie da erst zwölf Jahre alt gewesen war und ihre Stimme eigentlich noch kindlich. Ein Selbstschutz, diese harte Stimme.

«Kind, es tut mir so leid. Nein. Steh jetzt nicht auf.»

Teresa ließ sich zurück auf den Stuhl sinken. «Es tut mir auch leid, dass ich hier die Stimmung verderbe. Ich habe doch nicht vorgehabt, Leo zu lieben. Jedenfalls nur so, als sei er mein Bruder. Das ist er ja auch beinah.»

Die Vorstellung, dass Thomas und Leo jetzt vergnügt mit Elisabeth saßen und aßen, tat endlos weh. Sie hatte keine Ahnung, wie Elisabeth aussah, anders als Leo hatte sie noch nie bei Gerda Dau gesessen und Fotografien angeguckt. Doch im Augenblick sah Teresa sie in einem Kranz von Strahlen zwischen Leo und Thomas thronend. Vielleicht mit einer Zigarettenspitze, den Rauch der Zigarette in Teresas Richtung zielend. Zigarettenspitzen, wie sie die Transen im Schaukasten von *Gerdi's* hatten.

Herlinde war aufgestanden und hatte sich die Hände gewaschen, doch sie rochen noch immer ein wenig nach Zwiebeln, als sie eine Hand auf Teresas Schulter legte und mit der anderen ihr Gesicht streichelte.

«Tereschen. Ich weiß, wie weh die Liebe tun kann, und ich weiß auch, dass der Schmerz irgendwann nachlässt und dann ganz aufhört.»

«Aber ich wohne mit ihm in einem Haus. Lebe in derselben Familie.»

«Sollen denn Thomas und ich lieber getrennt voneinander leben?»

«Nein. Natürlich nicht. Du bist doch glücklich mit ihm. Oder?»

«Wir denken darüber nach zu heiraten», sagte Herlinde verlegen.

«Ich hab Thomas sehr gern. Lass mich jetzt in meinen Turm gehen.» Teresa versuchte ein Lächeln. Sie stand auf und ging zur Tür.

«Willst du denn gar nichts essen?»

«Ich habe nicht einen Hauch von Hunger. Vielleicht sind die Herren ja an einem Mitternachtsimbiss interessiert.»

«So lange werden sie hoffentlich nicht wegbleiben», sagte Herlinde.

Thomas kam allein und schon um halb zehn. Er hatte die beiden noch zu Elisabeths Wohnung begleitet, ihnen beim Abschied zugezwinkert und sich als Verräter gefühlt. Elisabeth gefiel ihm gut.

Er näherte sich dem Haus, bemüht, das Beschwingte aus seinem Schritt zu nehmen. Das tiefe Lächeln aus seinem Gesicht. Einerseits war er erleichtert, dass ihm die junge Frau gefiel, in die sein Sohn sich so heftig verliebt hatte. Doch war ihm andererseits sehr bewusst, dass dies die Sache für Teresa und selbst für Herlinde nicht leichter machte. Reichlich Stoff für Konflikte.

Er wollte keine Konflikte. Er wollte endlich glücklich sein. Herlinde heiraten. Auch die Kinder glücklich sehen. Teresa. Leo.

Thomas kam am hell erleuchteten Haus an. Vertrieb Herlinde Ängste mit dem vielen Licht? Nur die Fenster von Leos Zimmer waren dunkel.

Elisabeth hatte im *Leonar* an einem der Tische gesessen, als Leo und er eintrafen. Eine kultivierte junge Frau, die sehr erwachsen wirkte mit ihren neunzehn Jahren. Kein Wunder nach all dem Geschehen.

Er hatte die jungen Leute zum Essen eingeladen. Sie hatten Wein getrunken, ein anregendes Gespräch über Kunst geführt und was man so vom Leben wollte. Thomas verstand, was sein Sohn an Elisabeth fand.

Er kehrte mit schlechtem Gewissen nach Hause zurück.

Herlinde traf er im Arbeitszimmer an. In eines der englischen Bücher aus seiner Bibliothek vertieft. Teresas Tür nebenan war geschlossen. Doch er hörte streitende Stimmen aus ihrem Zimmer. Ein Mann. Eine Frau.

Er beugte sich zu Herlinde hinunter und küsste sie. «Wer ist drüben?»

«Drüben? Ach so. Eine CD. Teresa hört da ein Zweipersonenstück. Was Neues für Deutsch. Wie war es bei dir?»

Thomas entschied sich für den Sprung ins kalte Wasser. «Eine kultivierte junge Frau, die mir gut gefällt.»

Herlinde nickte und griff nach dem Weinglas, das neben ihr stand.

«Wirst du es in diesen Worten Teresa sagen?»

«Weiß sie von dem Treffen?»

«Sie hat irgendwas geahnt und bat um eine bessere Informationspolitik als damals bei der Anmietung des Hauses.»

«Teresa wird mich nicht fragen.»

«Wahrscheinlich nicht. Auf dem Schreibtisch steht das Tablett mit der Flasche und einem zweiten Glas.»

Thomas küsste sie noch einmal und schenkte sich ein. Er setzte sich an den Schreibtisch und hob das Glas zu Herlinde und dem Ledersessel hin, in dem sie saß. «Ich denke, wir sollten doch damit anfangen, uns nach einer anderen Behausung umzusehen», sagte er.

«Damit Elisabeth bei Leo übernachten kann, ohne von Erinnerungen belastet zu werden?»

Thomas hörte den Sarkasmus in Herlindes Stimme, doch er zog es vor, nicht darauf einzugehen. Er nahm einen Schluck vom Wein.

«Du und ich glauben beide nicht an Flüche, die auf Häusern liegen. Doch dieses Haus ächzt schon sehr unter seiner Last. Der kleine Johannes. Tilda. Die schwermütige Gerda Dau, die nicht loslassen kann.»

«Und nun auch noch Teresas unglückliche Liebe zu deinem Sohn. Ich dachte, wir sind uns einig, dass Leo erst mal sein Abitur macht.»

Thomas nickte. «Vielleicht wird sich ja vieles bald beruhigen und aufklären. Dann sieht alles ganz anders aus.»

«Erzähl mir mehr von deinem Abend», sagte Herlinde.

Leo tauchte am nächsten Mittag auf. Weniger der Einsicht wegen, dass das Wochenende weitgehend den zwei großen Aufsätzen gewidmet sein sollte, die er für die Schule vorzubereiten hatte. Elisabeth hatte ihn vor die Tür gesetzt, weil sie in Ruhe zeichnen wollte. Den nächsten der fünf Zyklen. Nach den vier Sinnesorganen kamen die *Pflanzenteile.*

Als er sie gegen halb zwölf verlassen hatte, war sie schon in eine erste Zeichnung vertieft gewesen. Wurzeln. Im März musste sie ihre Mappe abgeben. Ihm schien das eine Ewigkeit weit weg zu sein, doch Elisabeth setzte sich unter Druck, die zwanzig Zeichnungen bald fertigzustellen. Sie war viel ehrgeiziger als er. Eigentlich erinnerte sie ihn darin an Tilda.

Er begrüßte Teresa, die zurückhaltend wirkte. Er ahnte nicht, wie schwer ihr das fiel. Leo hing ein bisschen bei ihr herum und hoffte, dass sie ihm seine Befangenheit nehmen würde. Die vertrackte Situation entspannen. Vielleicht eine kleine Absolution sprechen. Doch sie sagte, sie habe zu tun.

Er war umgeben von Frauen, die deutlich zielstrebiger waren als er.

Er ging in sein Zimmer und nahm sich sehr unlustig das Geschichtsbuch vor. Irgendwann sah er auf und fühlte sich beobachtet. Das Auge. Vielleicht hätte ihm Elisabeth doch lieber den Mund schenken sollen. Oder ihre leicht schiefe Nase. Wäre die Haut nicht ein fünftes Sinnesorgan?

Ließ sich Haut zeichnen? Nur so ein Ausschnitt?

Elisabeths Haut zu fühlen, das war das Größte. Diese herrliche heiße Haut, und das bei einer Frau, die kühl sein konnte bis zum Kragen.

Leo versuchte, sich wieder auf die Weimarer Republik zu konzentrieren. Am späten Nachmittag hatte er den ersten der Aufsätze stehen und atmete auf.

Am Abend aßen sie gemeinsam eine Lasagne, die Thomas zubereitet hatte.

Das Leben schien friedlich. Leo dachte, dass er bald mal wieder bei Gerda Dau vorbeischauen sollte. Ihre Einsamkeit ein wenig vertreiben. Der Mensch wurde zum Philanthropen, wenn die Dinge einigermaßen gut standen.

«Meine Mutter schwört, Frau zur Weide gesehen zu haben», sagte Gus, als sie sich am Sonntag vorm Bäcker trafen. «Vor Tagen schon.»

Teresa schüttelte den Kopf. «Sie ist in einer geschlossenen Abteilung der Psychiatrie», sagte sie. «Irgendwo in Brandenburg.»

Das hatte Leo Thomas erzählt. Thomas Herlinde. Herlinde ihr.

«Meine Mutter hat das Auto erkannt.»

«Das ist längst in den Dutt gefahren. Das Cabrio gibt es nicht mehr.»

«Nicht das Cabrio. Das Auto, das mein Vater die *Badewanne* nennt.»

Teresa hatte noch nie gehört, dass Badewannen fahren konnten.

Sie sprach Thomas darauf an, der allein in der Küche hantierte.

«La déesse», sagte Thomas, *«die Göttin.* Kult. Wie kommst du darauf?»

Dass es sich um ein Auto der Firma Citroën handelte, kapierte Teresa erst allmählich. Ein Auto, das irgendwelche Freaks *die Göttin* nannten. Thomas gehörte wohl auch dazu. «Von denen siehst du kaum noch eines auf den Straßen», sagte er. «Unverwechselbar.»

Unverwechselbar? Hatte Gus' Mutter sich doch nicht getäuscht?

Ein paar Stunden später hatte sie das Auto noch immer im Kopf.

Vielleicht war Frau zur Weide entlassen worden. Ausgebüxt.

Doch warum sollte sie sich diese Gegend antun. Kaum gut für ihre Genesung. Teresas Jagdfieber war wieder da.

Wie sollte sie jetzt an Gus herankommen? Noch mal vor der Tür stehen?

Sie ging ins Arbeitszimmer, um das Telefonbuch zu holen. Thomas sah von seiner Zeitung auf. «Ich weiß immer noch nicht, wie du auf die *Göttin* kommst», sagte er. Er schien Gefallen an dem Thema zu finden.

«Gus sprach von einem Auto, das *Badewanne* genannt wird.»

Sie fand das Hamburger Telefonbuch unter einem Stapel Bücher. Es war das vom vorigen Jahr, doch die Hankes würden wohl drinstehen.

«Dieser Junge ist in der Tat erstaunlich», sagte Thomas.

Siro Hanke. Was war das für ein Vorname?

Sie gab die Nummer in ihr Handy und hörte dem Läuten zu. Und wenn Gus' Eltern wussten, dass Teresa ihr Geheimnis kannte? Fühlten sie sich dann von ihr verfolgt? Das neugierige Mädchen aus dem Haus gegenüber.

Gus ging ans Telefon. Teresa atmete auf.

«Könnte vielleicht doch was dran sein.»

«Sprichst du davon, dass Charlottes Mutter hier herumkurvt?»

«Thomas sagt, das Auto gäbe es kaum noch und es sei unverwechselbar.»

«Vor allem zweifarbig. Unten silber. Das Dach schwarz.»

«Frag deine Mutter mal nach der Frau am Steuer.»

«Sie besuchen meine Oma im Heim. Das tun sie jeden Sonntag.»

«Die Oma, die den Namen Siro ausgesucht hat?»

«Der hellste Stern am Himmel.» Gus klang eher traurig als sarkastisch.

«Das ist die Bedeutung von Siro?»

«Meine Oma war Garderobiere im Theater.»

«Das erklärt es natürlich», sagte Teresa.

«Daher kommt bei meinem Vater wohl die Freude am Verkleiden. Nein. Quatsch. Da gab es wohl einen Schauspieler, der so hieß.»

«Das ist aber nicht dein Großvater?»

«Nicht, dass ich wüsste. Woher hast du eigentlich die Telefonnummer?»

«Das ist mit Abstand die leichteste Antwort», sagte Teresa.

«Sag bloß, aus dem Telefonbuch. Kann ich nachher noch zu dir kommen?»

«Bis sieben», sagte Teresa. «Danach essen wir, und unser Küchentisch lässt dich ja sehr einsilbig werden. Schwärmt deine Mutter auch für die fahrende Badewanne, dass sie das Auto noch so gegenwärtig hat?»

«Charlottes Mutter hat meine mal angefahren. *Touchiert*, hat ihr feiner Alter gesagt. Meine Mutter hatte vor allem einen gehörigen Schrecken, und der ist ihr noch so was von gegenwärtig.»

«Wie lange wohnst du eigentlich schon hier?»

«Seit ich auf dieser *wonderful world* bin», sagte Gus.

Teresa waren die Zwillinge eingefallen und ihr Spleen für englische Wörter. Die beiden vermisste sie mehr als Beckie im Liebesrausch. Sie sollten doch mal wieder was gemeinsam auf die Beine stellen. Vielleicht konnte sie ihnen bald einen Besuch im väterlichen Stadthaus abstatten. Nach der Schule oder am nächsten Samstag. Einen Film gucken. Was Fettes essen.

Sie simste Bob den Vorschlag, ehe der in Vergessenheit geriet.

Die Antwort kam, als sie zu ihrem Turm hochstieg. *Kannst du Montag nach der Schule? Neuigkeiten.* Am Montag hatte sie bis halb fünf Schule. Dann würde sie spät nach Hause kommen. Egal. Sie brauchte dringend einen Gegenentwurf zu ihrem *social life.* Nicht nur Leo, Gus und das Haus.

Ganz abgesehen davon war sie gespannt auf die Neuigkeiten.

Durfte der Kommissar große Sympathie für eine Zeugin haben? Keller hatte sie für Herlinde. Ohne Zweifel. Vertraute er ihr mehr an, als ihm erlaubt war?

Er saß am Küchentisch und trank Herlindes Kaffee. Aß erste Lebkuchen.

Seine Gedanken umkreisten die Tatwaffe. Schwerer als eine Pflanzkelle. Dem Pik nicht unähnlich. Ein kurzer Hammer? Wie eine Stiefelspitze?

«Unsere Experten meinen, es könnte ein altmodischer Dreifuß sein.»

Sagte Keller. Wer wusste noch, was ein Dreifuß war?

Teresa, die am späten Abend von diesem Gespräch hörte, wusste es nicht.

Sie hatte bei den Zwillingen gesessen, als der Kommissar da war. Von ihnen erfahren, dass Lisa Hansen wieder nach Hamburg zurückkehrte. Wenn sie auch erst einmal eine eigene Wohnung nahm. Doch viel besser als eine Mutter in Los Angeles. Achtzehn Flugstunden entfernt.

«Zum Schustern braucht man es», sagte Herlinde. «Mein Großvater hat auch einen Dreifuß gehabt. Aus Eisen.»

«Gus' Vater schustert alles selbst», sagte Teresa. Sie sagte es ganz und gar unschuldig. Dachte an keinen Verdacht. Schon gar nicht gegen Gus' Vater, diesen gebeugten Mann, der genug Probleme hatte.

Wo erfuhr der Kommissar davon? An Herlindes Küchentisch? Ein kleines Geplauder über die Kunst des Handwerks? Über Tatwaffen?

Die Jochmann hatte Anzeige erstattet. Auf dem Amtsgericht. Noch nichts vom Dreifuß als Tatwaffe gewusst. Doch sich schon oft genug über das Gehämmer beschwert. Sie hatte andere Anschuldigungen ausgesprochen. Dass diese Tilda, die tot im Kanal gelegen hatte, gern bei Hankes gewesen sei. Der Mann mit zwei Frauen lebe. Von der eine, die aufgetakelte, spät in der Nacht nach Hause käme. Aus einem Puff wahrscheinlich. In Begleitung des minderjährigen Jungen, der dem Mann und den Damen völlig missriet und schon einmal einen Anschlag auf sie verübt hatte.

Keller suchte die Hankes auf. Ließ sich den Dreifuß zeigen. Alles geschah noch ganz unaufgeregt. In Freundlichkeit. Keller hatte auch einen Großvater gehabt, der die Schuhe selber sohlte. Er nahm den schweren Dreifuß in die Hand. Drei halbe Füße, verschieden groß, auf die Schuhe gestülpt wurden.

Der Kommissar nahm den Dreifuß mit. Ließ sich vorstellen, was er zu finden hoffte? Tildas DNA auf Hankes Dreifuß? Hatte er jemals einen Schuh von ihr besohlt? *Nein*, sagten alle drei Hankes. Hatte Tilda jemals diesen Dreifuß angefasst? *Nein.* Dennoch waren sie am Boden zerstört.

Hätte Siro Hanke ein Motiv gehabt, Tilda zu töten?

Die Anschuldigungen der Jochmann erwähnte Keller nebenbei. Hielt sie für üble Nachrede. Er wunderte sich über den Rechtspfleger im Amtsgericht, der bereit gewesen war, diese Anzeige aufzunehmen.

Die *Göttin* geriet in Vergessenheit. Weder Gus noch Teresa stand der Sinn danach herauszufinden, ob Frau zur Weide in der Gegend war. Gus hatte andere Sorgen. Teresa wartete auf seinen Vorwurf, weil sie vom Schustern seines Vaters erzählt hatte. Doch er erwähnte es nicht einmal. Vielleicht dachte er, die Jochmann sei die Wurzel allen Verrats.

«Ist nicht vergnügter bei uns geworden», sagte Gus, als er oben im Turm saß und die letzten Reste des Abendrots betrachtete.

«Die Geschichte von Johannes im Schlafanzug», fing Teresa an, «damals warst du erst vierzehn. Da hast du dich schon im *Gerdi's* aufgehalten?»

«Hat mich früh reifen lassen.» Gus grinste. «Ist viel weniger schlimm, als du denkst. Alles liebe Tanten. Nur getätschelt werden wollte ich nicht so gerne. Anstrengend wurde es erst durch Rüdiger.»

«Und Tilda ist da nicht eingeschritten?»

«Die ging das gar nichts an.»

«Tilda hast du hier bei Charlotte kennengelernt. Warst du mal bei ihr zu Hause? Kennst du Tildas Eltern?»

«Ich war nie bei Tilda. Hab ihre Eltern nur auf Tildas Beerdigung getroffen. Da sahen sie alt und grau aus. Nehme an, dass sie sonst frischer waren.»

Teresa nickte. «Und das Zimmer von Charlotte, wo ihr euch getroffen habt? Das war das Eckzimmer, das Leo jetzt hat?»

«Nee. Das war das Zimmer der gnädigen Frau. Die schliefen getrennt. Nicht so wie meine dusseligen Eltern, die sich gemeinsam in den Schlaf weinen. Das Zimmer von Charlotte war das kleinere nebenan.»

«Und Tilda hat deinen Vater *heilen* wollen?»

Gus scharrte mit den Schuhen. «Bin ich hier bei der Stasi oder was?»

«Ich will dem Ganzen mal Schwung geben.»

«Du hast doch schon genug ins Rollen gebracht.»

Teresa schluckte. Da war er, der Vorwurf. Vielleicht sollte sie einfach mal die Klappe halten. Es dem Kommissar überlassen, wie Leo schon vor Tagen vorgeschlagen hatte. *Du und ich spielen doch nur.*

«Tilda hat ziemlich früh gewittert, dass die Hankes ein Geheimnis haben. Und da kriegte sie den Tick mit dem Heilen. Fehler verbessern war ihr Ein und Alles. Sie wollte meinen Vater unbedingt wegkriegen vom Transentum. Das hat ihn fertiggemacht, weil er es versucht hat und dann doch wieder zu *Gerdi's* gerannt ist. Er fühlte sich durch Tilda noch viel mehr als Versager. Doch deswegen wird er sie nicht erschlagen haben.»

Er scharrte lauter denn je. «Hör auf», sagte Teresa, «erzähl mir lieber, wie dein Verhältnis zu Frau Dau ist.»

«Sie war wenig begeistert, als Charlotte mich anschleppte. Hab dir ja erzählt, dass Charlotte die Einzige von den Herrschaften war, die anders tickte. Jedenfalls bis sie in dieses Internat gekommen ist.»

«Hast du die Dau auch gepiesackt?»

«Ich hab ihr jedenfalls nie gedroht, sie in den Kanal zu werfen.»

Teresa setzte gerade an, ihn über Elisabeth auszufragen, doch da steckte Herlinde den Kopf zur Tür herein. «Gus, deine Mutter bittet dich, nach Hause zu kommen. Sie braucht deine Hilfe.»

«Hat sie angerufen?», fragte er. Woher sollte seine Mutter die Nummer haben? Im Telefonbuch stand die nicht. Er hatte sie jedenfalls vergeblich gesucht, als er Teresa seinen Vorschlag unterbreiten wollte, die *Große Freiheit* in ihrer ganzen Pracht kennenzulernen.

«Sie stand vor der Tür», sagte Herlinde.

«Wenn sie sich dazu aufrafft, dann ist die Kacke am Dampfen», sagte Gus und stand auf, um Herlinde nach unten zu folgen.

Wurzel. Zweig. Blatt. Ein Stück Rinde. Leo hängte den Rahmen mit der Rinde neben das Auge. Elisabeth lag gut im Rennen mit den Zeichnungen.

Sie hatte schon mit dem dritten Zyklus begonnen: *Schreibutensilien.*

Füllfederhalter. Tintenfass. Bleistift. Spitzer.

Einen alten Füller von Montblanc hatte sie als Modell gekauft. Ihr Vater schien sie gut mit Geld zu versorgen. Wenn Leo bei ihr war, kochten sie nicht, gingen stattdessen in ein Lokal, von denen es viele am Grindel gab. Und wenn das Leo auch verlegen machte, meistens bezahlte Elisabeth.

«Ich habe wenig Lust, darauf zu verzichten, nur weil du keine Kohle hast», hatte sie gesagt und an ihrem Armband mit den bunten Glasperlen gedreht.

Doch heute war er zu Hause, stand an seinem Fenster und sah Gus über die Straße flitzen. War der schon wieder oben bei Teresa gewesen?

Konnte er doch eigentlich froh drüber sein. Dann war Teresa abgelenkt und verschwendete nicht so viele Gedanken an ihn. Vielleicht lag das an seiner Grundstimmung, dass es ihn nicht freute. Er hatte doch schon im Sommer geahnt, dass ihn das Haus im späten Herbst trübe machen würde.

Gus war in der Klinkerschnitte verschwunden. Leo blickte zu den Fenstern im zweiten Stock. In einem der beiden war helles Licht. Bei Gerda Dau war es eher düster. Sie hatte wohl nur eine kleine Lampe an und das Teelicht im Fenster, von denen immer eines brannte seit dem ersten November.

Leo sah auf sein Handy, das auf dem Schreibtisch lag. Erst kurz nach halb sieben. Noch Zeit genug, um zu Gerda Dau zu gehen.

Er griff nach seinem Norwegerpullover und sprang zwei Stufen auf einmal die Treppe hinunter. Kurz entschlossen.

«Bist du heute Abend da?», fragte Herlinde aus der Küche.

«Ich geh nur mal zu Gerda Dau rüber.»

«Es gibt erst um acht essen. Dein Vater kommt später.»

Leo gab einen zustimmenden Laut von sich und ging zur Garage. Klingelte an der Tür, hörte eines der Fenster aufgehen und guckte hoch.

Lag es am Licht, dass Frau Dau so fahl aussah?

«Ich bin's. Leo. Wollte mal gucken, wie es Ihnen geht.»

«Bevor du hochkommst, könntest du mal durch die Garage gehen, ob alles in Ordnung ist? Ich hab mich nicht getraut.»

Der Summer ertönte, und Leo drückte die Tür mit dem schmiedeeisernen Gitter vor geriffeltem Glas auf. Was war denn nun wieder los?

Gerda Dau stand oben auf der Treppe vor ihrer Tür. Nur die Neonröhre über dem Aufgang leuchtete. Die anderen drei lagen im tiefen Dunkel. Waren die Röhren in der Garage alle gleichzeitig kaputtgegangen? Dann würde auch Thomas Schwierigkeiten haben, wenn er nachher den Volvo hineinfuhr.

«Ich habe hier eine Taschenlampe.»

Sie ging ihm zwei Stufen entgegen und hielt ihm eine alte Taschenlampe hin. Das würde keine große Erleuchtung geben.

«Was ist denn mit den Röhren los? Seit wann funktionieren die nicht mehr?»

Thomas hatte das Auto erst am Vormittag aus der Garage geholt, da war er vermutlich mit dem Tageslicht ausgekommen.

«Ich hab es eben erst bemerkt, als wieder die Flöte zu hören war. Nur aus der Garage. Diesmal nicht draußen vor dem Haus.»

Vielleicht hatte Leo darum nichts gehört. Oder litt Gerda Dau doch unter Verfolgungswahn? «Die Blockflöte?», fragte er.

«Glaubst du, dass ich verrückt werde?»

«Nein», sagte Leo. Vielleicht war es eine Art Tinnitus, dass sie Geräusche hörte und als schiefe Flötentöne wahrnahm. Er leuchtete die Garage ab. Nahm die beiden oberen Kartons vom Stapel, um die Tür des Kabuffs zu sehen, von dem Thomas ihm erzählt hatte. Tatsächlich. Eine niedrige Tür, die aus alten Brettern zusammengenagelt worden war. Dann das Brett mit den Gartengeräten. Die Gartenschläuche darunter. Ein Kanister stand da. Voll. Hatte Thomas endlich mal beherzigt, einen gefüllten Reservekanister im Kofferraum zu haben? Warum hatte er den denn nicht dabei? «Kennen Sie den Benzinkanister hier?», rief er Frau Dau zu.

Gerda Dau wusste von keinem Kanister.

Er stieg die Treppe hoch und gab ihr die Taschenlampe.

«Vielleicht will mich einer abfackeln», sagte Gerda Dau.

Leo schüttelte den Kopf. «Ich nehme an, mein Vater kann das aufklären.»

«Ich hab Kakao gemacht. Darf ich dir davon anbieten?» Sie schloss die Tür hinter ihm und drehte das Schlüsselbund um, das erschlankt war. Hatte sie damals nicht auch Kakao gemacht, als Tilda da war und Johannes verschwand? Gerda Dau trug eine große Steingutkanne heran. Nahm dazu passende Tassen aus der Eckvitrine. Weiß-blau. Friesisch.

Die Gelegenheit wahrnehmen. «Kommen Sie aus dem Erzgebirge?»

Frau Dau sah ihn erstaunt an. «Ach, die Bilder», sagte sie, «die sehe ich gar nicht mehr. Die waren schon hier, als ich kam. Wie der Schiffskoffer im Kabuff.»

Von der nordfriesischen Küste kam sie. Dagebüll.

«Es war die Blockflöte», sagte Gerda Dau. «Kein Lied. Nur wieder die schiefen Töne. Wer will mir denn damit was sagen?»

«Wer weiß davon, dass Tilda an jenem Nachmittag Flöte gespielt hat?»

«Alle. Die Familie. Die Kriminalpolizisten. Die Nachbarn.»

Leo trank von dem heißen süßen Kakao und schielte auf die Kanne. Hatte Herlinde gesagt, was es heute zum Abendessen gab?

«Warum so viele?», fragte er.

«Da konnte ich noch drüber sprechen. Hab auch gehofft, dass einer was weiß und darum jedem erzählt, was gewesen war an dem Nachmittag.»

«Haben Sie Tilda nach diesem Nachmittag noch mal gesehen?» Ihm fiel zu spät ein, dass sie es gewesen war, die die tote Tilda im Kanal gefunden hatte. Frühmorgens. Eine Woche vor Leos achtzehntem Geburtstag.

«Außer an dem Morgen im Kanal, meinst du. Ich habe sie auf der Straße gesehen. Sie war ja mit dem Jungen von gegenüber befreundet. Gustav. Der hat die Charlotte oft besucht. Auch in dem halben Jahr, als die Familie da noch wohnte. Doch da durfte ich nicht mehr hinein in das Haus. War immer nur hier in der Remise, bis sie ausgezogen sind und ich ein Auge auf alles haben sollte und die Wäsche im Garten aufhängen durfte.»

Frau Dau schenkte nach. Sie war nicht mehr so fahl. Ihr Gesicht hatte sich gerötet. Vom Kakao vielleicht. Doch vor allem von seiner Gesellschaft. Klar und sachlich konnte sie sein und dann wieder völlig neben der Kappe.

«Ich hab Ihnen doch meine Handynummer gegeben. Versprechen Sie mir, mich anzurufen, wenn Sie die Flöte wieder hören? Ich bin dann in einer Minute da.» Wenn er nicht in der Schule war. Doch die Flöte schien die Dunkelheit vorzuziehen. Vielleicht wäre er gerade dann bei Elisabeth.

«Ich danke dir, Junge. Du bist mir wirklich eine Stütze.»

Als Leo in den kleinen Flur trat, sah er einen Karton mit hundert Teelichtern auf dem Fußboden stehen. Acht Stunden Brenndauer. Gastronomiebedarf.

Een Boot is noch buten.

Elisabeths Anruf erreichte ihn vor der Garage.

«Ich bin fertig mit dem Füllfederhalter», sagte sie. «Kommst du morgen?»

Vielleicht kam er noch heute Abend. Nach dem Essen.

Ob er es vorschlagen sollte?

Da war nur die Schule, die dagegensprach. Elisabeth schätzte es nicht, früh wach zu werden. Nicht, wenn sie endlich Schlaf gefunden hatte.

Leo entschied, zu Hause zu bleiben.

Sein Vater hatte in der Zimmerecke gestanden und gezittert. «Er kann nicht mehr», hatte seine Mutter gesagt. «Ich kann nicht mehr», sagte sein Vater.

Der Vater fing an zu schluchzen. Ein verzweifeltes Kind.

«Er hat einen Nervenzusammenbruch. Was machen wir nur mit ihm?»

Seine Mutter schlug die Hände vors Gesicht und trat neben den Vater.

Was war mit Gus? Was machten seine Eltern mit *ihm*? Er war gerade sechzehn Jahre alt. Noch nicht erwachsen. War es das erste Mal, dass Gus infrage stellte, was ihm geschah? Er wurde missbraucht. Oder?

Gus brachte die Milch zum Kochen und gab den Grieß dazu. Zucker, Butter und Ei. Zimt. Gut verrühren. Er servierte den Grießbrei heiß in tiefen Tellern.

Der Brei hatte ihre Nerven schon oft beruhigt.

Mutter und Vater setzten sich an den Tisch. Noch kleine Schluchzer, doch sie aßen. Kannte der feine Leo das? Eltern als Kinder? Gus sah zu den Fenstern des Eckzimmers. Dahinter lebte Leo. Lernte für sein Abitur.

Gus ging zur Stadtteilschule. Er hatte alle Chancen. Wenn man ihn ließe. Ihn einfach in Ruhe ließe. Hatte er nicht mal zu Teresa gesagt, er sei *total clever*? Mindestens das. Gus blickte zu seinem Vater. Dem großen Mann, der in seiner gebeugten Haltung saß. Den Grießbrei löffelte. Seine Mutter mit ihrem Kaninchenfell. Viel gerader als der Vater, doch deutlich kleiner.

Hatte sie gewusst, als sie ihn kennenlernte, was ihrer beider Schicksal war?

Und sich dennoch für ein Kind entschieden? Dem sie die Last aufluden.

Seine Mutter war nie den Weg zur *Großen Freiheit* gegangen, hatte sich nie ins *Gerdi's* getraut. Seit zwei Jahren schickte sie Gus.

Seit Rüdiger aufgekreuzt war und Gus' Vater zu seiner großen Liebe erklärte. Eine Zeit lang hatte er noch stillgehalten. Zugelassen, dass der Vater bei seiner Familie lebte. Doch jetzt drohte Rüdiger mit Verrat.

«Ich lasse alles platzen.» Gus wurde schlecht, wenn er an die Nacht vor einigen Wochen dachte, an dem Rüdiger ihm das zugeraunt hatte.

«Ich lasse alles platzen, wenn Siro nicht mit zu mir kommt. Hör auf, ihn abzuholen. Findet euch endlich ab, dass wir uns lieben. Ich hänge sonst alles an die ganz große Glocke.»

Gus hatte es der Mutter verschwiegen. Doch sein Vater wusste es. Der wurde schon lange einer Gehirnwäsche unterzogen. Von Rüdiger. War das der Grund für die Nervenkrise? Sollte er nach anderen Gründen fragen? Ein Risiko. Sie hatten sich gerade beruhigt.

«Von Kommissar Keller gibt es keine Neuigkeiten?», fragte er dennoch.

Seine Mutter senkte den Kopf. Das eine Augenlid seines Vaters zuckte.

Nichts Neues vom Kommissar. Ein Damoklesschwert, das über ihren Köpfen schwebte. Der Dreifuß wurde noch weiter untersucht. Ein harmloses Schusterwerkzeug. Das Damoklesschwert eignete sich besser zum Töten.

Thomas wusste nichts von einem gut gefüllten Benzinkanister. Leo sah ihm das an, kaum dass er seine Frage gestellt hatte.

«Was hat das zu bedeuten?», fragte Herlinde.

«Jemand will Gerda Dau Angst einjagen.»

«Wenn er Feuer legt, will er sie umbringen.»

«Dann stünde dort nicht der Kanister als Drohung.»

«Vielleicht ist das der erste Schritt», sagte Herlinde. «Als Zweites wird dann das Benzin verteilt und angezündet.» Sie sah Thomas und Leo an, die beide vor dem großen Schreibtisch standen. «Lasst uns Teresa nicht beunruhigen damit.» Ihr Blick bat um Einverständnis.

«Das dürfen wir ihr nicht verschweigen. Ich denke, dass alle aufpassen sollten. Auf das kleinste Zeichen achten. Irgendwas kündigt sich an.»

«Ich stimme Leo zu. Dein Kommissar sollte auch informiert sein.»

«O Gott», sagte Herlinde, «und ich denke über Adventskränze nach.»

«Es kann doch nur mit dem Kleinen zusammenhängen.»

«Könntet ihr euch vorstellen, dass Gus dahintersteckt?», fragte Leo.

«Nein», sagte Herlinde.

«Warum sollte er das?», erwiderte Thomas.

«Ich denke, dass er ganz schön aggressiv sein kann.»

«Was lässt dich das denken?»

Hatte Leo nicht schon mal gedacht, Gus sähe aus wie ein Gangster?

Doch ihm war auch ein Satz im Ohr. Von wem gesprochen? Gerda Dau?

«Es ist was Seltsames an diesem Gus», sagte Leo.

Eine Weile lang hoffte Gerda Dau, dass sie nur träumte. Doch sie lag längst wach. Kein Traum. Die Töne waren wahr. Was hatte sie getan, dass sie so gequält wurde. Noch einmal weggegangen an jenem Novembertag. Kleine Einkäufe fürs Abendbrot. Nur für sich und die Kinder. Deren Eltern wieder unterwegs. Der Kleine hatte doch friedlich am Küchentisch gesessen und war in seine Bastelei vertieft gewesen, als sie gegangen war. Charlotte oben in ihrem Zimmer. Tilda, die ihr Nachhilfe gab.

Voller, die Töne. Wer immer die Flöte spielte, er bekam Übung darin. Wenn er auch längst noch nicht gut war. Charlotte war es nie gelungen, die Finger auf acht Löcher zu legen und den tiefen Ton zu treffen. Die Tonleiter. C-Dur.

Hatte Gustav auch mal auf der Flöte gespielt? Den Federballschläger hatte Charlotte ihm geliehen. Diese komischen Rollschuhe. Auch die Flöte?

Gerade war wieder ein Ton abgerutscht. Ganz ins Schräge gerutscht. Dann war es still. Gerda Dau hörte nur noch ihr Herz klopfen. Doch sie regte sich nicht so sehr auf wie beim ersten Mal. Eine Tablette mehr hatte sie heute Abend genommen. Vielleicht lag es daran. Sie stand auf. Ging zum

Telefon. War wacklig auf den Beinen. Nein. Es war noch nicht vorbei. Neue Töne.

Es war schon fast fünf. Dennoch zu früh, den Jungen anzurufen. Sie blickte zu Leos dunklen Fenstern. Die Töne kamen unten aus der Garage, zu ihm gelangten sie wohl kaum. Oder er schlief zu fest. Hörte er das Läuten des Telefons? Zweimal. Dreimal. Dann sprang die Mailbox an.

Gerda Dau hinterließ keine Nachricht. Was half ihr das denn? Sie legte auf.

Als sie ihre Tür öffnete, war es wieder still da unten. Nur die kurze Röhre bei ihr oben flackerte. Zwei Drittel der Treppe lagen im Dunkel.

«Hallo», sagte Gerda Dau nicht laut genug. «Bitte. Wer ist da?»

Das Zischen eines Streichholzes. Hatte Leo nicht von einem vollen Kanister gesprochen? Sie stieg die Stufen hinunter, bis sie zu den unbeleuchteten kam. Ein leichter Schwefelgeruch lag in der Luft. Das Streichholz. Kein Feuer. Noch nicht. Sie tastete sich weiter nach unten. Stieß gegen etwas und fiel ins Leere. Noch so viele Stufen.

Einen Gedankensplitter lang dachte Gerda Dau, dass es doch gut wäre, immer weiter zu fallen und das Leben hinter sich zu haben.

Leo hatte das Klingeln des Handys in seinen Traum eingebaut. Doch von da an schlief er schlecht und wälzte sich schließlich wach. Die Decke hing halb auf den Dielen, das Handy lag darunter. Er hob es auf und sah die SMS von Elisabeth. *Hundemüde. Ich gehe jetzt auch ins Bett. Tintenfass angefangen. Hdl.* Die Nachricht war um halb zwei eingegangen. Leo hörte seine Mailbox ab. Ein entgangener Anruf. Vier Minuten vor fünf. Atmen. Aufgelegt.

Er sprang aus dem Bett und ging zum Fenster. Drüben war Licht. Hatte sie einen Hilferuf losgelassen? Er rief ihre Nummer an. Das Telefon läutete.

Nach dem achten Mal schaltete Leo aus und zog die Jeans an. Fand die Schuhe endlich. Griff den Pullover. Nahm das Handy und suchte nach der Taschenlampenfunktion. Er hatte vor, Thomas nicht zu wecken, sollten dessen Schlüssel auf dem Fenstersims neben der Haustür liegen.

Die Garage lag im Dunkeln. Einzig bei Frau Dau waren die Fenster hell.

Leo zog die Luft tief ein, als er das Garagentor öffnete. Glaubte, eine Spur von Brandgeruch wahrzunehmen. Die Neonlampe oben an der Treppe flackerte sich gerade zu Tode. Er leuchtete den Zementboden Schritt für Schritt ab. Bis er vor Gerda Dau stand.

Wann war ein Mensch tot? Wenn er stocksteif dalag? Nicht ansprechbar war, auch wenn er den eigenen Namen hörte? Laut hörte?

Leo trat an die Treppe. Traute sich nicht, sie anzufassen. Betätigte den Notruf seines Handys. Rief seinen Vater an. Frau Dau schlug die Augen auf. «Alles gut», sagte Leo und horchte den blödsinnigen Worten nach. «Nicht bewegen.» Er lächelte sie an.

«Gestürzt», sagte Gerda Dau, «die Treppe so dunkel.»

«Glauben Sie, dass jemand in der Garage war?»

«Flöte», sagte sie. «Ein Streichholz auch. Der Kanister.»

Blaulicht flackerte vor dem Garagentor.

Als Teresa in die Garage trat, lag Frau Dau schon auf der Trage. Eine Nadel im Arm. Einen straffen Verband quer über Brust und Schulter. Einer der Sanitäter hielt die Infusionsflasche. «Schulterluxation», sagte der Notarzt, «mal gucken, was wir sonst noch finden. Wird schon wieder werden.»

Herlinde sagte später, dass sie das zu flapsig gefunden hätte. Thomas, Leo und Teresa hatte es einfach nur gutgetan.

Herlinde und Thomas waren beide da, als der Kommissar am Vormittag eintraf. In der Garage gab es kaum noch Spuren der frühmorgendlichen Rettung. Die leeren Kanülen, eine Flasche, die Kochsalzlösung enthalten hatte, all das hatten sie zu viert eingesammelt, kaum dass Gerda Dau ins UKE transportiert worden war. Nur ein paar Papierfetzen von den rasch aufgerissenen Verbandspäckchen lagen noch vor der Treppe.

Leo war nach dem Aufräumen in die Dau'sche Wohnung gegangen, hatte die Lampen dort ausgeschaltet und das Teelicht im Fenster löschen wollen, doch das war schon ausgebrannt. Er hatte die Tür abgeschlossen, die Schlüssel eingesteckt und sich dann den Weg nach unten geleuchtet.

Die Garage lag wieder in tiefer Dunkelheit, seit die Sanitäter mit ihren kleinen Scheinwerfern abgezogen waren.

Thomas hatte am Tor gestanden und einen Lichtstrahl von seiner Taschenlampe zu ihm geschickt. «Den Verteilerkasten gucke ich mir bei Tageslicht an», hatte er gesagt, «es ist kaum vorstellbar, dass drei Röhren gleichzeitig kaputtgehen.»

«Die kleine vor der Tür oben hat noch geflackert, als ich kam.»

«Die gehört auch zu einem anderen Stromkreis. An dem hängen alle Geräte und Lampen von Frau Dau.»

Sie waren in ihre Küche gegangen, um Kaffee zu kochen. Wach werden für den Tag, der unglücklich begonnen hatte und auch um sieben Uhr morgens noch tiefschwarz vor den Fenstern hing.

Teresa und Leo waren zu ihren Schulen aufgebrochen.

Kommissar Keller sah sich um. Thomas hatte beide Flügel weit geöffnet, um das Tageslicht in die Garage zu lassen. Glaubte Keller ihnen, dass da ein Kanister mit Benzin gestanden hatte? Da, wo nur noch ein Streichholz lag? Keller seufzte. «Sie glauben, der Kanister habe da nur zur Androhung einer Brandstiftung gestanden? Als Angstmache?»

«Ich weiß nicht, ob Ihnen bekannt ist, dass es im Sommer einen Einbruch bei Frau Dau gab. Sie hatte eine Platzwunde am Kopf. Von einem Schlag. Ihre Kollegen glaubten, sie sei hingefallen und danach verwirrt gewesen. Doch vielleicht sollte sie damals schon eingeschüchtert werden. Es gab keine weiteren polizeilichen Untersuchungen.»

«Ist bei diesem Einbruch etwas gestohlen worden?»

«Sie hat nie davon gesprochen, dass etwas fehlt», sagte Herlinde.

«Glauben Sie, dass Frau Dau eine Demenz entwickelt?» Er wandte sich Herlinde zu, als sei dies eher ein Thema für eine Frau.

«Ich glaube, dass alles zu viel für sie ist. Der kleine Junge, der in ihrer Obhut war und verloren gegangen ist. Tildas Tod.»

«Und immer war sie am nächsten dran», sagte Keller. «Könnte dieser Kanister nicht von ihr inszeniert worden sein? Vielleicht gefällt es ihr, die Opferrolle einzunehmen?»

«Ich habe eher den Eindruck, dass hier ein Täter ist, dem die letzte Konsequenz fehlt. Er droht. Er quält. Doch er tötet dann nicht.»

Keller sah Thomas an. «Tildas Tod war Ihnen nicht konsequent genug?»

«Sie missverstehen mich, Herr Keller. Tildas Tod ist entsetzlich. Doch heute Nacht wäre es ein Leichtes gewesen, die Garage in Brand zu setzen und Frau Dau in den Flammen sterben zu lassen. Stattdessen wird ein Kanister dort abgestellt, um später wieder entfernt zu werden. Der Treppensturz von Frau Dau ist wohl den kaputten Neonröhren geschuldet und Gott sei Dank noch einigermaßen glimpflich ausgegangen.»

Thomas hatte seine Stimme erhoben, wie es vorher Keller getan hatte. Was veranstalteten sie hier? Einen Hahnenkampf? Er wandte sich ab, weil ihm der Verteilerkasten eingefallen war.

Der Hauptkommissar sah Herlinde an, als ob er ein Pferd satteln wollte, um mit ihr zu fliehen. Herlinde schüttelte leicht den Kopf. *Sie tun sich und mir keinen Gefallen*, sagte ihr Blick.

«Kommen Sie doch bitte mal her, Herr Keller.»

Der Kommissar und Thomas sahen gemeinsam in den Verteilerkasten.

«Die Sicherung fehlt. Die für die Garage.»

«Wer könnte sie herausgedreht haben?», fragte der Kommissar.

«Derjenige, der den Kanister abgestellt hat», sagte Thomas, «und auch noch schiefe Töne auf der Blockflöte erzeugt.»

Keller zog die Augenbrauen hoch. «Sie glauben an die Blockflöte?»

«Mein Sohn hat die Flöte auch gehört», sagte Thomas, «und er ist weder dement, noch will er die Opferrolle einnehmen.»

Herlinde schlang die Arme um ihren Oberkörper. Ein kalter nebliger Tag, an dem sie vor einer Garage stand und zwei Männern zuhörte, die sich gerade voreinander aufbliesen. «Können wir vielleicht mal in die Küche gehen?», fragte sie. «Ich setze einen Kaffee auf.»

Wie lang dieser November war. Dreißig Tage. Gab längere Monate, doch dieser kam ihr endlos vor. Gerda Dau strich über die Bandage, die ihre ausgekugelte Schulter fixierte. Es war so schmerzhaft gewesen, sie wieder einzurenken, trotz der starken Betäubung. Vielleicht war sie zu sehr gewöhnt an diese kleinen Helfer, die sie *duun* sein ließen, wie ihr Vater es genannt hätte. Nicht ganz bei sich. Weggetreten. Verloren, dachte Gerda Dau. Doch was wäre ohne die Tabletten. Dann könnte sie nicht leben.

Leo war hier gewesen und hatte ihr die Schlüssel gebracht. Bei den Schwestern eine Vase für die Blumen besorgt. Neben ihrem Bett gesessen. Ein guter Junge. Johannes würde auch mal so werden.

«Darf ich eine davon haben?», fragte Leo, als er die Studien zum Tintenfass betrachtete. Ihm schien, dass Elisabeth mit jeder Zeichnung genialer wurde.

«Warte erst den Spitzer ab», sagte sie, «der wird noch raffinierter.»

Sinnesorgane. Pflanzenteile. Zeichengeräte.

«Hast du schon das Thema für den nächsten Zyklus?»

«Was hältst du von *Teezeremonie*? Ich habe erst an die japanische gedacht und mich da eingelesen. Doch die ist mir zu kompliziert.»

Leo war mit den Studien für Füllfederhalter und Tintenfass an das Fenster getreten und sah jede einzelne an. «Und nun denkst du doch eher an die ostfriesische? Was wären denn das für Utensilien?»

«Teedose. Kanne. Tasse. Zuckerzange.»

«Oder du nimmst *Galanteriewaren.*»

«Was soll das denn sein?»

«Hab ich aus dem Deutschunterricht. Goethe und seine Zeit. Heute würde man modische Accessoires sagen. Schals zum Beispiel.» Leo blickte auf das Blatt in seiner Hand. Es fiel ihm erst auf den zweiten Blick auf, was ihn daran beklommen machte. «Das ist Tildas Schal», sagte er.

Elisabeth sah ihm über die Schulter. «Das Blatt war dabei? Es ist jedenfalls mein Schal. Er ist mit meinem Bruder verschwunden. Mein Vater hatte mir den Schal aus London mitgebracht. Aus Banglatown im East End, dort, wo die Leute aus Bangladesch und Indien leben.» Ihre Stimme klang kühl. «Wie kommst du darauf, es könnte Tildas Schal sein?»

«Du hast recht», sagte er. «Diese Tränen sind größer. Das Muster wirkt gleichmäßiger, und die Fransen sind kürzer.»

Der Schal war vom Wasser vollgesogen gewesen, als er ihn zuletzt gesehen hatte. Er erinnerte sich an die nassen schwarzen Fransen, die ausgesehen hatten wie ein vorsintflutliches Getier.

«Was würde denn noch zu *Galanteriewaren* gehören?», fragte Elisabeth.

«Schuhspangen. Haarbänder. Fächer. Was die Frauen halt so hatten in Goethes Zeit. Tüchlein aus Spitze vielleicht noch.»

«Gar keine schlechte Idee. *Galanteriewaren.* Das Wort gefällt mir. Und es gäbe einen interessanten Bruch. Doch der Schal passt da nicht rein. Das Blatt hat in diesen Zyklen auch gar nichts verloren.»

Ihre Stimme klang wie eine zu straff gespannte Gitarrensaite.

«Wie kann dein Schal mit deinem Bruder verschwunden sein?» Leo hatte allen Schneid zusammengenommen für diese Frage.

«Von jenem Nachmittag an war er weg. Wie Johannes.»

Nun konnte man Schals liegen lassen. Anders als kleine Brüder.

Leo hatte das sagen wollen. Doch er hielt diesen wenig behutsamen Satz zurück, als er sah, dass sich Elisabeth an ihren Zeichentisch setzte, den Kopf auf ihre überkreuzten Arme legte und zu weinen anfing.

«Warum hast du den Schal gezeichnet?», fragte er nur noch.

«Zur Erinnerung», erwiderte Elisabeth leise.

Herlindes Stimmung war heiter, obwohl die Adventszeit noch längst nicht begonnen hatte und der Totensonntag bevorstand. Herlinde liebte die Zeit des weihnachtlichen Krimskrams und der kleinen Kostbarkeiten.

In den letzten Jahren hatte sie zu viel zu tun gehabt, um sie zu genießen. Dass es in diesem Jahr nicht so war, schien ihr das einzig Gute an ihrer Arbeitslosigkeit. Die Angebote hatten von einem Tag zum nächsten aufgehört, seit Thomas der Versorger war. Versuchte sie nicht mehr so eifrig, an die kleinen Rollen zu kommen?

Sie ging über den Markt, an dessen Gärtnerständen die Trauergestecke bald von den adventlichen Kränzen abgelöst werden würden.

Rote Kerzen auf dem Kranz. Die klassische Weihnachtsfarbe. Ob sich Gerda Dau über einen freuen würde, oder quälte sie das eher? Die Lichter, die sonst in ihrem Fenster standen, waren wohl kaum der Atmosphäre wegen da. Was hatte Leo erzählt? *Een Boot is noch buten.*

Frau Dau würde noch eine Woche in der Klinik sein. Sie war einfach zu hilflos mit dieser Bandage um ihre Schulter, und die Prellung der Rippen und die Hautabschürfungen sollten auch erst abheilen.

Herlinde war fest entschlossen, Freude in ihrer aller Leben zu bringen. Vorweihnachtliche Freude. Es durfte nicht sein, dass ihnen das Haus ein schwarzes Tuch der Trauer überstülpte. Sie wollte weder Tildas Tod verdrängen noch das Verlorengegangensein des kleinen Johannes. Doch die erste Weihnachtszeit mit ihrer neuen Familie sollte ihr glücken.

Herlinde kaufte Orangen ein, kleine rot glänzende Äpfel, die ersten Nüsse.

Die Frau neben ihr kaufte auch Orangen. Herlindes Lächeln erwiderte sie, doch es sah angestrengt aus. Dass sie danach zu der kleinen Parkbucht am Spielplatz hinter dem Markt ging und dort in einen alten silbernen Citroën mit schwarzem Dach stieg, sah Herlinde nicht.

«Leo ist heute aushäusig?», fragte Thomas, als er sich zu ihr setzte.

«Ich nehme an, er ist bei der kultivierten jungen Frau, die dir gut gefällt», sagte Herlinde. Sie sah ihn von der Seite an.

Thomas nickte und betrachtete die große Glasschale mit den Nüssen und den Äpfelchen, die auf dem Beistelltisch neben dem Sessel stand.

«Ich freue mich, dass du die gemütliche Zeit einläutest.»

«Obwohl noch nicht Totensonntag gewesen ist.»

«Ihr Protestanten seid so streng», sagte Thomas.

«Beehrt uns denn Teresa und isst mit uns zu Abend?»

«Das tut sie doch jeden Tag.»

«Könnte ja sein, dass sie inzwischen zu Gus gezogen ist.»

Herlinde stand vom Schreibtisch auf und strich ihre Hände über die Hüften, als ob sie den Stoff ihres Kleides glätten müsste. «Da interpretierst du was falsch», sagte sie. «Teresa und Gus klammern sich aus Not aneinander. Er ist durchaus auch ein witziger Kerl, sogar geistreich. Obwohl er aussieht, als ob er eine Straßengang anführe. Doch Teresas Liebe ist er nicht. Du willst nur von deinem Leo ablenken.»

«Mein Leo. Meine Teresa. Meine Herlinde.»

Herlinde lächelte. «Es gibt Grünkohl. Heute auf dem Markt gekauft.»

«Das wird Leo bedauern, den zu verpassen.»

«Ich kann ihm was aufbewahren. Ist genug da. Geh mal

zu Teresa in den Turm und sag ihr, dass wir schon um sieben essen. Sonst liegen Kassler und Wurst die ganze Nacht im Magen.»

«Wir könnten ja den jungen Mann aus der Notgemeinschaft zum Grünkohl bitten. Was meinst du?»

«Gus?» Herlinde zögerte. «Nein», sagte sie dann. «Heute Abend hätte ich es gerne mal total entspannt.»

War es der deftig angerichtete Grünkohl, der ihn in der Nacht wach werden ließ? Thomas horchte. Nein. Da schlug etwas gegen eine Tür. Was war da lose oder konnte sich gelöst haben? Ihm fiel nichts ein.

Er drehte sich zu Herlinde und hörte ihre tiefen gleichmäßigen Atemzüge. Da wieder. Ein loser Gegenstand, der heftigen Widerstand zu finden schien, wenn er es im Schlafzimmer hörte. War das Garagentor nicht geschlossen? Das klänge anders. Er hatte die Scharniere geölt, doch die Angeln gaben noch immer ein ganz spezielles Geräusch von sich.

Er erinnerte sich an Leos Worte. *Ich denke, dass alle aufpassen sollten. Auf das kleinste Zeichen achten. Irgendwas kündigt sich an.*

Thomas stand leise auf und öffnete die Tür zum Flur. Kalt war es dort. Im Arbeitszimmer stand eines der Fenster auf. Er hatte wohl vergessen, es zu schließen, nachdem er am späten Abend noch mal gelüftet hatte.

Er beugte sich aus dem Fenster, bevor er es schloss. Im Garten war nichts zu sehen. Der Kanal lag schwarz und still. Auch auf der Straße jenseits des Kanals nur nächtliche Ruhe. Doch da hörte er es wieder. Ein Gegenstand schlug gegen das Garagentor. Vielleicht hatte sich nebenan auf einem der Grundstücke ein Gartengerät oder ein Blumentopf selbstständig gemacht. Bei ihnen standen nur noch die Friesenbank und der Tisch auf der Terrasse. Beides schwer und von der Persenning bedeckt. Thomas tappte barfuß und im Dunkeln die Treppe hinunter.

Im Flur nahm er den Trench von der Garderobe, zog ihn an und fuhr in die Slipper. Er griff seine Schlüssel vom Fenstersims und trat aus dem Haus, um sich von vorne der Garage zu nähern.

Thomas war gerade um die Ecke zum Garten eingebogen, als ihm ein großer leerer Eimer entgegenwehte. Er nahm ihn und guckte zur Garage hinüber. Dort war alles ruhig, nachdem er den Störenfried am Henkel genommen hatte. Thomas nahm den Eimer mit ins Haus und stellte ihn unten im Flur ab. Oben war Licht. «Nur ein leerer Eimer, der gegen das Tor schlug», sagte er zu Herlinde, die an der Treppe stand.

Den Körper, der an der alten eisernen Laternenstange neben der Garage hing, hatte Thomas nicht gesehen.

Noch halb im Schlaf tastete sie nach ihm. Das Bett neben ihr war leer. Sie setzte sich auf und wusste schon vom Unheil.

Gus ließ sich nicht wecken. Er hatte die Flasche mit dem Baldrian an den Hals gesetzt, nachdem er zu lange dem Weinen zugehört hatte.

Seine Mutter griff nach dem geblümten Morgenmantel ihres Mannes, der wattiert war und wärmer als der eigene, und schlüpfte in die Latschen. Was trieb sie an, die doch immer die schwierigen Wege gescheut hatte? Welche innere Stimme wies ihr jetzt den Weg?

Vielleicht war es nur die tief verankerte Erinnerung an einen Satz von Siro. Dass er schon einen Baum finden würde, an dem er sich aufhängen könnte.

Gus' Mutter ging zu der hohen Weide, die auf dem Nachbargrundstück des Hauses gegenüber stand. Kam an der Garage vorbei. Und da sah sie ihn, Siro Hanke, der seinem Leben an der Stange mit der verschnörkelten Halterung ein Ende bereitet hatte. Der Stange, die vor hundert Jahren für eine prächtige Gaslaterne dort angebracht worden war.

Sie streichelte lange und behutsam seine Beine, die noch in der dünnen Schlafanzughose steckten. Seine eiskalten nackten Füße. Sie guckte nicht nach oben zu seinem Gesicht. Gus' Mutter ging langsam ins eigene Haus zurück. Ahnte nicht, dass die Jochmann hinter der Gardine stand und ihr in dieser Herrgottsfrühe zusah. Es wäre ihr auch egal gewesen.

Sie stieg in den zweiten Stock hoch und drückte die Tür auf, die nicht ins Schloss gefallen war. Sie fand den Zettel, den sie vorher übersehen gehabt hatte. Kein Geständnis. Kein Schuldbekenntnis. Nur ein karierter Zettel mit Rand. Als hätte er ihn aus Gus' Mathematikheft gerissen.

Es ist alles zu viel geworden. Verzeiht mir.

Sie las den Zettel, und ihr gelang schließlich, Gus zu wecken.

Er war es, der dann erst die 110 anrief.

Teresa ging nicht in die Schule. Sie saß im Turm und wartete auf Gus. Der Kommissar war drüben bei Hankes. Sie hatte ihn kommen sehen, als sie im leeren Garten stand, um zum Kanal zu gehen. Was wollte sie da? Eine stille Andacht für Tilda halten und für Siro Hanke? Schließlich hatte sie doch nur zu der Eisenstange geblickt, an der Gus' Vater gehangen hatte.

Auch Thomas war zu Hause geblieben, um sich für Fragen bereitzuhalten. Doch viel zu erzählen hatte er nicht. Den Eimer schon den Leuten von der Kriminalpolizei übergeben. Der Eimer, auf den sich Siro Hanke gestellt hatte, um ihn dann wegzustoßen und dem Wind zu überlassen.

Das war mehr, als ein Haus, ein Garten und die Menschen darin aushalten konnten. An diesem Morgen am Küchentisch waren sie sich alle drei einig, das Haus zu verlassen. Nur Leo wusste noch nichts. Er war von Elisabeths Wohnung in seinen Bildungstempel gegangen, wie Gus gesagt hätte.

Der Kommissar kam zu ihnen und fand Herlinde allein in der Küche vor.

Thomas war im Arbeitszimmer. Teresa noch immer im Turm.

Keller fragte, wie Herlinde es länger in diesem Haus aushielte. Ihr war nicht klar, ob er ihr nahelegte, umzuziehen oder mit ihm davonzugehen. Sie war froh, dass Thomas in die Küche kam.

«Gab es denn irgendeinen Verdacht gegen Herrn Hanke, dass er derart unter Druck stand?», fragte Thomas.

«Verdacht ja. Beweis nein», sagte Keller.

Es ist alles zu viel geworden. Verzeiht mir.

Am Nachmittag setzte sich Teresa in Leos Zimmer auf die Fensterbank. Behielt das Klinkerhaus gegenüber im Blick.

Leo war erst am frühen Abend angesagt und würde ihr Eindringen gar nicht bemerken.

Als es schon dämmerte, ging eine Frau ins Haus, die Kaninchenfellhaare hatte wie Gus' Mutter. Eine halbe Stunde später kamen sie aus der Tür und gingen gemeinsam davon. Nur die Frauen. Kein Gus.

Teresa wartete nicht länger und stand bei Gus auf der Klingel.

«Ich weiche nicht», sagte Gus, «ich will wissen, was hier los ist.»

«Und deine Mutter?»

«Ihre Schwester hat sie abgeholt. Meine Tante. Die lebt in Schönwalde.»

Teresa wusste nicht, wo Schönwalde war, und sie fragte auch nicht.

«Willst du allein in der Wohnung sein?»

«Lass es mich versuchen», sagte Gus.

Hanne Jochmann hätte gern die *Todesfuge* gedichtet, doch das hatte Paul Celan schon viele Jahre vor ihr getan.

Wir schaufeln ein Grab in den Lüften, da liegt man nicht eng.

Sie hätte auch zu gern gewusst, was das Geheimnis der Hankes gewesen war. Nun waren sie alle weg. Der Mann. Die zwei Frauen. Nur Gus noch da.

Sie stellte ihm einen Adventsstern vor die Tür. Die gab es jetzt in den Läden.

Gus holte ihn rein und nahm sich vor, ihn zu gießen. Er ahnte nicht, dass er von der Jochmann war. Er hätte ihn dennoch nicht vertrocknen lassen.

Seine Mutter rief aus Schönwalde im Havelland an, um zu sagen, sie sei gut angekommen. Wenigstens sie war wieder in einer Obhut.

In der Nacht glaubte Gus, seine Eltern weinen zu hören. Er wollte nach wie vor nicht weichen. Weder den Vater in der Rechtsmedizin noch die Oma im Heim alleinlassen. Doch das hier hielt er nicht länger aus. Er musste sich einen anderen Platz suchen.

22. November. Der Tag, an dem Johannes verschwunden war. Vor zwei Jahren. Wer dachte daran? Gerda Dau. Elisabeth. Johannes' Mutter. Gus.

Johannes' Vater dachte auch kurz daran. Doch er hatte einen wichtigen Prozess in Berlin, wo er als Anwalt auftrat. Charlotte in ihrem Internat hatte das Datum von Anfang an vergessen wollen. Es war ihr gelungen.

Johannes' Mutter saß an diesem Donnerstag nicht weit entfernt bei ihrem alten Hausarzt. Der einzige von all den Ärzten, der ihr guttat. Er sprach lange mit ihr und versuchte, ihre Seele zu besänftigen. Zum Schluss setzte er eine Spritze. Zur Kräftigung. Die Inhaltsstoffe waren kaum mehr als Vitamine und Eisen, doch Frau zur Weide wollte daran glauben. Danach setzte sie sich in die silber-schwarze *Göttin* und fuhr davon. Was war mit der geschlossenen Abteilung in Brandenburg? Vermisste sie keiner?

Die Familie setzte sich an den Küchentisch und entschied schnell. Gus sollte Zuflucht im Turm finden. Selbst Leo stimmte unter dem Eindruck des tragischen Geschehens zu. Der zweite Punkt, über den zu entscheiden galt, wurde vertagt. Wieder einmal. Doch eigentlich wollten sie alle ein neues Zuhause, auch wenn der Zeitpunkt dafür noch immer ungeklärt blieb. Dass Gerda Dau vorerst nichts wissen sollte von der neuen Tragödie, darin waren sich Herlinde, Thomas, Teresa und Leo einig.

Herlinde setzte beinah verbissen ihre adventlichen Bemühungen fort.

Doch sie dekorierte noch nicht, sie putzte. Wollte die Last wegputzen.

Erklärte es mit dem heiteren Glanz, den sie herbeisehnte. Sie fing in den Dachkammern an und arbeitete sich nach unten vor. Im Turm hatte Thomas ein Klappbett aufgestellt, das er noch aus Kölner Zeiten besaß. Gus brachte das eigene Bettzeug für das Klappbett mit. Er kam nur zum Schlafen in den Turm, denn die Nächte in der elterlichen Wohnung ertrug er nicht.

Er war enorm verlegen und genauso dankbar gewesen, als ihm Teresa am Tag nach Siro Hankes Tod vorschlug, im Turm zu nächtigen. In der ersten Nacht lag er lange wach und suchte den kalten klaren Himmel nach Sternen ab. Er glaubte, Sirius zu entdecken. Den hellsten Stern am Himmel. Doch es war der Polarstern, den Gus da sah.

Am nächsten Vormittag wurde in Kommissar Kellers Sekretariat eine große braune Tüte aus festem Papier abgegeben, mit der Bitte, sie samt Brief an den Herrn Hauptkommissar weiterzuleiten. Der Praktikant, der sie annahm, stellte sie neben einem vollgestopften Regal ab, um die Akten nicht fallen zu lassen, die er gerade in den Händen hielt.

Dort geriet die große braune Tüte aus festem Papier erst einmal in Vergessenheit.

Die Urne trug ein hagerer Mann in Schwarz, der aussah wie *Uriah Heep*. Uriah Heep, wie er von Charles Dickens beschrieben worden war. Das fiel nur Thomas auf, der die englische Literatur des neunzehnten Jahrhunderts hoch schätzte und ganz besonders den Roman *David Copperfield*.

Eine kleine Schar, die der Urne über eine Wiese folgte, deren sumpfiger Boden leicht gefroren war. Gus. Seine Mutter. Seine Tante. Nicht die Großmutter, über deren Kräfte das gegangen wäre. Teresa, Thomas und Herlinde. Hanne Jochmann.

Ja. Die Jochmann war auch da. Nicht aus Neugierde, wie Gus annahm.

Es tat ihr leid. Jemand, der Gedichte schrieb, hatte eine empfindsame Seele. Der Mann tat ihr leid. Die Frau mit den flaumigen Haaren. Hanne Jochmann wunderte sich, wo die andere war. Die Aufgetakelte. Dass die gerade zu Grabe getragen wurde, hatte sie noch immer nicht durchschaut. Nur für Gus konnte sie kein Mitleid empfinden. Ihm blieb sie gram. In dem Augenblick, als die Urne in die kleine Grube versenkt wurde, entfuhr Hanne Jochmann ein nervöses Krrr-Krrr.

Der Kommissar erschien zu spät. Sie waren schon wieder den Weg zur Kapelle zurückgegangen. Er näherte sich Gus und seiner Mutter und gab bekannt, dass keine Spuren am Dreifuß gefunden worden waren, die auf Tilda und eine Täterschaft des Siro Hanke hingewiesen hätten. Sie hörten alle diese Nachricht, die Keller den Hinterbliebenen überbrachte, als sei sie ein Blumengebinde. Sein letzter Gruß.

In den nächsten Nächten war Leo nur noch bei Elisabeth. Geschah das wegen Gus' Anwesenheit im Haus? Keiner hinterfragte es.

Die abendliche Zusammenkunft am Küchentisch war für Gus keine Klippe mehr, er verfiel nicht in Einsilbigkeit, doch er war auch kaum gesprächig in diesen Tagen. Nach dem Essen stieg Teresa oft noch mit ihm in den Turm hinauf, um ein paar Gedanken auszutauschen, bevor sie in ihr Zimmer mit der hohen Stuckdecke und den zwei Fenstern ging, deren Vorhänge schon am Nachmittag zugezogen wurden. Diese letzten Novembertage schienen Teresa und Gus unter einer Glasglocke zu verbringen.

Am Freitag vor dem ersten Advent kam Herlindes Putzerei in der Küche an.

Sie putzte die Kacheln und die Schränke. Den schwarzen Kronleuchter, der über dem Küchentisch hing. Sie machte die Schubladen innen sauber. Den Backofen. Den Kühlschrank. Scheuerte den Herd. Als ob sie noch immer nicht genug habe, bat sie Teresa, ihr beim Tresen zu helfen. Hatte Leo nicht gesagt, darunter klebe es wie die Pest?

Keine Pest, doch irgendeine klebrige Masse darunter, die noch immer süßlich roch. Vielleicht eine Fruchtsauce, die Gerda Dau vor langer Zeit vom Herd gefallen war. Ein Kronkorken klebte in der Masse, Haushaltsgummis, ein Sparcoupon. Vom Ausriss der Hamburger Zeitung hatte

Teresa schon mal den oberen Streifen mit dem Datum gesehen: 26. April 2010.

Zwei Schülerinnen desselben Gymnasiums auf den ersten beiden Plätzen beim diesjährigen Literaturwettbewerb für die zehnten Klassen.

Vom Text fehlte das meiste. Doch das Foto war vollständig vorhanden.

Tilda und Elisabeth. Lächelnd. Wange an Wange. Die beiden, die sich kaum gekannt hatten.

Teresa hätte den Zeitungsausschnitt gern neben Leos Teller gelegt, als sie den Tisch fürs Abendessen deckte. Ausnahmsweise geruhte der Herr daran teilzunehmen. Trotz der Anwesenheit von Gus.

Herlinde bat Teresa, es nicht zu tun. Sie hatte das Haus auf Hochglanz gebracht, einen Adventskranz gekauft, ihn mit roten Kerzen und Schleifen geschmückt. Einen falschen Hasen in den Backofen geschoben und den Rotwein atmen lassen. Sie wollte Frieden und Freude.

Teresa hielt es einen Bissen Hackbraten und zwei Gabeln Rosenkohl lang aus, bis sie mit der Neuigkeit herausplatzte. Sie stand auf, nahm das Stück Zeitung vom Tresen und gab es Leo, bemüht, nicht zu triumphieren.

Leo betrachtete das Bild und runzelte die Stirn und wirkte abwesend.

«In dem Jahr hat Tilda auch die Matheolympiade gewonnen», sagte Gus, «sie war eben eine Oberschlaue.»

Leo richtete den Blick auf Gus und schien nachdenklich zu werden. «Hast du Johannes gedroht, ihn in den Kanal zu werfen? Oder ihn zu entführen und irgendwo einzusperren und verhungern zu lassen?»

Gus wurde rot und sah Teresa an.

«Von wem hast du das?», fragte Teresa. «Von mir jedenfalls nicht, Leo.»

Leo war gerade eben wieder eingefallen, von wem er das hatte.

Friede. Freude. Hackbraten. Das Leben war nicht nett zu Herlinde.

«Elisabeth hat es erzählt», sagte Leo. Nicht Gerda Dau war es gewesen.

«Stimmt das, Gus?», fragte Thomas. «Hast du das gesagt?»

Gus wäre gerne aufgesprungen, den Stuhl umschmeißend. Aus dem Haus gerannt nach drüben in die verwaiste Wohnung. Trotz aller Geister, die da auf ihn warteten. Doch so einfach wollte er es sich nicht machen. Er hatte sich lange genug gequält mit der Ungeheuerlichkeit seiner Drohungen einem kleinen Jungen gegenüber, der in den Kindergarten ging.

«Das habe ich gesagt. Aber ich habe es nicht getan. Natürlich nicht.»

«Womit hat Johannes dich provoziert?», fragte Thomas.

Gus legte den Kopf in den Nacken und blinzelte die Tränen weg. «Er hatte herausgefunden, dass mein Vater eine Transe war.»

Leo kippelte mit dem Stuhl. Gleich würde er aufspringen, *seinen* Stuhl umschmeißend. «Das hat ein Vierjähriger gesagt? Das glaubt doch keiner.»

«Klar, dass er nicht Transe gesagt hat. Er hat herausgefunden, dass mein Vater Frauenkleider trug und eine Perücke.

Wir haben ihn eines Nachts aufgelesen. Hier vor dem Haus. Mein Vater und ich kamen vom Kiez, und der Kleine turnte auf der Straße herum, in einem Schlafanzug und Puschen an den Füßen. Er wollte wohl eine kleine Nachtwanderung machen.»

«Und da hat er erkannt, dass dein Vater als Frau verkleidet war?»

Gus blickte Hilfe suchend zu Teresa.

«Gus' Vater hat sich zu Johannes runtergebeugt. Ein kleiner Junge nachts auf der Straße, da kümmert man sich doch. Und da hat ihm Johannes die Perücke vom Kopf gerissen.»

Leo sah Teresa an. Erstaunt. Was wusste sie alles?

«Und dann?», fragten Herlinde und Thomas gleichzeitig.

«Dann habe ich ihn ins Haus zurückgebracht. Die Tür stand noch offen.»

«Hat das jemand beobachtet?»

«Anfangs habe ich gedacht, dass da einer am Fenster des Eckzimmers stand», sagte Gus. «Doch das war wahrscheinlich Einbildung.»

«Das Zimmer von Johannes' Mutter», sagte Teresa.

Leo seufzte. Teresa hatte also weiter Detektiv gespielt. Auch nachdem er abgesprungen war. Der Kommissar schien ja nicht die ganz große Leuchte zu sein. Die beste Einladung für Amateure.

«Warum haben weder Tilda noch Elisabeth zugegeben, dass sie einander gut kannten?», fragte Herlinde.

«Weil sie beide irgendwas zu verbergen hatten», sagte Teresa. Nur was?

«Glaubt ihr wirklich, ihr könntet Gus hier beherbergen? Nach allem, was ihr eben gehört habt? Er hat diese Drohungen ja nicht einmal abgestritten.»

Leo hatte die Tür des Arbeitszimmers hinter sich – geschlossen. Das hier war ein konspiratives Treffen für ihn. Teresa und Gus waren im Turm. Fanden denn Thomas und Herlinde gar nichts dabei, dass er da oben mit Teresa allein war? Herlinde neigte doch sonst zur Überbehütung.

Thomas hatte die Füße auf den Schreibtisch gelegt. Eine Demonstration von Entspanntheit, die er in dem Augenblick nicht hatte. Herlinde saß im Ledersessel und drehte eines der Äpfelchen in den Händen.

«Du gehst also davon aus, dass Gus mit dem Verschwinden des Kleinen zu tun hat», sagte Thomas.

«Du nicht?», fragte Leo.

«Nein. Einem Vierjährigen mit alldem zu drohen, ist unverantwortlich. Auch für einen Vierzehnjährigen. Doch ich schließe aus, dass Gus die Absicht hatte, diese Drohungen umzusetzen. Zornig war er. Überfordert mit der Familiensituation. Er platzte vor Frust. Deswegen ist er sicher nicht zum Entführer oder Mörder geworden.»

«Ich glaube, dass ihr grenzenlos naiv seid.»

«Du hast dich verändert, Leo», sagte Herlinde leise.

«Blasiert vielleicht? Das hat mir Teresa schon vorgeworfen.» Leos Ton ließ deutlich werden, was er von dieser Betrachtung hielt.

«Willst du dich nicht setzen», sagte Thomas. Er sah seinen Sohn an. Unter welchem Druck stand er? Erwachsener zu sein, als er war? Für Elisabeth?

Leo setzte sich. «Was findest du an mir verändert?»

Herlinde holte tief Luft, bevor sie es sagte. «Du bist so selbstgefällig.»

«Weil ich nicht mehr der brave Leo bin, mit dem man alles machen kann, sondern mein eigenes Leben führe?»

«Was hat man denn sonst alles mit dir gemacht?», fragte Herlinde.

«Frau Dau hat heute angerufen und mir gesagt, was für ein guter Junge du seist. Sie kommt morgen aus der Klinik», sagte Thomas. Es klang hilflos.

«Vielleicht findest du mich verändert, weil ich Elisabeth liebe.»

«Ich bedaure es, dass wir Elisabeth nicht einladen können. Es wäre schön, wenn sich wenigstens da Normalität einstellen würde», sagte Herlinde.

«Da ist Teresa vor», sagte Leo.

«Da ist das Haus vor», sagte Thomas.

«Ich weiß gar nicht, wie dieses Gespräch von Gus zu Elisabeth gewandert ist.» Leo schob die Hände in die Taschen seiner Jeans und ballte sie im Schutz der Taschen zu Fäusten. Ein Zeichen, dass er schmollte. Thomas kannte es seit beinah achtzehn Jahren.

«Zurück zu Gus», sagte Thomas. «Willst du, dass wir ihn des Hauses verweisen? In einer Situation, in der er ganz allein ist? Nur, weil er als Vierzehnjähriger völlig überzogene Drohungen in die Luft gesetzt hat?»

«Das verniedlichst du so. Wo ist Johannes denn? Wo ist er?»

Wer sprach da eigentlich aus ihm?

«Lasst uns doch nicht streiten», sagte Herlinde.

«Woher wusste Elisabeth von Gus' Drohungen?»

«Johannes hatte ihr sein Herz ausgeschüttet.»

Sein Vater nickte. «Es ist alles entsetzlich für sie.»

Leo zog die Hände wieder aus den Jeanstaschen.

«Im neuen Jahr werden wir anfangen, uns nach einer anderen Bleibe umzusehen», sagte Thomas. «Dann hast du im Februar deine schriftlichen Arbeiten, und zu Frühlingsanfang sind wir vielleicht schon umgezogen, und du kannst auch Elisabeth mitbringen.»

«Und Teresa?»

«Bis dahin fließt ja noch viel Wasser die Elbe hinunter», sagte Herlinde.

«Das ist genau wie beim Rhein», sagte Thomas und lächelte dankbar.

Schliefen sie alle? Teresa schlief, nachdem sie Hilde Domins Gedicht *Nicht müde werden* auswendig gelernt hatte. Keine Hausaufgabe. Sie tat es, weil sie gerne Gedichte von der Domin zitieren wollte. Erwachsen sein. Schön sein. Klug sein. Eine begehrenswerte Frau. Sie sehnte sich danach.

Leo hatte sich in Karl Poppers *Alles ist nur Vermutung* vertieft und war darüber eingeschlafen. Es lag nicht an Popper, eher an der vorigen Nacht, die er bei Elisabeth verbracht hatte. Er fand sich angezogen auf dem Bett liegend und schüttelte sich wach, um Jeans, Pullover und T-Shirt auszuziehen. Er schlief gleich wieder ein. In Boxershorts und Socken.

Gus war aufgewühlt gewesen nach all den Beschuldigungen von Leo. Es war ja wahr. Er hatte damals all diesen Mist zu Johannes gesagt.

Gus blickte zu seinem Schulrucksack, sein Weihnachtsgeschenk im letzten Jahr. Schwarz, wie er ihn sich gewünscht hatte. Sein Vater hatte eine weiße Eule am Reißverschluss befestigt: ein Reflektor, damit Gus auch an dunklen Wintertagen gut sichtbar wäre im Verkehr. Und nun stand der Rucksack im Turm, und sein Vater war tot. Gus weinte, bis er endlich einschlief.

Herlinde lag schon im Bett, als Thomas aus dem Badezimmer kam. Doch die kleine Lampe auf ihrem Nachttisch war an, und sie las. Thomas hatte noch lange am Schreibtisch gesessen und in Büchern von Charles Dickens geblättert und in Lewis Carrolls *Alice im Wunderland*.

Warum hatte er zu Carrolls Buch gegriffen? War er von dem Zeitungsfoto angeregt worden, das Herlinde unter dem Küchentresen gefunden hatte?

Jedenfalls war es ihm den ganzen Abend nicht aus dem Kopf gegangen.

A cheshire's smile. Das Lächeln der Grinsekatze, das noch in der Luft hing, wenn die Katze schon längst gegangen war. Irgendwas stimmte nicht am Lächeln von Elisabeth.

«Glaubst du wirklich, dass Teresa über die Liebe zu Leo hinwegkommt?»

«Oder Leo über die Liebe zu Elisabeth», sagte Herlinde.

«Du bist eine unverbesserliche Optimistin.»

Herlinde löschte das Licht. Das traf zu. Nicht immer. Doch oft genug.

DEZEMBER

Herlinde bat Leo, die Einkäufe zu Frau Dau zu bringen. Milch, Butter, Brot. Eier. Ein Sack voll Orangen. Eine Flasche Rotwein. «Frag, was sie sonst noch braucht. Sie ist bestimmt noch zu wacklig auf den Beinen, um selbst einkaufen zu gehen.» Der gute Junge ging. Er tat es sogar gern.

«Guckst du mal auf der Treppe nach? Ich bin doch gegen irgendwas gestoßen und darum erst gestürzt», sagte Gerda Dau.

Leo guckte nach. Er fand nichts. Nur zwei Holzbauklötze lagen in der Nähe der Treppe. Eine Säule und ein Dreieck aus Buchenholz. Leo nahm sie mit hoch zu Gerda Dau, die sie in der Hand drehte. «Johannes' Klötze», sagte sie. «Guck. Hier ist noch angetrockneter Leim. Sie waren bestimmt festgeklebt auf der Treppenstufe.»

Leo nahm Säule und Dreieck und strich mit der Hand über die Klebestelle. Frau Dau hatte recht. «Die Klötze kommen aus dem Schiffskoffer, in dem die Sachen von Johannes sind», sagte sie. «Da hat noch jemand anderer einen Schlüssel.» Sie ging zum Fenster und guckte nach dem Teelicht, das brannte, und legte die beiden Bauklötzchen daneben.

Leo musste an Grabbeigaben denken.

«Wer ist es nur, der mich da quält?», fragte Frau Dau. Sie

schüttelte sich kurz und versuchte ein Lächeln. «Wenn du mir noch Eier und Butter bringst, könnte ich euch Spritzgebäck machen. Als Dankeschön.»

Gerda Dau schrieb auf einen herzförmigen Zettel, wie viele Eier und wie viel Butter sie noch wollte. Der Zettel klebte und erinnerte Leo an diesen Freitag im August, als er das erste Mal daran gedacht hatte, Gerda Dau könne Wahnvorstellungen haben.

Am Sonntag zündete Herlinde die erste Kerze an. Gus war dabei. Leo nicht.

Er hielt sich an diesem Morgen in der Straße, die *Durchschnitt* hieß, auf und betrachtete die neuen Zeichnungen. Vier Zyklen waren fertig.

Sinnesorgane. Pflanzenteile. Schreibgeräte. Galanteriewaren.

«Für den letzten Zyklus kannst du dir jetzt wirklich Zeit lassen», sagte Leo und suchte sich je eine Vorstudie von einem Bleistiftspitzer und einer alten Spange aus, die einmal den Festtagsschuh einer Obstbäuerin aus dem Alten Land verziert hatte. Elisabeth war bei einem Antiquitätenhändler fündig geworden und hatte die silberne Spange gekauft. Sie investierte einiges in ihre Zeichnungen.

«Weißt du schon, was du als fünften machst?»

«Vielleicht gönne ich mir doch mal eine Pause», sagte Elisabeth.

Leo legte die Zeichnungen auf den Tisch und ging zu ihr, um sie zu küssen. «Gute Idee», sagte er und öffnete den Knopf ihrer knappen Bolerojacke.

«Ich will sagen, dass ich mir den fünften Zyklus vielleicht

erst im Januar vornehme, nicht, dass ich schon wieder mit dir in die Kiste springe.»

«Gib es was Besseres an einem ersten Advent, wenn vor dem Fenster die dicken weißen Flocken fallen und Mann und Frau eine so gemütliche Kiste haben und Weihnachten naht?» Leo grinste. Er gefiel sich als Verführer.

Elisabeth blickte an ihm vorbei zum Fenster. Tatsächlich. Es hatte heftig zu schneien angefangen. «Ich hoffe, du gibst nicht allzu viel um Weihnachten», sagte sie, «ich kann es nicht mehr ausstehen.»

Später, als sie nebeneinanderlagen und jeder seinen eigenen Gedanken nachhing, klingelte das Telefon lang und energisch. Elisabeth hatte vor, es zu ignorieren, doch schließlich gab sie nach und stand auf. Sie zog sich mit dem Telefon in die Küche zurück und schloss die Tür.

War Leo beunruhigt, dass sie Geheimnisse vor ihm haben könnte? Ja.

Sie schien ihm so überlegen zu sein, dass er fürchtete, sie könne sich bald einem Älteren zuwenden und nicht länger dem Achtzehnjährigen.

Stand er auf, um leise zur Tür zu gehen und sein Ohr daran zu legen? Ja.

«Das ist keine gute Idee, Vater», sagte Elisabeth da gerade.

Leo zog sich beruhigt wieder zurück und suchte seine Kleider zusammen, um zu duschen und sich dann anzuziehen. Das Telefongespräch setzte sich fort in der Küche. Vielleicht gab es ein Problem mit Elisabeths Mutter.

Brachte Leo den Stapel Kunstbücher absichtlich ins Schwanken? Nein.

Er war dagegen gestoßen, als er unter dem Bett nach

seiner zweiten Socke suchte. Er richtete den Stapel neben Elisabeths Bettseite rasch wieder auf.

Schob das Blatt zurück, das aus einem der Bücher gerutscht war. Zog es noch mal heraus. Sie hatte also doch schon mit dem letzten Zyklus begonnen. Leo blickte auf die Zeichnung. Ein stufenlos einstellbarer Schraubenschlüssel. *Engländer* genannt. Auch dieser ein eher historisches Exemplar. Um *Werkzeuge* ging es also beim fünften Thema. Er legte das Blatt wieder zurück in das Buch über Gustave Doré als Illustrator. Als sich die Seiten des Buches auffächerten, bemerkte er weitere Blätter.

Die Küchentür öffnete sich, und Leo stand auf, streckte sich und griff nach dem Bündel Kleider, das auf dem Boden lag. Er hatte nicht die Absicht, Elisabeth nach den Zeichnungen im Buch zu fragen. Nicht, dass sie noch dachte, er schnüffele in ihren Sachen.

«Tut mir leid, dass es so lange gedauert hat.»

«Ist was mit deiner Mutter?»

«Wie kommst du darauf?»

«Du siehst gestresst aus.»

«Komm in die Küche und lass uns noch einen Kaffee trinken.»

«Ich wollte gerade duschen.»

«Dann verschieb das», sagte Elisabeth. Sie hatte ihren kurzen Kimono angezogen. Doch sie schien darin zu frieren. Leo zog seine Jeans an und Hemd und Pullover. Er würde es sogar bis auf den Nachmittag verschieben, das Duschen. Es zu Hause tun und sich anschließend an ein Referat setzen.

«Zieh du dir auch was Wärmeres an. Ich setze schon mal Wasser auf.»

Elisabeth trug ein enges Strickkleid, als sie sich an den Küchentisch setzte. Er hatte es noch nie an ihr gesehen. Sie sah aus wie Ende zwanzig. Sollte er versuchen, sich einen Bart wachsen zu lassen?

«Meine Mutter hat diese Klinik schon mehrfach ohne Wissen der Ärzte verlassen und war ganze Tage lang weg.»

«Das geht so einfach? Ich dachte, es sei eine geschlossene Abteilung.»

«Vielleicht wird das bei einer privaten Klinik großzügiger gehandhabt. Die Klinikleitung war wohl auch der Meinung, dass sie sich dann bei meinem Vater aufhielte. Doch der wusste davon nichts. Gestern hat er sie besucht, und da hat ihn der Professor um ein Gespräch gebeten.»

«Und wo hält sie sich auf, wenn sie ganze Tage weg ist?»

«Das ist es eben. Wir haben keine Ahnung. Sie wird mit ihrem Auto in der Gegend herumfahren. Vielleicht nach Berlin. Vielleicht nach Hamburg.»

«Sie hat ein Auto da?»

«Darauf hat sie bestanden. Sie wollte nicht in der Pampa ausgesetzt sein ohne ihren geliebten alten Citroën. Den hat sie von ihrem Vater geerbt.»

«Ist sie denn überhaupt fahrtüchtig? Sie kriegt doch starke Medikamente.»

Leo dachte an Gerda Dau und ihre Tabletten, die sie in großen Mengen einnahm und die sie manchmal völlig neben der Kappe sein ließen.

Elisabeth seufzte. «Ich habe dir ja schon mal gesagt, dass sie sich und andere gefährdet. Das ist meine große Sorge.»

Leo hatte auch noch einen anderen Satz im Gedächtnis.

Seit Johannes' Verschwinden ist sie unberechenbar.

Am Montag brachte der Kommissar den Dreifuß des Siro Hanke vorbei. Er gab ihn bei Herlinde ab. Gus war in der Schule. Sonst gab es bei Hankes niemanden mehr, der Keller die Tür hätte öffnen können. Seine Mutter war nach dem Begräbnis zurück nach Schönwalde gefahren. Auf unbestimmte Zeit krankgeschrieben. Gus' Vater war der Fürsorglichere gewesen.

Der Kommissar setzte sich zum Plaudern an den Küchentisch, und Herlinde hätte einen aushäusigen Termin vorgetäuscht, wäre sie nicht so erpicht auf Neuigkeiten gewesen. Also kochte sie Kaffee für Keller.

Gab es Neuigkeiten? Außer, dass er nun wusste, dass der Rechtspfleger im Amtsgericht ein Bekannter von Hanne Jochmann war, der mit ihr einst eine Ausbildung zum Justizfachangestellten begonnen hatte und darum bereit, ihr mit der Aufnahme dieser Anzeige einen Gefallen zu tun?

Das erzählte Keller nicht. Nur eine andere kleine Geschichte, die gut in die Jahreszeit passte und zum Spritzgebäck, das Herlinde zum Kaffee auf den Tisch gestellt hatte. Keller hoffte, Herlinde Gern zu amüsieren.

Die große braune Tüte aus festem Papier. Seine Sekretärin hatte sie am vergangenen Freitag beim Aufräumen gefunden. Die Herkunft der Tüte war nicht festzustellen. Kein Brief mehr dabei. Der Praktikant längst in einer anderen Abteilung. Wer wäre auch auf die Idee gekommen, ihn zu fragen nach einer Tüte, die eine selbst gebastelte Weihnachtskrippe enthielt?

«Vielleicht ein Geschenk von einem dankbaren Kunden», sagte der Herr Kommissar. «Ganz ordentlich gemacht, dieser Stall von Bethlehem.»

Da klingelte bei Herlinde, was bei *Weihnachtskrippe* nicht geklingelt hatte.

«Sind Sie vertraut mit den Details des Falles Johannes zur Weide?»

Keller sah sie erstaunt an. «Er ist nicht ganz unerheblich für die Ermittlung im Mordfall Tilda Bongartz», sagte er.

«Dann wissen Sie auch, dass der Kleine an dem Nachmittag seines Verlorengehens hier in dieser Küche saß und einen Stall von Bethlehem bastelte? Sie sollten Gerda Dau befragen, seine einstige Kinderfrau.»

«Meine Krippe hat kein Vierjähriger gebastelt. Dafür ist sie zu perfekt.»

Doch er war ins Grübeln gekommen. Sah nicht das eine und andere an der Krippe aus, als hätte es eine Korrektur erfahren?

«Ich werde diesen Stall von Bethlehem heute Nachmittag Frau Dau zeigen. Vielleicht können Sie die Dame darauf vorbereiten.»

«Ich bitte Sie darum, es gemeinsam mit Leo zu tun», sagte Herlinde. «Er ist am vertrautesten mit Frau Dau, und wenn es tatsächlich die Bastelei von Johannes sein sollte, wird sie das sehr belasten.»

Keller nickte. «Wann erwarten Sie ihn heute?»

Herlinde stand auf und sah in ihren Kalender. «Gegen fünf», sagte sie.

«Dann werde ich hier sein», sagte der Kommissar. «Mit dem Stall.»

Keller hob den Stall von Bethlehem aus der Tüte und stellte ihn auf den Tisch vor Gerda Daus Sitzecke. Leo saß dort mit Frau Dau auf der Bank.

Er kannte diese Bastelei nicht, doch er hielt mit ihr den Atem an. Sie stieß einen kleinen spitzen Schrei aus, als sie die echten Strohhalme auf dem Dach sah. Die Halme halbiert und sorgfältig aufgeklebt. Die Stalltür war zweiteilig und hatte ein Rautenfenster. Der obere und der untere Teil ließen sich getrennt öffnen. Eine Klöntür für Maria und Josef.

Die zu großen Fenster wirkten kleiner durch die Fensterkreuze, die hineingeklebt worden waren. Innen war der Stall mit Stroh bedeckt, und darauf stand eine kleine hölzerne Krippe, in der das Jesuskind lag.

Gerda Daus Hand zitterte, als sie vorsichtig die kleine Figur aus der Krippe nahm, von der nur das Gesichtchen zu sehen war. Der Körper war ganz in weiße Stoffstreifen gewickelt, die aus Knete waren wie das Gesicht. Einen Engel gab es und einen Esel, alles aus einer gehärteten Knetmasse.

Keine Maria. Kein Josef. Auch kein Ochs und kein Esel. Gerda Dau dachte an den Stern, den Johannes hatte basteln wollen, wenn sie dann endlich das goldene Glanzpapier gebracht hätte.

«Wo haben Sie ihn her?», fragte sie leise.

Der Kommissar erzählte die Geschichte der Tüte, die ihm nur in Kurzform bekannt war. Sekretärin räumt auf und findet große braune Tüte.

«Sind Sie sicher, dass es die Bastelei des Kleinen ist?», fragte Keller.

Gerda Dau nickte und biss sich auf die Lippe.

«Seit wann war sie verschwunden?»

«Zuletzt in der Hand hatte ich sie im Juni. Im Oktober fiel mir dann auf, dass sie fehlte. Als Leos Vater die Garage in Betrieb nehmen wollte und wir ein bisschen aufräumten.»

«Sie hatten die Bastelei in der Garage aufbewahrt?»

«Bei den anderen Basteleien in einem Karton. Sie bestand ja nur aus den vier Wänden aus dicker Pappe, in der das Tor und die Fenster geschnitten waren. Und aus den beiden Teilen fürs Dach.»

Keller sah Gerda Dau nachdenklich an. Einen verwirrten Eindruck machte sie ihm nicht.

«Haben Sie eine Idee, wer die Bastelei vollendet hat?»

«Nicht die geringste», sagte sie.

«Vielleicht wird es sich aufklären», sagte Keller ohne Überzeugung. Er konnte noch nicht einschätzen, wie wichtig dieser Zufallsfund nun war.

Doch die Garage unter Gerda Daus Wohnung schien ein Knotenpunkt für die Geschehnisse zu sein.

Das Kanu wurde auf einem Grundstück hinter der Brücke gefunden, an die dreihundert Meter von Teresas Garten entfernt. Das Haus zum Grundstück sollte für einen neuen Besitzer renoviert werden. Eine Gartenbaufirma war beauftragt worden, ein paar marode Erlen zu fällen. Etwas Knallblaues hatte unter dem Laub gelegen und war von den Gärtnern entdeckt worden.

Tildas Blut wurde im Kanu gefunden und fünf verschiedene DNA-Spuren.

Nur die von Tilda lag vor. Teresas, Leos und die von Thomas galten als sicher gesetzt. Sie alle hatten das Kanu benutzt. Das Labor würde das bald bestätigen. Doch die fünfte blieb unbekannt.

Der kleine plumpe Mann trug eine kurze Jacke mit Pelzkragen. Er stand vor dem Garagentor und stieß jammervolle Schluchzer aus. Gus wollte gerade zu Teresa gehen, als er darauf aufmerksam wurde und sich näherte.

«Rüdiger, geh nach Hause», sagte er. «Oder ins *Gerdi's.*»

«Was soll ich da», schluchzte Rüdiger, «ohne Siro?»

«Es wird nicht leichter, wenn du auf die Eisenstange starrst», sagte Gus, der abgeklärte tieftraurige Teenager.

«Ihr hättet ihn zu mir lassen sollen. Deine Mutter und du. Ihr habt sein und mein Leben zerstört.»

«Wenn er gewollt hätte, wäre er gekommen», sagte Gus. Er verzichtete darauf, Rüdiger zu sagen, dass sein Vater zerrissen worden war zwischen Rüdigers Ansprüchen und dem bürgerlichen Leben.

«Lasst mir ein Erinnerungsstück», sagte Rüdiger, «irgendwas, das mich an Siro erinnert.» Hatte er sich selbst keine Erinnerungen geschaffen?

Einen Augenblick lang dachte Gus daran, ihm den Dreifuß in die Hand zu drücken, den der Kommissar zurückgebracht hatte. Doch das wäre Hohn. «Ich denke drüber nach», sagte er, «und wenn ich was finde, bringe ich es ins *Gerdi's.*» Wollte er denn wirklich noch einmal dort hingehen? Um den Transen ein letztes Mal die Ehre zu geben?

Rüdiger zog ab. Warf der Garage noch einen letzten Blick zu. Wenigstens hatte er keine Blumen oder Bärchen mitgebracht.

Gus ging mit Rüdiger zur Straße vor und sah ihn links zur Brücke abbiegen.

Einen freien Blick auf die Straße jenseits des Kanals hatte Gus nicht. Sonst hätte er den silber-schwarzen Citroën gesehen, der langsam vorbeifuhr, als ob die Fahrerin nach jemandem Ausschau hielte.

Ein Zweiglein der Gottseligkeit steckt auf mit Andacht, Lust und Freud, sang der Kinderchor auf der CD, die Herlinde hörte. Die vierte Strophe von *Macht hoch die Tür.* Herlinde stand auf und stoppte den CD-Spieler.

Es klappte nicht so richtig mit ihrer Beschwörung der Weihnachtsstimmung.

Sie trat ans Fenster und guckte in den trüben Garten.

Da unten warteten die Zwiebeln der Dichternarzissen in der nassen Erde darauf, zu blühen und einen neuen Frühling zu begleiten. Würden sie dann noch hier sein? Herlinde glaubte nicht mehr daran. Dabei hing sie sehr an diesem Haus, es hatte ihr vom ersten Augenblick an gefallen.

Was würde aus Gerda Dau werden? Was aus Gus, wenn sie fortgingen?

Hatte Gus' Mutter vor zurückzukehren in das Haus, das Leo nicht aufhörte, die *Klinkerschnitte* zu nennen?

Herlinde schob ein Stück Spritzgebäck in den Mund. Am Sonntag hatte Gerda Dau damit vor der Tür gestanden. Einen weihnachtlichen Teller aus Pappe in der Hand. Darauf das von ihr gebackene Spritzgebäck.

Konnte nicht doch noch alles gut werden?

Das Haus konnte doch nichts dafür.

Das hatte Leo auch schon vor einer ganzen Weile gedacht.

Herlinde verließ das Arbeitszimmer und stieg die Treppe hinunter. Die Küche war dunkel. Sie schaltete die kleine Lampe an, die oben auf dem Geschirrschrank mit den Sprossentüren stand. Eine Schlummerlampe, die zu Teresas erster Kinderzimmerausstattung gehört hatte. Der Schirm war mit einem Stoff aus weiß-rosa Karos bezogen. Heimelig sah das aus. War das nicht ihre größte Sehnsucht? Geborgenheit?

Den Geschirrschrank hatten sie von den zur Weides übernommen. Wie auch den schweren Küchentresen. Wahrscheinlich hatte die Küche damals im November vor zwei Jahren wenig anders ausgesehen. Weihnachtliche Vorbereitungen hatte es gegeben. Spritzgebäck, von Frau Dau gebacken. Lieder auf der Blockflöte eingeübt. Der kleine Junge bastelte am Tisch.

Es war auch schon damals eine gemütliche Küche gewesen.

Herlinde schreckte hoch, als die Tür aufgeschlossen wurde. «Was sitzt du denn hier im Dämmerlicht»?, fragte Teresa und stellte ihre Tasche ab.

«Ich bin ins Sinnieren gekommen», sagte ihre Mutter.

«Hast du Gus eigentlich von Bethlehems Stall erzählt, den der Kommissar angeschleppt hat?»

«Nein», sagte Herlinde, «ich dachte, das hättest du getan. Wie geht es eigentlich den Zwillingen? Alle deine alten Freunde kommen nicht mehr.»

«Ich denke, auf die Zwillinge wartet ein Weihnachtswunder.»

«Gibt es Zeichen, dass ihre Mutter zur Familie zurückkehrt?»

«Lisa hat sich jedenfalls schon auf zweihundert Meter

genähert. Ihre neue Wohnung ist gleich um die Ecke von Jons Haus.»

Herlinde seufzte. «Das wäre doch mal was. Ein Happy End.»

«Mir ist da eben ein Gedanke gekommen, als ich in die dunkle Küche kam», sagte Teresa. «Wir sollten Gus unbedingt von dem auferstandenen Stall erzählen. Ich hab so eine Ahnung, ihm fällt dazu was ein.»

«Glaubst du, dass dir deine Freundin guttut?», fragte Woody, als sie die letzte Freistunde des Tages in einem Stehcafé nahe der Schule abhingen.

«Warum sollte sie mir nicht guttun?»

«Ich weiß nicht. Du hast dich verändert. Irgendwie stehst du unter Stress.»

«Fang du nicht auch noch an», sagte Leo. «Kannst du dir vorstellen, dass es am Abi liegt? Das Leben ist keine Waldorfschule.»

«Du bist nicht der Typ für Schulstress. Anderer Stress.»

«Bei uns geschieht ja auch dauernd was Schreckliches.»

«Der tote Mann vor eurer Garage», sagte Woody.

«Okay. Ich mach mir schon Sorgen, dass mir Elisabeth abhandenkommt.»

«Warum sollte sie das?»

«Weil sie so verdammt erwachsen ist», sagte Leo. War nicht genau das die Faszination? Was hatte er damals zu Teresa gesagt?

Um es endlich mal auszusprechen, Elisabeth ist eine Frau.

Er hatte nicht gesagt, Teresa sei dagegen ein kleines Mädchen. Doch er hatte es gedacht. Leo biss in sein Franzbrötchen und kaute energisch.

«Ist ziemlich sexuell, deine Beziehung zu Elisabeth.»

«Wie kommst du darauf?»

«Du lässt doch gerne mal eine Bemerkung darüber fallen.»

«Nur kein Neid.»

Woody grinste. «Nicht, dass du in die sexuelle Hörigkeit abgleitest.»

«Komm mal wieder bei mir vorbei. Bisschen quatschen. Musik hören. Ich hab die neue CD von Ben Howard da.»

«Du willst mir deine andere Seite zeigen. Die jenseits des Sexes.»

«Wenn du nicht aufhörst, sage ich Walter zu dir.»

Leo trat in die Küche und fand Herlinde, Teresa und Gus dort vor. Diese Selbstverständlichkeit, mit der Gus als Kind im Hause betrachtet wurde, störte ihn noch immer, obwohl er sich kürzlich doch wohl verstiegen hatte, als er Gus zu einer Gefahr für ihrer aller Leib und Leben erklärt hatte.

Teresa sah ihn an. «Gus glaubt, dass es Tilda war, die den Stall von Bethlehem zusammengeklebt und verbessert hat», sagte sie.

«Es würde einfach zu ihr passen», sagte Gus. Er hatte längst kapiert, dass Leo der Einzige in der Familie war, der ihm misstraute.

«Warum passt das zu ihr?», fragte Leo.

«Weil sie es gar nicht ausgehalten hätte, etwas nicht zu verbessern. Fehler korrigieren war ihr Ein und Alles.»

Gus hatte recht. War das nicht auch einer seiner ersten

Eindrücke gewesen? *Die Königin der Klassenbesten. Mit allen Dünkeln einem Durchschnittsschüler gegenüber.* Das hatte er von ihr gedacht.

«Wie soll Tilda denn an diesen Stall von Bethlehem gekommen sein?»

«Tja. Das ist die Frage», sagte Gus.

«Vielleicht hat Tilda ihn aus dem Karton in der Garage genommen», sagte Herlinde. «Sie war oft genug hier in der Nähe.»

«Warum sollte sie?», fragte Leo.

«Tilda und Elisabeth kannten sich jedenfalls besser als behauptet. Hast du Elisabeth überhaupt erzählt von dem Stück Zeitung, das wir gefunden haben? Wäre doch wirklich interessant zu wissen, was sie dazu sagt.»

Nein. Das hatte Leo nicht getan. Weil er immer abgelenkt war, wenn er bei Elisabeth war? Oder nicht mit dummen Fragen auffallen wollte?

«Ich schlage vor, dass ich mal einen verspäteten Beileidsbesuch mache.»

Sie alle drei sahen Gus an. «Du gehst zu Tildas Eltern?», fragte Teresa.

«Ein kleiner Talk unter Hinterbliebenen. Vielleicht wissen die was.»

«Ob Tilda vor ihrem Tod an dem Stall herumgebastelt hat? Oder ob sie und Elisabeth sich nahestanden?», fragte Leo. Er und Gus sahen sich an, und keiner gab dem Blick des anderen nach.

«Ich hab keine Zeit für Detektivspiele», sagte Leo. Es klang trotzig.

Er blieb dabei. Gus war eine Gefahr.

Hanne Jochmann fühlte sich fast einsam im ersten Stock. Der Mensch unter ihr nie zu Hause. Die Hankes im zweiten Stock tot oder in aller Winde.

Fehlte ihr das nächtliche Weinen? Nein. Die Jochmann war nicht grausam. Nur einsam und verzweifelt und mit einem nervösen Tick bestraft. Krrr, krrr.

Sie sah Gus, und sogar er tat ihr leid.

Sie sah Gerda Dau mit ihrer Einkaufstasche durch die Tage schleichen.

Sie sah diese Leute, die ihr gegenüber wohnten.

Sie sah jemanden, den sie lange nicht gesehen hatte.

Wer war es, der am Anfang der kleinen Stichstraße stand und ihr gleich wieder den Rücken zuwandte an diesem kalten sonnigen Dezembertag, der schon wieder in die Dämmerung des Abends glitt?

Over the hill the sunlight dies –

Eine Frau hatte die große braune Tüte aus festem Papier zu Kommissar Keller getragen. Sie hatte Keller sprechen wollen, doch der Kommissar war gerade in einer Konferenz mit dem Herrn Kriminalrat gewesen, und der junge Mann im Büro hatte sich nicht sehr konzentriert gezeigt.

Ein Brief war an der Tüte befestigt gewesen. Mit einer Büroklammer. Doch er hatte den Adressaten nicht erreicht. Der Brief war von der Tüte gefallen und abhandengekommen. Da hatte ein Mensch bei der Aufklärung helfen wollen und war ins Leere gelaufen. All diese Unaufmerksamkeiten.

Hatte Hauptkommissar Keller den Fall nicht im Griff? Verlor er zu viel Zeit mit Nebensächlichkeiten? Immerhin sprach er mit dem Kollegen, der mit dem spurlosen Verschwinden des Johannes zur Weide beschäftigt war.

Die Eltern von Tilda erinnerten sich an Gus. Ihre Tochter hatte oft von ihm und seiner Familie erzählt. Die beiden Menschen, die spät im Leben ein Kind bekommen und es nun grausam verloren hatten, kochten Tee.

«Tilda konnte alles», sagte ihre Mutter. Das war wahr, und ihre Eltern erzählten lange, was Tilda alles gekonnt hatte.

Gus' Blase drückte nach all den Tassen Tee, doch schließlich erzählte die Mutter, dass sie es gewesen war, die eine große braune Tüte aus festem Papier in Hauptkommissar Kellers Büro abgegeben hatte.

Der Stall von Bethlehem. Wie kam er in die Hände von Tildas Eltern?

«Er stand in ihrem Schrank», sagte Tildas Vater. «Als wir ihr Zimmer ausräumten, fanden wir ihn. Erst wollten wir nichts verändern, doch nun haben wir uns entschlossen, an eine Studentin zu vermieten.»

«Wir dachten, der Stall könnte ein Hinweis sein», sagte Tildas Mutter, «es war doch die Bastelei, die der Kleine begonnen hatte, und man hört so viel vom genetischen Fingerabdruck. Tilda gab in dem Haus Nachhilfe, auch an dem Tag, als der Junge verschwand. Das hat unsere Tochter sehr erregt, die Teile in den Händen zu halten.»

«Tilda konnte es gar nicht leiden, wenn etwas unfertig blieb.»

Doch wie war der Stall in Tildas Hände gekommen? Das wussten sie nicht.

«Und Elisabeth zur Weide?», fragte Gus.

«Elisabeth war auch gut», sagte Tildas Vater, «aber unsere Tilda war ihr noch immer eine Nasenlänge voraus.»

«Sie haben sich also gut gekannt?»

«Elisabeth war in der Parallelklasse, doch sie hatten Wettbewerbe wie den *Bertini-Preis.* Oder den Literaturwettbewerb», sagte Tildas Vater.

«Einer hieß *Demokratisch handeln*», sagte Tildas Mutter. «Und da waren Tilda und Elisabeth immer zusammen?»

«Nicht immer. Doch oft.» Die Eltern nickten.

Als Gus sich verabschiedete, drückte ihm Tildas Vater eine Plastiktüte von Aldi in die Hand. «Da sind Tildas Schulbücher drin. Vielleicht kannst du sie in eurem Sekretariat abgeben.»

Gus sagte nicht, dass er auf einer ganz anderen Schule war. Er nahm die Tüte und trug sie nach Hause. Tildas Erbe in Tüten.

Die Aldi-Tüte stellte Gus in der Garderobe ab. Sollte Leo sie mit in die Schule nehmen. Dort gehörten Tildas Bücher hin. Die Neuigkeiten legte er auf den Küchentisch. Teresa, Herlinde und Thomas waren da. Leo nicht. Schade. Gus' Neuigkeiten wären auch für ihn interessant gewesen.

«Warum fragt Leo die Tussi nicht?», sagte Teresa und fing sich einen tadelnden Blick ihrer Mutter ein. Thomas ahnte, warum sein Sohn nicht fragte. So gut ihm Elisabeth gefiel, sie konnte sicher launisch sein, wenn ihr etwas gegen den Strich lief. Leo fürchtete, ihre Gunst zu verlieren.

«Dann waren sie in einem Dauerzustand von Konkurrenz», sagte er.

«Tilda sei ihr immer eine Nasenlänge voraus gewesen, hat ihr Vater gesagt.»

Vielleicht war das der liebende Blick eines Vaters. Vielleicht erklärte es aber auch, was Thomas auf dem Foto aufgefallen war. Das Lächeln der Katze.

The cheshire's smile. Es war nicht echt.

«Ich hab noch eine Neuigkeit», sagte Gus. «Meine Mutter kommt noch vor Weihnachten zurück. Sie muss wieder arbeiten.» Klang er erleichtert? Nein. Der Abstand hatte ihm ganz gutgetan.

«Die Wohnung werden wir trotzdem nicht halten können.»

«Was arbeitet deine Mutter denn?», fragte Teresa.

Was glaubst du, was meine Eltern für Anstrengungen machen, um hier in der Gegend zu wohnen? Der Satz war ihr noch im Ohr.

«Sie ist Verkäuferin», sagte Gus. Er sagte nicht, wo. «Werden Sie denn hier im Haus bleiben?» Er sah Herlinde und Thomas an.

«Es ist noch nicht entschieden», sagte Herlinde zu Thomas' und Teresas Überraschung. Das war ihnen neu.

«Wovon hängt das ab?», fragte Gus.

«Ob nicht doch noch die freundlichen Zeiten kommen», sagte Herlinde.

Der silber-schwarze Citroën war weiß von den Schneeflocken, die wieder mal vom Himmel gefallen waren, um dann in wenigen Stunden wegzutauen.

Sie hatte still im Auto gesessen, doch jetzt drehte sie den Zündschlüssel und schaltete die Scheibenwischer an. Stundenlang war sie durch den feuchten Wintertag gelaufen, immer bereit, die Arme weit auszubreiten, wenn er ihr entgegenliefe. «Sie dürfen sich nicht noch immer einreden, der Junge habe sich nur verlaufen», hatte der alte Arzt zu ihr gesagt.

Als Johannes einmal in der Nacht das Haus verlassen hatte, war er doch auch in der Nähe geblieben. Oder wäre er fortgelaufen, wenn der Junge von gegenüber ihn nicht zur Haustür gebracht hätte?

Johannes. Das darfst du nie wieder tun. Das hatte sie gesagt. Oben auf der Treppe. Dann hatte sie ihn zurück ins Bett gebracht.

Sie ließ den Motor an. Wohin fahren? Vielleicht nach Brandenburg.

Teresa weihte Leo ein. Wie gut sich Tilda und Elisabeth gekannt hatten.

«Kennst du jeden gut, der mit dir in einer Arbeitsgruppe ist?», fragte Leo.

Was sollte das? Teresa war doch nur eifersüchtig.

«Im Flur steht noch eine Tüte mit Schulbüchern, die Tildas Eltern Gus mitgegeben haben. Sie dachten wohl, er sei auf eurer Schule.»

Leo ging in sein Zimmer und ließ sich auf den Sitzsack

fallen. Er sollte dringend aufräumen. Der Boden war mit lauter Arbeitsbögen für die nächste Klausur bedeckt, erste Wollmäuse sammelten sich schon um die *Logik der Forschung.* Er war froh, wenn er das alles von der Hacke hatte.

Er stutzte und stand auf. Ging zu Teresa hinüber, die an ihrem Schreibtisch saß. «Sind das Tildas Schulbücher in der Tüte?»

«Wessen sonst?», sagte Teresa. «In einer Aldi-Tüte an der Garderobe.»

Leo lief die Treppe hinunter und wäre auf seinen Socken fast ausgerutscht.

Aldi-Tüte. Tildas Schulbücher. Er trug die Tüte nach oben und schüttete sie auf seinem Bett aus. *Die Leiden des jungen Werther. Elemente der Mathematik. Arbeitshefte. Laotse.* Wieso Laotse? Er konnte sich nicht erinnern, dass sie den im Unterricht durchgenommen hatten. Auch Immanuel Kants *Zum ewigen Frieden* nicht. Tilda hatte eben immer eine Schippe draufgelegt. Hier war es. *Philosophieren in der Oberstufe.* Tildas Philobuch, das in ihrem Fach unter dem Tisch gelegen hatte.

Leos Herz klopfte, als er das Buch aufschlug. Da lag er, der Grundriss. Eine Kopie wohl. Dennoch leicht vergilbt. Zwei Kreise waren gezogen. Mit einem dünnen Filzer. Teresas Zimmer war eingekreist und die Kammern links von der Treppe, die wohl schon zusammengelegt waren, als Elisabeth dort ihr Atelier gehabt hatte. Leo legte ihn auf Teresas Schreibtisch.

Teresa sah von ihrem Heft auf. «Wo kommt der jetzt her?»

«Aus Tildas Philobuch. Wo er schon damals gewesen war.»

«Dann hab ich ihn wenigstens mal mit eigenen Augen gesehen. Doch klüger macht er uns auch nicht.» Sie knabberte an ihrem Füller. «Dieses Geheimnis hat Tilda mit ins Grab genommen.»

«Zumindest wissen wir nun, dass es beides Elisabeths Zimmer waren, die eingekreist sind. Das wussten wir im September noch nicht.»

«Frag doch einfach Elisabeth, warum Tilda den Grundriss hatte.»

Doch sie nahm den Grundriss und guckte alles genau an. «Das ist ein ganz schön kleiner Maßstab», sagte sie. «Und es ist nur der Dachboden und der erste Stock. Hatten Herlinde und Thomas eigentlich einen Grundriss, als sie das Haus mieteten?» Sie drehte das Blatt um. Das hatte Leo nicht getan.

Hier kannst du dich bewähren, Supertilda. Du Schnüfflerin. E.

«Ich denke, da ist ein großer Gesprächsbedarf zwischen dir und deiner Elisabeth», sagte Teresa. «Trau dich endlich.»

«Das ist ein Ding», sagte Gus. «Womit sollte Tilda sich bewähren? Dich abmurksen? Oder die Dielen hochstemmen und einen Schatz finden?»

«Hört sich beides total glaubhaft an. Hast du noch ein paar gute Tipps?» Teresa stellte den Teebecher auf den kleinen Tisch, der nach oben in den Turm gefunden hatte. Der Tee war noch zu heiß.

«*Supertilda.* Die muss ja ganz schön sauer auf Tilda gewesen sein. Und wieso *Schnüfflerin*? Bei uns hat sie nicht geschnüffelt.»

«Du warst doch so eng mit Tilda. Wieso wusstest du nichts davon, dass sie ständig bei irgendwelchen Wettbewerben konkurrierten?»

«Hab ich echt nicht mitgekriegt. Tilda quatschte nicht davon, wenn sie mit Charlotte und mir zusammen war, und drüben bei uns hat sie sich vor allem mit der Heilung meines Vaters beschäftigt.»

«Gus, was kann es sein? Du bist doch sonst so total clever.»

«Ich streng mich ja auch schon an.» Er guckte sich um, als sähe er diese Kammer zum allerersten Mal. «Das waren also mal zwei Kammern.»

«An den Dielen in der Mitte kannst du es noch erkennen. Da sind kleine Kerben und Kratzer, wo die Trennwand gestanden hat.»

«Und um eine der Kammern ist ein Kreis gezogen?»

«Um beide Kammern. Anfangs glaubten wir, es gäbe eine geheime Kammer, weil auf dem Grundriss vier statt drei eingezeichnet sind.»

Gus war aufgestanden und klopfte die Wände ab. Solides Mauerwerk.

«Und auf der rechten Seite der Treppe? Ist die Trennwand da auch solide?»

«Keine Ahnung. Ist das wichtig?»

Gus grinste. «Vielleicht kann ich eine der Kammern mieten, wenn wir aus der Wohnung wegmüssen.»

«Dann sind wir auch nicht mehr hier.»

«Wo ist denn jetzt dieser Grundriss?»

«Den hat Leo zu Elisabeth mitgenommen.»

«Na dann werden wir es ja bald wissen», sagte Gus.

Elisabeths Armband mit den Glasperlen riss. Einfach so. Die bunten Perlen kullerten in alle Ecken des Zimmers, und Leo und Elisabeth knieten auf dem Boden, um sie einzusammeln. Kein guter Moment, um nach dem Grundriss zu fragen. Von den sechzehn Perlen fanden sie zwölf.

Sie setzten sich an den Tisch und tranken Wein, doch Elisabeths schlechte Laune blieb. «Nun erzähl schon», sagte Leo nach dem zweiten Glas Wein.

«Meine Mutter dreht völlig durch. Sie hat eine Pflegerin angegriffen und war kaum zu bändigen. Die haben das überhaupt nicht unter Kontrolle. Ich habe Angst, dass sie da abhaut und hier nach Hamburg kommt.»

«Um was zu tun?», fragte Leo.

«Ihren Rachefeldzug fortsetzen.»

Leo wurde es flau. «Sag bitte, was Sache ist», sagte er.

«Ich gehe davon aus, dass meine Mutter Tilda getötet hat. Und sie könnte auch Gerda Dau töten und vielleicht diesen Gus.» Elisabeth trank ihr volles Glas in einem Zug leer und schenkte sich erneut ein.

Er starrte sie an. Fassungslos. «Aber warum?», stammelte er.

«Obwohl das mit Tilda ein Unfall gewesen sein könnte», sagte Elisabeth.

Leo setzte sich auf und schob das Glas von sich. «Wovon reden wir hier?» Das war ein schlechter Film.

«Sie wird keinem verzeihen, der Johannes Leid zugefügt hat.»

«Der Einzige, der deinem Bruder Angst eingejagt und damit Leid zugefügt hat, war Gus mit seinen üblen Drohungen.»

«Gerda Dau hat ihre Pflichten grob verletzt, und Tilda war mit Johannes im Haus, als er verschwand. Vielleicht hat sie ihn gequält und ihn mithilfe ihres Komplizen Gus dann verschwinden lassen.»

«Das glaubst du nicht wirklich.»

«Meine Mutter glaubt es.»

Leo stöhnte. «Und wie lange gehst du schon davon aus, dass deine Mutter es war, die Tilda getötet hat?»

«Noch nicht lange. Erst seit alles so eskaliert. Heute ist mein Vater in Hamburg. Er kommt gleich. Wir werden meine Mutter dort wegholen und woanders hinbringen.»

«Ich möchte gerne dabei sein, wenn dein Vater kommt», sagte Leo.

Elisabeth sah ihn erstaunt an. «Das kannst du nicht», sagte sie, «das sind Familienangelegenheiten.»

Leo sprang auf und zog seine Lederjacke an. Er suchte nach den Handschuhen. «Warum hast du Tildas Schal gezeichnet?», fragte er.

«Es war mein Schal. Er verschwand am selben Tag wie Johannes.»

Das Muster hatte sie nach zwei Jahren noch im Gedächtnis gehabt?

Leo fühlte sich benommen, als er die vier Stockwerke hinunterlief. Was sollte er von alldem halten? Im Erdgeschoss des Hauses gegenüber wurde ein Fenster geöffnet. Eine alte Frau schüttelte ein Tischtuch aus. Das ganz normale Leben. Ihm kam es schon vor, als habe er alles nur geträumt.

Leo ging zur Grindelallee vor und stieg in den Bus.

Er hätte bleiben sollen oder doch wenigstens vor Elisabeths Haus auf ihren Vater warten. *Sind Sie Herr zur Weide? Ich bin Leo, der Liebhaber Ihrer Tochter. Höchste Zeit, dass wir uns kennenlernen.*

Er sah nur kurz ins Arbeitszimmer hinein, als er nach Hause kam. Thomas und Herlinde saßen dort und lasen. Sie blickten auf und lächelten ihm zu.

«Setz dich zu uns», sagte sein Vater.

Leo schüttelte den Kopf. «Ich muss noch arbeiten», sagte er und ging in sein Zimmer hinüber. Er legte sich auf das Bett und hielt seinen Kopf fest, als fürchte er, ihm könne der Verstand herausfallen.

«Was war das?», fragte Herlinde. «Er wirkte aufgelöst.»

«Vielleicht hat er sich mit Elisabeth gestritten.»

«Willst du nicht zu ihm gehen?»

Thomas schüttelte den Kopf. «Lass ihn sich erst mal beruhigen.»

Irgendwas ist immer, dachte Herlinde. Sie sah zum Adventskranz, auf dem schon zwei Kerzen brannten. Einfach mal nur Idylle haben.

Der Kommissar guckte auf das Gesteck, das ihm seine Sekretärin auf den ohnehin schon vollgeladenen Schreibtisch gestellt hatte. Eine lila Kerze. Er mochte keine lila Kerzen auf Adventsgestecken. Die hatten rot zu sein.

Eines der Lämpchen an seinem Telefon leuchtete auf. Keller nahm ab.

«Herr Bongartz», sagte seine Sekretärin.

«Gut, dass ich Sie erreiche, Herr Hauptkommissar. Meine Frau hat mit der Krippe ja weniger Glück gehabt.»

Keller räusperte sich verlegen. *Einen Saustall* hatte der

Kriminalrat gestern die Abteilung genannt. Die Nachlässigkeit mit Angehörigen von Mordopfern tat Keller leid. Vor allem, wenn man den Täter noch nicht gefunden hatte.

«Es ist nämlich so, dass wir was vermissen», sagte Tildas Vater.

«Was vermissen Sie?» Keller griff nach einem Kugelschreiber.

«Einen Dreifuß. Ganz altes Teil, das zum Schustern gebraucht wird. Das tue ich nicht, doch es ist schon lange in Familienbesitz und …» Bongartz brach den Satz ab. Er schien zu schlucken. «Sie hatten ja schon mal einen Dreifuß als Tatwaffe in Verdacht», sagte er schließlich.

«Einen Dreifuß», sagte Keller und spielte mit dem Kugelschreiber. Es kam ihm vor wie eine Inflation von Dreifüßen. Doch es waren nur zwei. «Wie kommt es, dass Sie ihn gerade jetzt vermissen?»

«Ach so. Sie haben den Brief ja nicht bekommen, den meine Frau mit der Krippe übergeben hat. Tildas Zimmer wurde ausgeräumt. Wir haben uns entschieden unterzuvermieten. Im Zimmer stand auch eine Eichentruhe, ebenfalls lange in Familienbesitz. Darin werden einige Erinnerungsstücke aufbewahrt, unter anderem eben der Dreifuß. Die Truhe hatten wir bei der Ausräumerei in den Flur gestellt und erst gestern hineingeguckt.»

Kanal schrieb der Kommissar auf einen der herumliegenden Zettel.

«Ich danke Ihnen», sagte er zu Tildas Vater.

«Sie sind dem Täter noch immer nicht näher gekommen?»

«Doch», sagte Keller. «Ein Stückchen näher.»

«Denkst du ernsthaft daran hierzubleiben?», hatte Thomas gestern Abend gefragt, als Herlinde die Kerzen löschte und sie ins Bett gingen.

«Das Haus, in dem ich aufgewachsen bin, wurde 1896 gebaut», hatte sie gesagt. «Es war noch sechzehn Jahre älter als dieses hier. Irgendwann hat ein alter Nachbar eine Chronik geschrieben und herausgefunden, dass neben den vielen natürlichen Toden in dem Haus ein Mord geschehen war, zwei jüdische Familien vertrieben worden waren und in unserer Wohnung sich ein Mann aus dem Fenster gestürzt hatte.»

«Das war ein Haus für zehn Familien. Hier wird das Geschehen auf sehr wenige Häupter verteilt. Und es waren andere Zeiten.»

«Was die vertriebenen Familien angeht, hast du recht. Doch alles andere ist der Menschen Schicksal. Oder?»

«Du denkst, du könntest hier trotz allem leben und glücklich sein?»

Herlinde hatte gezögert und «vielleicht» gesagt.

Teresa hatte in diesem Augenblick am Fenster gestanden und durch den Spalt ihrer Vorhänge geblickt. Warum? Es wurde keiner mehr erwartet.

Gus schlief oben im Turm. Selbst Leo war nach Hause gekommen.

Die Gestalt dort drüben stand zu weit von der Straßenlaterne entfernt. Eine Frau? Ein Mann? Sie schien die schwärzeste Dunkelheit zu suchen. Teresa sah auch nicht, ob die Gestalt zu ihr herüberblickte. Doch sie glaubte, es zu spüren.

Wo hatten sie ihn versteckt? Den kleinen wunderbaren Körper. Das geliebte Kind. Noch einmal über seine weichen hellen Haare streichen. Die feste Haut seiner Wangen. Ihm tröstende Worte zuflüstern.

Hush my darling have no fear –

Ein seltsamer Zufall, dass der Makler in der Redaktion anrief, um Thomas zu sagen, Herr zur Weide habe sich nun doch entschieden, das Haus nicht zu verkaufen, und begrüße es, sie als Mieter zu behalten.

Thomas sagte nicht, dass noch alles infrage stünde. Doch er nahm die Option freundlich auf. Der nächste Anrufer irritierte ihn um einiges mehr. Leo, der bat, sich mit ihm in der Nähe des Büros zu treffen.

«Du bist nicht in der Schule?»

«Ich habe null Konzentration und mich krankgemeldet.»

«In einer halben Stunde in dem Bistro hier im Haus.»

Leo saß schon auf einer der roten Lederbänke, als Thomas in das Bistro trat. War er bereits in der Nähe gewesen, als er angerufen hatte? Leo stand auf, um seinen Vater zu begrüßen. Er sah blass und angespannt aus.

Sie warfen einen kurzen Blick auf die Karte und bestellten Mineralwasser und belegte Baguettes. «Was ist los?», fragte Thomas.

«Ich hatte einen bizarren Abend mit Elisabeth. Eigentlich wollte ich mit dir erst darüber sprechen, wenn ich es mit ihr geklärt habe. Doch es geht mir nicht aus dem Kopf, und ich will wissen, was du davon hältst.»

«Wovon, Junge?» War das Leos erster großer Liebeskummer?

«Sie hat schon öfter gesagt, dass ihre Mutter total desolat sei. Frau zur Weide ist in einer psychiatrischen Klinik. Das hatte ich dir ja erzählt. Doch gestern kam Elisabeth mit einem unglaublichen Klops.»

Thomas trank einen Schluck Wasser und schwieg.

«Kurz und gut oder eher kurz und schlecht. Sie geht davon aus, dass ihre Mutter Tilda getötet hat. Und es kommt noch heftiger. Frau zur Weide war wohl dauernd auf freiem Fuß und ist in Hamburg herumgeturnt. Elisabeth sagt, sie fürchte, ihre Mutter könne auch noch Frau Dau töten und Gus.»

«Warum um Gottes willen?»

«Weil sie ihnen die Schuld an Johannes' Verschwinden gibt.»

«Das ist doch total hirnrissig», sagte Thomas. Er trank noch einen Schluck, doch er geriet ins Husten dabei.

«Du darfst nicht vergessen, dass ihre Mutter eine schwere psychische Störung hat. Heute wollen Elisabeth und ihr Vater sie in eine andere Klinik bringen, wo sie besser bewacht wird.»

«Sie sollte nicht nur bewacht, sondern therapiert werden. Und vor allem müssen wir es diesem Herrn Hauptkommissar sagen.»

«Thomas, das geht nicht. Vielleicht hat sich schon vieles beruhigt, und Frau zur Weide ist in sicheren Händen und gefährdet keinen mehr. Lass mich bitte erst einmal Elisabeth treffen und hören, was sie von diesem Trip erzählt. Die neue Klinik ist in der Nähe von Lübeck.»

«Und die Aufklärung von Tildas Tod hintanstellen?»

«Tilda wird nicht wieder lebendig, auch nicht, wenn wir noch ein, zwei Tage warten, und Frau zur Weide sitzt seit heute sicher in ihrer neuen Klinik.»

Thomas sah auf die Baguettes, die keiner von ihnen angerührt hatte. «Höchstens einen Tag. Morgen Nachmittag gehen du und ich zu Keller.»

«Danke», sagte Leo. «Da ist noch was. Tilda hatte einen Grundriss in ihrem Philobuch, den ich schon mal vor ihrem Tod gesehen habe. Ein Grundriss vom Dachgeschoss und der ersten Etage unseres Hauses. Gus hatte ja Tildas Schulbücher angeschleppt, und da lag er noch immer drin. Teresas Zimmer und die große Dachkammer sind eingekreist.»

Leo stand auf und nahm ein gefaltetes Papier aus seiner Lederjacke.

Thomas sah ratlos auf den Grundriss. «Dreh mal um», sagte Leo.

Hier kannst du dich bewähren, Supertilda. Du Schnüfflerin. E.

«*E* kann alle möglichen Namen abkürzen», sagte Thomas.

«Es ist ihre Schrift, Paps.» Das hatte Leo schon länger nicht gesagt.

«Bei all dem, was du erzählt hast, scheint mir der Grundriss undramatisch. Elisabeth kann das vor langer Zeit geschrieben und auf längst Vergangenes Bezug genommen haben. Dafür, dass die Damen sich kaum kannten, führten sie ja wohl schon seit Jahren einen Zickenkrieg.»

«Ich bin froh, dass ich dir das erzählt habe», sagte Leo.

Thomas gab dem jungen Kellner ein Zeichen und bat um die Rechnung und darum, die Baguettes einzupacken.

«Wann wirst du Elisabeth treffen?»

«Heute Abend. Sie schickt mir eine SMS, wann sie zurück sein wird.»

«Sehe ich dich vorher noch?»

«Kommt drauf an. Jetzt fahre ich erst einmal nach Hause.»

Sie umarmten sich, als sie vor dem Bistro standen. «Pass gut auf dich auf.» Thomas sah Leo noch lange nach.

Gus tat beides mit schwerem Herzen. Sein Bettzeug in die eigene Wohnung tragen und zum Bahnhof fahren, um seine Mutter abzuholen. Diese Auszeit nach dem schrecklichen Geschehen hatte ihm gutgetan. Er hoffte nur, dass seine Mutter bereit war, sich dem Leben zu stellen.

Teresa saß allein in der Kammer unterm Dach, als Leo zu ihr hinaufstieg. Sie sah ihn überrascht an. Er war nicht oben gewesen, seit es ihr Turm war.

«Darf ich?», fragte er und saß schon im anderen Korbsessel.

«Gibt es was Besonderes?» Teresa hoffte, dass ihr Blick kühl genug war, um die Röte aufzufangen, die ihr ins Gesicht kroch.

«Ich habe Thomas den Grundriss gezeigt. Er sieht das undramatisch. Meint, diese handschriftliche Notiz könne schon länger zurückliegen.»

«Und der Inhalt der handschriftlichen Notiz?»

«Er sagte, dass es da ja wohl schon seit Jahren einen Zickenkrieg gegeben habe. Vielleicht hat er recht, und es hat überhaupt nichts mit den aktuellen Ereignissen zu tun.»

«Du willst sie also nicht darauf ansprechen?»

«Elisabeth?» Leo guckte einen Augenblick in den Abendhimmel, bis sein Blick sich an der Kirchturmspitze festhielt. «Ich werde ihr heute Abend viele Fragen stellen, und ich fürchte einige der Antworten, Teresa.»

«Du machst es geheimnisvoll.»

«Wann kommst du morgen aus der Schule?»

«Schon um drei. Englisch fällt aus.»

«Dann treffen wir uns um vier in deinem Zimmer, und ich erzähle alles.»

«Warum tust du das nicht jetzt schon?»

«Weil ich noch nicht genug weiß», sagte Leo. Er stand auf und beugte sich Teresa zu und gab ihr einen Kuss auf die Stirn. Er fühlte sich ihr so nahe wie schon lange nicht mehr.

Thomas traf Leo nicht mehr an. Leo war schon zum Grindel gefahren.

«Du hast was auf dem Herzen», sagte Herlinde.

«Sieht man mir das an?»

Thomas nahm eines der kleinen Messer aus der Schublade und setzte sich an den Küchentisch, um ihr dabei zu helfen, die Bohnen zu putzen. «Was gibt es dazu?», fragte er.

«Lammkoteletts. Teresa hat sich schon geweigert, sie zu essen.»

«Stehen Lämmer auf der Tabuliste?»

«Sie will aufhören, Tiere zu essen, und fängt damit an, einzelne Arten auszuschließen. Huhn, Schwein und Rind gehen noch, obwohl das auch liebenswerte Tiere sind. Kälber sind schon tabu.»

«Weil sie noch nicht genügend von ihrem Leben gehabt haben?»

«So ähnlich. Um was geht es bei dir?»

«Leo hat sich heute Mittag mit mir getroffen und mir erzählt, Elisabeth vermute, ihre Mutter habe Tilda getötet.»

Herlinde ließ das Messer fallen. «Ist das ein schlechter Scherz?»

«Leider nein.» Thomas stand auf, blickte in den Flur und schloss die Küchentür. «Ich möchte nicht, dass Teresa mithört.»

«Sie ist oben in ihrem Zimmer und macht Hausaufgaben.»

«Frau zur Weide ist wohl psychisch schwer erkrankt und in einer Klinik. Doch sie hatte anscheinend Gelegenheit, von dort nach Hamburg zu fahren. Vielleicht hat sie Drohungen gegen Tilda ausgesprochen. Ich weiß es nicht. Elisabeth hält ihre eigene Mutter jedenfalls für eine Gefahr. Auch für Gus und Frau Dau. Ihnen allen wirft Frau zur Weide vor, am Verschwinden des Kleinen schuld zu sein. Völlig irrational, doch wohl ihrem Zustand entsprechend.»

«Das müssen wir dem Kommissar erzählen.»

Thomas seufzte. «Das habe ich auch gleich gesagt. Doch Leo bittet um einen Tag Geduld. Elisabeth und ihr Vater haben Frau zur Weide heute in eine neue Klinik gebracht, die sie nicht mehr einfach verlassen kann. Jetzt wird Leo wohl bei Elisabeth sein und sich anhören, was Sache ist.»

«Das gefällt mir nicht», sagte Herlinde.

«Was gefällt dir nicht?»

«Dass Leo bei Elisabeth ist.»

«Das ist ja nun nichts Neues.»

Herlinde stand auf und stellte den Durchschlag mit den

geputzten Bohnen auf den Tresen. Öffnete den Kühlschrank. Sie wirkte unkonzentriert.

«Was geht dir durch den Kopf, Herlinde?»

«Hast du große Lust auf Lammkoteletts?»

Thomas' Blick wanderte zu der Obstschale. Orangen und Trauben darin.

«Eigentlich genügt mir Obst und ein bisschen Käse.»

«Ich habe keinen Appetit mehr.»

«Das war es aber nicht, was dir gerade durch den Kopf ging. Oder?»

«Ich habe ein ungutes Gefühl, Thomas, und du hast es auch.»

«Das sind ja auch kaum gute Neuigkeiten, die Leo da hatte.»

Herlinde atmete tief durch. Thomas schätzte keine Spökenkiekerei.

«Tu mir den Gefallen und ruf Keller an.»

Thomas schüttelte den Kopf. «Ich habe Leo versprochen, noch einen Tag zu warten. Ganz abgesehen davon steht er nicht gerade in hohem Ansehen bei mir, der Herr Hauptkommissar.»

Herlinde verließ die Küche, stieg die Treppe hoch und ging an die Ablage auf ihrem Schreibtisch. Sie fand, was sie gesucht hatte, griff nach dem Telefon und tippte die Nummer ein.

«Herlinde Gern. Ich bitte um Verständnis, dass ich Sie abends noch auf dem Handy anrufe. Doch leider ist es dringend. Ich brauche die Nummer von Herrn zur Weide.»

Hatte der Makler ihnen nicht gesagt, die zur Weides wünschten keinen persönlichen Kontakt? Was sollte das?

«Ich weiß», sagte Herlinde, «wenn nicht Gefahr im Verzug wäre, riefe ich nicht an. Es geht um Elisabeth, die Tochter der zur Weides.»

Sie sah sich im Arbeitszimmer um. Die Vorhänge standen noch offen.

«Sie können sich darauf verlassen.» Herlinde notierte eine Nummer.

Sie beendete das Gespräch und schloss die Tür zum Arbeitszimmer, wie Thomas eben die Küchentür geschlossen hatte. Sie setzte sich an den Schreibtisch, um mit Herrn zur Weide zu telefonieren.

Thomas saß am Tisch und pflückte Beeren von einer blauen Traube, als Herlinde in die Küche kam. «Du weißt, wo Elisabeth wohnt?», fragte sie.

Er sah auf. «Was soll das, Herlinde? Was hast du oben gemacht?»

«Ich habe mit Herrn zur Weide gesprochen. Seine Frau saß neben ihm in der Berliner Wohnung. Sie wird ambulant in einer Brandenburger Klinik betreut, ist aber auch noch bei ihrem alten Hausarzt hier in Hamburg in Behandlung. Zur Weides haben zu Elisabeth seit einer Weile kaum Kontakt. Sie hat sich eine Auszeit erbeten, die ihre Eltern nur ungern gewähren, weil Elisabeth nervlich angeschlagen sei. Die Auszeit soll am Sonntag enden.»

Leo kam gleich zur Sache. Er hatte viel zu große Angst, um sich in Diplomatie zu üben. Angst davor, was er aufdecken könnte.

«Ich habe zwei der vermissten Perlen gefunden», sagte

Elisabeth. «Die beiden Angelite. Sie helfen mir, das alles durchzustehen.»

«Habt ihr auch eine gute Klinik für deine Mutter gefunden?»

«Das hoffen wir. Wichtig ist, dass sie dort bleibt und nicht länger zur Gefahr für sich und andere wird.» Eine Formel, die sie da wiederholte.

«Du hast Tilda gut gekannt, nicht wahr?»

«Ich habe dir schon gesagt, sie war in meiner Parallelklasse.»

«Und in den Schulwettbewerben standet ihr seit der fünften Klasse in harter Konkurrenz zueinander. Beim Literaturwettbewerb 2010 habt ihr die beiden ersten Plätze belegt. Wer war Nummer eins? Tilda?»

Elisabeth beugte sich vor. Die Disharmonie ihres Gesichtes schien ihm deutlicher zu sein als sonst. Vielleicht zeigte es nur einfach allerhöchste Anspannung. «Was soll das?» Sie zischte es. Winzige Tröpfchen ihrer Spucke trafen Leos Hemdkragen. «Schnüffelst du mir nach?»

«Supertilda», sagte Leo, «die war auch eine Schnüfflerin. Oder?»

Er holte den Grundriss hervor und legte das Blatt vor sie hin. Sein Finger zeichnete die Kreise nach.

Elisabeth fing an zu lachen. «Du lächerlicher Detektiv. Diese Kreise hat Tilda gezogen. Okay, den Grundriss habe ich ihr untergejubelt.»

Leo zögerte. Vielleicht löste sich da gerade der Verdacht gegen Elisabeth auf. Spürte er schon Erleichterung? «Und was ist mit deiner Notiz auf der Rückseite? Womit sollte sich Tilda bewähren?»

«Das willst du nicht wissen», sagte Elisabeth.

«Ich will alles wissen.»

«Wenn es so ist, werde ich es dir nicht ersparen. Ich wusste nicht, ob ich an dich rankomme, darum habe ich Tilda vorgeschickt. Schließlich habt ihr euch beinah täglich in der Schule gesehen. Der Grundriss war der Hinweis für sie, dass du in unserem Haus wohnst. Sie sollte dich umgarnen und sich möglichst oft im Haus aufhalten, um alles im Auge zu behalten. Doch in Liebesdingen war Supertilda leider eine Versagerin.»

«Was heißt, du wusstest nicht, ob du an mich rankommst?»

«Ich hatte dich im Blick, Leo. In der U3, deren Strecke du so gerne befährst. Auch als du mit Tilda um die Alster gegangen bist. Nur war es keineswegs klar, ob du dich für mich interessieren würdest.»

«Aber warum das Ganze?»

«Ich muss die Verbindung zum Haus halten. Vielleicht tut sich doch noch eine Spur zu Johannes auf.»

«Ich bin also nur das Mittel zum Zweck.»

«Nein. Als du mir so herrlich verfielst, fand ich dich sehr reizvoll, Leo, und das finde ich immer noch.»

«Hat deine Mutter Tilda getötet?»

«Ein Ungeschick», sagte Elisabeth, «keine vorsätzliche Tat.»

Das Telefon klingelte. Zu Leos Überraschung nahm sie das Gespräch an.

«Du telefonierst zu viel, Vater. Die Auszeit endet erst am Sonntag.»

Wunderte sich Leo? Er nahm sich keine Zeit dazu. Wollte

das Telefonat nutzen und ging ins Schlafzimmer. Holte den Gustave Doré vom Stapel.

Vier Blätter. *Engländer. Hobel. Handbohrer. Dreifuß.*

Leo drehte sich um. Das Gespräch war zu kurz gewesen. «Hattest du dir den Dreifuß von Siro Hanke geliehen?»

«Der Transvestit vom Haus gegenüber, der sich an unserer Garage aufgehängt hat?»

«Gus' Vater. Ich habe es dir erzählt.»

«Diese Nachrichten lieferst du wirklich zuverlässig. Wie die über Gerda Daus Befindlichkeiten. Auch wenn ich ihren Namen gar nicht gern höre.»

«Ich hätte noch eine Idee für einen neuen Zyklus», sagte Leo. «Blockflöte. Kanister. Zwei Holzklötzchen.»

«Genau», sagte Elisabeth. «Die Qual, die sie uns zugefügt hat, ist unendlich viel größer als das, was ich ihr antun konnte.»

«Du hast Tilda getötet, Elisabeth. Du hast sie gehasst und doch immer den Kontakt gehalten. Hattest du den Dreifuß auch antiquarisch gekauft? Liegt er hier noch irgendwo herum?»

Woher kam der Schraubenschlüssel in ihrer Hand? Er schien zu schwer für Elisabeth, um ihn höher zu heben. «Tilda hat mir den Dreifuß gegeben. Als ich meinen ersten Zyklus zeichnete.»

Die *Werkzeuge* waren der erste Zyklus gewesen. Nicht die *Sinnesorgane.*

Jetzt wurde es ihm klar. Als der Dreifuß eine Tatwaffe geworden war, hatte sie die Zeichnungen zurückgezogen und einen anderen Zyklus begonnen.

«Leg den Schraubenschlüssel hin. Er ist dir zu schwer.»

Ein Dreifuß wog noch viel mehr. War er ihr aus der Hand geglitten? Ein *Ungeschick*, hatte Elisabeth gesagt.

«Ich könnte dich töten», sagte Elisabeth.

«Nein. Das könntest du nicht.»

«Ich will es auch nicht. Nicht einmal Tildas Tod wollte ich.»

Elisabeth legte den Schraubenschlüssel auf den Boden und sah endlos erschöpft aus. Reagierte kaum, als es Sturm an der Tür klingelte und sie die Stimme von Thomas hörten.

Leo ließ seinen Vater ein. «Gott sei Dank», sagte Thomas. Er rang um Atem.

Hatten Herlinde und er nicht das Schlimmste befürchtet, als sie vergeblich versuchten, Leo auf seinem Handy zu erreichen?

Leo stürzte in die Küche, als er einen kalten Luftzug spürte. Er lehnte sich aus dem offenen Fenster und sah vier Stockwerke tiefer heitere Menschen auf der Straße. Vielleicht kamen sie von einer Weihnachtsfeier.

Thomas nahm ihn in die Arme. «Elisabeth ist die Täterin», sagte er.

Leo nickte und riss sich los.

Sie suchten die ganze Wohnung nach Elisabeth ab und fanden sie im Kleiderschrank. Den Kopf in einem Kinderanorak mit Lammfell verborgen.

Gerda Dau hatte sich geirrt, als sie glaubte, keiner aus der Familie habe etwas von Johannes' Sachen genommen. Elisabeth sah auf.

«Ich konnte nicht springen. Nicht einmal Tilda hätte es gekonnt.»

«Elisabeth, ich rufe Ihren Vater an, und wenn er hier ist, werde ich den Kommissar informieren, der mit dem Todesfall betraut ist.»

«Mein Vater ist schon auf dem Weg. Rufen Sie ruhig diesen Kommissar.»

«Komm aus dem Schrank», sagte Leo und nahm ihre Hand. Er führte sie in die Küche und setzte sie auf einen Stuhl.

«Ich bin manchmal an den Kanal gegangen. Spät in der Nacht. Nicht bei uns. Hinter der Brücke beim verwilderten Garten. Da habe ich mich mit Tilda getroffen. Ich hatte ihr den Dreifuß zurückgeben wollen.»

«Warum da unten am Kanal?», fragte Thomas.

«Die Geister beschwören. Johannes' Stimme hören. Ich weiß nicht. Tilda hatte Angst da unten. Darum vielleicht.» Elisabeth lächelte.

Leo betrachtete sie voller Trauer. Hoffentlich war ihr zu helfen.

«Sie hätte mir Bethlehems Stall mitbringen sollen. Das hat sie nicht.»

«Was sollte Tilda mit dem Stall?»

«Ihn vollenden. Für Johannes. Ihm lag so viel daran. Er hat es mir gesagt.»

«Wann hat er es gesagt?» Leo fragte es ungläubig.

«Ich höre ihn oft», sagte Elisabeth, «er spricht zu mir. Und dann flüstere ich ihm Worte zu. Tröstende Worte.»

Thomas stand auf, als es an der Tür klingelte. Er führte Keller und die beiden Männer, die ihn begleiteten, in die Küche. Waren die drei erstaunt, dass die beiden jungen Menschen da friedlich am Tisch saßen?

Sie stiegen stumm die vielen Treppen hinunter. Oder war da ein Flüstern?

Nur Leo schien es zu hören.

Hush my darling have no fear
for thy sister watches near –

Keller öffnete die Tür eines schwarzen Audi. Thomas und Leo setzten sich in den Volvo. Zu Herlinde und Teresa fahren. Sich in die Arme nehmen.

Es war vorbei. Das war vorbei.

12. November. Vor zwei Jahren

Johannes. Das darfst du nie wieder tun. Der kleine Junge hatte den Satz seiner Mutter im Gedächtnis. Doch das, was er da gerade tat, war ganz anders. Johannes wollte einkaufen gehen.

Er hatte die kleinen Münzen genommen, die Frau Dau in der Schublade des Küchentisches sammelte. Centstücke. Er öffnete die Haustür und schloss sie gleich wieder. Kalt. Nass. Dunkel.

Doch am Ende der Dunkelheit war das Glanzpapier.

Johannes kehrte in die Küche zurück und holte seine Laterne. Das war wichtig. Ein Licht zu haben in der Dunkelheit.

Er kam nicht heran an den neuen Anorak mit dem warmen Lammfell, der hoch oben an der Garderobe hing. Er zog an Elisabeths buntem Schal und wickelte sich von Kopf bis Fuß in ihm ein.

Stolperte er über den Schal, dass er kopfüber in eine der Gruben fiel? Die Arbeiter waren gerade fertig geworden mit dieser Grube.

Johannes war beinah schon ohnmächtig vor Schreck, als er in das Rohr kroch. Die Laterne noch immer festhaltend, als könne sie ihm leuchten.

Tief hinein kroch er. Doch es wurde nicht warm. Nur trocken.

Keiner guckte in das Rohr des nicht mehr genutzten Endes eines alten Abwasserkanals. Johannes erfror. Die Laterne half ihm nicht und auch nicht Elisabeths Schal mit den schönen Rottönen und den indischen Tränen.

Er wurde nicht gefunden.

MÄRZ

Die Dichternarzissen im Garten blühten. Herlinde stand auf der Terrasse und freute sich daran. Es konnte gelingen, glücklich zu sein in dem Haus. Im Rahmen des Glücks, das den Menschen zugedacht ist.

Gus und seine Mutter waren ausgezogen. Doch Gus war oft Gast im Turm.

Der Dreifuß aus dem Familienbesitz der Bongartz war längst aus dem Kanal geborgen worden und zu ihnen zurückgekehrt.

Teresa und Leo? Ihnen soll Zeit gelassen werden. Viel Zeit.

Gerda Dau stellte schon seit Wochen kein Teelicht mehr ins Fenster. Das würde sie erst im nächsten November wieder tun. Wenn die dunkle Zeit begann. Ein Boot ist noch draußen.

Carmen Korn
Vorstadtprinzessin

352 Seiten

In einem Waldstück am Stadtrand von Hamburg werden kurz nacheinander mehrere Mädchen ermordet aufgefunden. In der Bevölkerung geht die Angst um, denn der Mörder muss aus der unmittelbaren Umgebung stammen. Zur selben Zeit lernen Theo und Lucky, die schon seit ihrer Kindheit befreundet sind, die mysteriöse Leni kennen. Leni, in die sich Theo unsterblich verliebt, die aber den attraktiven Lucky interessanter findet. Doch auch Lucky kommt nicht wirklich an die abenteuerlustige Leni heran. Sie will raus aus der vorstädtischen Enge, lässt sich mit zwielichtigen Typen ein. Und eines Tages ist sie verschwunden ...